飞行剑侠

民国武侠小说典藏文库·陆士谔卷

陆士谔　张个侬◎著

中国文史出版社

海上奇才陆士谔(代序)

二十世纪初到四十年代，上海滩出现了一位奇才，他精通医道，医德高尚，曾被誉为上海十大名医之一；他著作等身，医学专著四十余种，各类小说一百余种，是当时享有盛誉的名作家。这位奇才就是陆士谔。

陆士谔，名守先，字云翔，号士谔，用过多个笔名：沁梅子、儒林医隐、珠溪渔隐、梦天天梦生、云间龙、云间天赘生、路滨生、龙公等。晚清光绪四年（1878年）生于江苏青浦珠街阁镇（今上海市青浦区朱家角镇）一个书香家庭。九岁起，跟随青浦名医唐纯斋学医，前后共五年。十四岁到上海一家当铺做学徒，不久辞退回家，在朱家角一边行医一边大量阅读医书和各种"闲书"。二十岁再到上海行医，因业务清淡，遂改业租书，购置一大批读者欢迎的小说，日间以低价出租，晚上潜心研读这些小说，不但能维持生计，而且渐渐悟出写作诀窍，先写些短篇，试着投稿报馆，竟获一再刊登。他写兴更浓，由短篇而中篇，由中篇而长篇，有些还印成单行本，风行一时。此时他认识了小说界前辈海上漱石生孙玉声，孙玉声知道他做过医生，对医道有研究，劝他重开诊所。他听从劝告，此后坚持一边行医，写医学专著和有关掌故，一边撰写小说，直到1944年因中风不治在上海

1

家中逝世，享年六十六岁。

陆士谔一生整理、编注、创作医著和医文四十余种，对清代名医薛生白（1681—1770）、叶天士（1666—1745）的医案钻研极深，编注过《薛生白医案》《叶天士医案》《叶天士手集秘方》等重要著作，自著十余种，最重要的是《医学南针》初、二集，其业师唐纯斋为之作序，赞他"以预防为主医学，极深研几，每发前人所未发"，"以新说释古义，语透而理确"。他以所学理论行医，悉心诊治，常能妙手回春。1925 年，一位广东富商请其出诊，为奄奄一息、众名医束手的妻子治病，经过半个月的诊治，病人霍然而愈。富商感激涕零，登报鸣谢一个月，陆士谔的医名由此大振。在沪行医期间，陆士谔以其精湛的医术、高尚的医德，被誉为上海十大名医之一。

陆士谔以医为业，业余还创作了百余种小说。为陆士谔研究付出过艰辛努力的田若虹教授给予高度评价："陆士谔的小说全面地反映了晚清民国时代的社会面貌、重大事件，笔触遍及政治、外交、文化、经济、军事等各个方面，展现了封建末世的一幅真实画图。""他以强烈的愤怒抒发了对社会官场魑魅魍魉的谴责与鞭笞，以感情充沛的笔锋表现了对反帝爱国志士的赞扬与尊敬，用热情洋溢的话语描述了其理想中的新中国。这一切憎爱分明的情感，铭记着时代的苦难痕迹，闪耀着陆士谔在十九世纪末、二十世纪初那个特定的历史阶段与时代同脉搏、与人民共呼吸的真挚情感。同时也热切地表达了其欲挣脱'衰世'腐败黑暗的社会及卑污风气，挣脱束缚、压抑之环境，追求美好自由新境界的愿望。他对现实的愤怒与对未来的追求融汇交织其中，感情激烈而奔放，语言辛辣而犀利，文风格调亦具有时代精神的特征。在封建制度大崩溃之前夕，陆士谔等近代小说家们的那些充满激情的篇章、声情沉烈的创作颇具现实意义。"①

陆士谔的小说不仅数量多，而且题材极为广泛，田若虹教授将其分为社会小说（52 种）、武侠小说（22 种）、历史小说（10 种）、医界小说（3 种）、笔记小说（18 种）、科幻小说（2 种）和纪实小说（即时事小品110 则），共七类。正因为认识到陆士谔小说的社会价值，1988 年起，先后有十余家出版社重印了一般读者较难看到的陆士谔小说，如《新孽海花》《血泪黄花》《十尾龟》《荒唐世界》《社会官场秘密史》《最近上海秘密史》《商场现形记》《新水浒》《新三国》《新野叟曝言》《清史演义》《清代君臣演义》《清朝秘史》《八大剑侠传》《血滴子》等十余种，其中最著名的是《新上海》《新中国》和《八大剑侠传》《血滴子》。

撰于1909 年的《新上海》深刻揭露了清末上海十里洋场种种光怪陆离的"嫖、赌、骗"丑恶现象，竭力描写，淋漓尽致。1997 年，上海古籍出版社将其与李伯元的《官场现形记》、吴趼人的《二十年目睹之怪现状》等一起列入"十大古典社会谴责小说"。1910 年，又撰《新中国》，小说以第一人称写作，以梦为载体，作者化身陆云翔，描述梦中所见：上海的租界早已收回，建成了浦江大铁桥、越江隧道和地铁……2009 年12 月，为配合宣传2010 年上海办世界博览会，有出版机构重印了这部小说，国内外媒体也纷纷报道，极大地提高了陆士谔的知名度。

陆士谔还以清初社会现实为背景，从1914 年到1929 年，十六年中写出二十余种武侠小说：《英雄得路》、《顾珏》（以上为文言短篇，分别载于《十日新》杂志和《申报·自由谈》）；《八

---

① 见田若虹：《陆士谔小说考论》，上海三联书店2005 年7 月初版。

大剑侠传》（原名《八大剑仙》）、《血滴子》（又名《清室暗杀团血滴子》）、《七剑八侠》、《七剑三奇》、《小剑侠》、《新剑侠》（以上后合编为《南派剑侠全书》）、《红侠》、《黑侠》、《白侠》、《三剑客》（以上后合编为《北派剑侠全书》）、《雍正游侠传》、《今古义侠奇观》、《江湖剑侠》、《八剑十六侠》、《剑声花影》（原名《侠女恩仇记》）、《飞行剑侠》、《古今百侠英雄传》、《新三国义侠》、《雍正剑侠奇案》、《新梁山英雄传》、《续小剑侠》（以上为白话长篇，多由上海时还书局出版）。

这些小说中的人物，出场最多的是康熙、雍正时的八大剑侠，即路民瞻、曹仁父、周浔、吕元、白泰官、吕四娘、甘凤池和了因和尚（俗家名吴天巍），他们是南明延平王郑成功部下，明亡后，存反清复明大志，在各地行侠仗义，扶危济困，名震天下。书中由正面转为反面的人物是年羹尧和云中燕（"血滴子"暗器发明者），起初也行侠惩恶，后来却创办血滴子暗杀团，帮胤禛夺得皇位，最后被雍正卸磨杀驴，下场悲惨。陆士谔笔下这两组人物故事当时吸引了无数读者，不仅小说一再重印（《八大剑侠传》《血滴子》竟印到 21 版），而且被改编成京剧连台本戏和电影《血滴子》，红极一时。受其影响，在陆士谔原著的基础上，稍后出道的民国武侠北派五大家之一的王度庐，1948 年写出《新血滴子》（又名《雍正和年羹尧》）。至 1950 年代，香港武侠名家梁羽生发表《江湖三女侠》，吕四娘、白泰官、甘凤池和了因的形象更为生动；台湾武侠名家成铁吾更写出 350 万字的巨著《年羹尧新传》，使原本笔法相对平实质朴的故事奏出了华彩乐章。

最后值得一提的是陆士谔 1915 年 3 月 19 日发表于《申报·自由谈》的文言笔记小说《冯婉贞》，记载了 1860 年英法联军火烧圆明园时，北京民女冯婉贞率领数十年轻村民痛击联军，杀死近百名敌军，成为近代民族英雄的杰出代表。此文 1916 年被徐珂略作修改后收入《清稗类钞》，二十世纪六十年代又被收入中学范文读本。

2014 年起，中国文史出版社陆续推出了"民国武侠小说典藏文库"和"民国通俗小说典藏文库"两大系列丛书，先后整理、重印了还珠楼主、白羽、郑证因、朱贞木、平江不肖生、徐春羽、望素楼主、赵焕亭、顾明道、李涵秋、刘云若、张恨水、冯玉奇、程瞻庐等作家的全部或大部分小说，深受读者欢迎，并获研究者的好评，此番又将重印陆士谔的大部分武侠小说，从《八大剑侠传》到《飞行剑侠》，共 15 种，真是功德无量！望文史社编辑诸君再接再厉，将建修两大文库的宏伟工程进行到底，使这份珍贵的文学遗产永久传存于世间！

林　雨

2018 年 12 月于上海

目　录

第　一　集
陆士谔

2

第 二 集

张个侬

第 一 集

陆士谔

序

　　昔孔席不暇暖，墨突不得黔，而老子独尚清静，庄子之徒且以耿介拔俗之表，潇洒出尘之想，潇然称外，自赏孤芳。此数圣者，开南北风气之先，树刚柔学术之帜，由此各为风气，画若鸿沟。画术、戏曲、拳技，无不有南北之派别，而剑术其一也。项王有言：剑一人敌，不足学。意项王所指其北方剑术欤？项固南人，宜鄙之为不足学。第剑术之盛，莫如清代，南派剑术，余既屡传之矣。如《八剑十六侠》也，《八大剑侠》也，《血滴子》也，《七剑八侠》也，《七剑三奇》也，《小剑侠》也。而独北派剑术，不着一字，尽得风流。则项王南人，余亦南人，北方之强必冤余为项王复生矣。缘披故籍，得风尘剑侠三人，曰红裳女子，曰黑衣女僧，曰白猿老人。摭其事迹，演为说部，成名之曰《飞行剑侠》，聊志吾过，亦以间执北方强者之口。

　　　　民国十九年夏历八月　青浦陆士谔序于松江医室

3

第一回

顺治皇誊黄谕剃发
李桐叔奇智走公卿

秋水双飞腕，冰花散满身。

柔看绕肢体，纤不动埃尘。

闪闪摇银海，团团滚玉轮。

声驰惊白帝，光乱失青春。

杀气腾幽朔，寒芒泣鬼神。

舞余回紫袖，萧飒满苍旻。

这一首诗，是清朝康熙年间一个浙江名士郑黛参所作。为目击当时剑侠流行，东南的八大剑侠，既是惊神泣鬼，西北的风尘三侠，却又绝迹飞行，扶弱锄强。虽不划分地域，南腔北调，却自界判鸿沟。郑黛参旅居京邸，瞧见红裳女子，客窗舞剑，感而赋此。

看官，在下并非借名士的诗篇装本书的幌子，无非表明事事皆有来历，语语都是直言，要看官们别作寻常小说看呢。且住，南北剑侠的异点究竟从哪里分别出来？南中风气柔弱，所以八大剑侠刚劲中不脱婀娜之气；北方风气刚强，所以风尘三侠，婀娜中常含刚劲之气。一是刚中见柔，一是柔中见刚，这就是大大的异点。南中八侠，在下已有《八剑十六侠》《八大剑侠》等书讲说明白，风尘三侠就为南北派别不同，不能混为一谈，从未提及。今日高登讲坛，跟看官们见面，少不得提足精神，开讲这部《飞行剑侠》，这便是本书的缘起。正是：

　　白光纳日月，紫气排斗牛。

　　话说大清顺治二年五月，北京地方忽见一员晶顶武官，手执红旗，身骑快马，飞一般从城外跑来。电卷风驰，一瞬间已进了紫禁城去。那马翻开四蹄，足迹所经，尘起如烟，一声狂嘶，汗出如雨。瞧光景总是很远的地方来的，奏报什么紧急军情。不多会子，九城门已有黄榜贴出，说是据定国大将军豫亲王多铎六百里加紧红旗捷报，江南地方全已平定，明宏光帝业已生擒等语，才知那晶顶官就是江南报捷的武员。次日，九城门又贴出一道黄榜，是奉旨限臣民十日以内，剃发易服，违者以抗违圣旨论罪。众人瞧了黄榜，有吐舌的，有叹息的，也有背地里窃窃私议，说顺治帝堂堂天子，不该这么背盟负约。原来顺治帝入关之始，曾由摄政王与明朝降臣，订过一个口头契约，订的是：武投文不投，官投隶不投，男投女不投，大投小不投，生投死不投，儒投释道不投，人投神佛不投，身投语言文字不投，律例投礼教不投，乐工投优伶不投。所以当时文官冠戴，武官翎顶，兵丁拖辫，民人网巾。现在忽然谕旨皇皇，要立刻道一风从起来，限百姓十天内剃发，却不道早违背了第一条"武投文不投"的契约，百姓们怎么不要背地里议论呢？

　　当下众人正在议论，忽一个四十来岁的胖子，蹒跚而来，冷笑一声，开言道："你们谤毁朝廷，指斥上谕，按照律例，该当何罪？"

众人回头见那人，剃得精光的头，拖着乌黑的辫，黄脸细目，愈形得头脑尖锐，是京师地方第一个遵旨剃发的好百姓。

众人中有认得他的，忙道："哎哟，李三爷新剃了头，竟不认识了！"一个道："李三受了新朝恩命，做了官时，翎领缨帽，辉煌阔绰，我们更要不认识了呢。"

李三冷笑道："做官？我李三爷怕没有那么大工夫呢？"

原来此人姓李名琪，字桐叔，排行第三，宛平县人氏。他虽有名有字，人家却只称他作李三。又因生得肥黄膘大，京中人新替他起了一个绰号，叫作黄膘李三。这李三原在刑部当书吏的，他两个儿子一个在吏部，一个在礼部，也都学充着书吏。崇祯十七年李闯攻打北京，崇祯帝煤山吊死，京中大乱，别人都忙着收藏金银珍宝，他却督同两子，闯入衙门，只把刑部所存的各种档案，雇了数十辆骡车，悉数捆载，搬运家去。刑部的档案搬空，再搬吏部，逐部逐部地搬。吏、户、兵、刑、工、礼六部档案，都搬入他家中，满满堆了六大间的屋。人家见了，都笑他傻，说当这大乱当儿，要紧干那不急之务，收藏这些字纸儿做什么？

他笑道："我不傻，你们才傻呢！现在没人要的东西，我把他收藏了，等候太平乱兵闯入我家，瞧见满屋字纸，定然弃之他顾，眼前就可以保身，将来天下不问是本朝中兴，是新朝建国，有了政府，总要办理国事的，总不会永远扰乱。那么朝章国故，只有我一个儿知道，不怕这班大臣不纡尊降贵地来请教我，那么我就可以一生吃着不尽了。"

众人听了，都不免笑他迂腐。后来李闯入京，叫刘宗敏拷掠勋戚大臣。刘的部下就来拷掠绅富，那班收藏金银珍宝的人，一个个都被捉去拷掠，李三就为没有钱，倒得逍遥自在。等到大清入关，政府成立，那一班亲王勋贵都是满洲英雄，只懂得马上的事，出兵打仗是他的专长，要坐而论治，只好退避三舍。至于新降的那班汉臣，又因失去档案，没处依据，无从措手。偏偏摄政王打官话，把一应事情都责成在汉臣身上，无论如何总要他们办妥。于是六部尚书侍郎都着起慌来，千方百计地打听，才探得李三藏有档案，熟悉公事，派人来请。李三托言有病，不能出门。那班大臣果然纡贵降尊，到李三家来请教。李三却就瞧事件之大小，讲金钱的多少。遇事需索，非钱不行。他的家况就大好起来。一有了钱，他就大兴土木，盖造了不少的厅堂楼阁，设立起办公地方来。吏务厅、户务厅、兵务厅、刑务厅、工务厅、礼务厅，这六厅是办理六部事务的，六厅之外，更有六部档房，是专藏六部档案的。那档案又经他分类编排，纲举目张，要什么就什么，一查就是，不必找得，规模非常宏大。黄膘李三此时上与各大臣交通，下与众无赖联络，凡鸡鸣狗盗之雄，穿壁逾墙之辈，江湖上人物，无不奔走恐后。衙门中内自书吏，外至衙役，无不通同一气，声势浩大，消息灵通，为京中恶霸班头、社会奸徒首领。

现在，他遵旨剃了头，遂在随近地方散步闲逛，无非是察看情形，难保不别有用意。当下听得众人祝颂他做官，李三冷笑一声，答道："做官？怕我李三爷没有那么大工夫呢！"

一个道："李三爷这么好，又闲散又自在，现在做官也没甚味儿。"

李三狂笑道："闲散？我哪里能够？六部的尚书侍郎，常常簇在我家里，围住了问这样问那样，闹得我脑子都疼起来，因此躲个懒，到外边来散散。"

一语未了，两个家人喘吁吁奔来，一见李三，叫了一声三爷，都垂手侍立。李三问他做什么，一个家人道："大栅栏赵大官人找爷，说有要事，候了好一会子。我们四五个人出来找爷，却在这里。快请家去，赵大官人已候得不耐烦了。"

李三道："他有事找我，又不是我有事找他，有工夫叫他候着，不耐烦且由他。"

家人道："这个是小的这么说，赵大官人再不敢的。"

李三听了，才慢慢地回步，同着家人走了。李三走后，众人都遥指着他的背道："你们瞧他那副势派，比了官还要厉害。谁不知是个刑部书办呢？"

却说李三回到家中，走入客室，见赵大官人已毕恭毕敬地站起身来，李三不过点了一点头，遂道："坐下坐下。"

赵官人坐下，开言道："前回亏了三爷妙计，叫我投充旗下，我就投入正白旗七贝勒名下，果然逞了我的愿，把赵二袴子的住宅田地一股脑儿圈了来。圈拨田产，是奉旨的事，赵二袴子真也奈何我不得。不意赵二袴子现在也投了旗，他投的主子是气焰熏天的英王爷，比了七贝勒高起好多。赵二袴子仗英王爷的势，要我把圈地交还，已在本旗佐领那里告下了。这件事该如何办理？"

李三道："论理呢，你们都是自家弟兄，同气连枝的，为了一顷多田，彼此闹意见，找官事，前朝闹到本朝，没有了结。前回你来求我，我不过说了一句'现在上谕准许民人投旗，投了旗就有主子庇护，没人能够欺侮你'，我也没有准叫你投旗，不意你们弟兄两个都投了旗，依然官事不了。不知一日投旗，子子孙孙就永远脱不了奴才了呢，关系何等的大？这也是你们老子造孽重大，赚的造孽钱太多，才出你们两个宝货。"

赵大官人因为有事求人，只好吞声忍气，连称："三爷教训的真不错，但是事已弄僵，要有什么挽救的法子？"

李三道："挽救之法，除是惜财忍气，更无别法。"赵大官人大失所望，起身告辞而去。

自从剃发的旨意下后，京城中顷刻麻沸一般闹起来。有不愿剃发，服毒自尽的，更有索性剃光了头，做和尚的，也有弃家入山当道士的。光了这几茎头发，不知费掉几多口舌，伤掉几多性命。真是一发千钧，重要异常。李三却趁这扰乱当口，又赚了好几注大钱。

原来李闯时光，文武大臣降贼称臣的，很是不少。到清朝定鼎之后，那班人又转降了清朝，于是就有人纷纷告发，说他们活身贼廷，朝三暮四，人人有罪当诛，个个无功足禄。那班人慌了手脚，都来找李三。恰值剃发旨下，李三见景生情，就想出一条妙计来援救他们。

欲知是何妙计，且听下回分解。

第二回

翻新花样谋娶鬼妻
耀眼红光突来侠女

话说李三心生一计，即令众人赶快剃头，包可平安无事。众人不解，问他缘故，李三道："你们都是蠢才，降贼不过开恩前朝，却是尽忠本朝，无论事在赦前，我知朝廷绝不肯为了前朝，把恭顺良民就这么办罪。"

众人大喜，不多时，果然奉到上谕，遵制剃发，即是良民。从贼与否，事在赦前，概免深究。众人虽被辱骂，却没一个不服他的远见。

一日，是李三的老婆四十岁生辰，大开庆贺，衙门中各吏役、江湖上各英雄，无不到齐。七楹五进的一所大屋，没一间不是宾客满座，热闹异常。那些女客人一个个珠团翠绕，说不尽的华贵。

李三有一个侄儿叫李福五的，住在城外郑家庄。黑早就赶车进城，一是给婶子叔叔祝寿，二还有桩要事，和李三商议。郑家庄到京，路有二十里外，行至半途，东天推起晓日，靠西的林梢树杪已全罩着阳光，烘开晓雾，好一派景象。正在玩赏，一阵蹄声响处，林子里冲出一骑牲口来，跨着一个红裳女子，翠眉发黛，脂粉薄施，活色生香，双窝欲笑，估量去不过十三四年龄。穿着红绉纱衫裤，宛如一朵初放榴花。跨着匹乌金般的纯黑骡，红黑分明，映在旭日中，愈显得红光耀眼。李福五暗忖，谁家的小姑娘，这么早就一个儿走路，不险么？黑骡走得飞快，转瞬间已到眼前，越出车前，径向前面去了。

李福五到城门，城门没有开启，那挑菜蔬进城的小贩也都弛了担，在那里等候，只不见那个红裳女子。李福五停了车，候到辰初，城门才启。大家进城，分头自去干事。忽见打横那条胡同里冲出一匹黑骡来，骡上跨的正是那红裳女子。心忖：怪呀？没有见她进城，怎么又在前面？打从哪里走的呢？黑骡走得飞快，一瞬间早不知哪里去了。

李福五驱车徐徐，好半天才到李三门第，下车入内，时候还早，宾客来得还不多。福五志志诚诚，踏到寿堂，见中间悬着红胸彩绣寿轴，辉煌寿烛已经点上十余对。福五把自己的寿烛点上了，供上寿桃、寿糕、寿面，跪下叩了四个头，然后入内，找三叔三婶叩头。所有其余酒腿等物，连同礼单，自有骡夫交入账房登账，骡夫自有家人们招呼入下房，管待酒饭。

一言表过，却说李福五见了李三夫妇，叩过头，先说上几句应酬话，然后道："侄儿还有一件事，要禀知叔叔。"

李三道："又是什么来麻烦我了？我知道你这孩子绝不会安着好意，趁你婶子好日子，借佛游春，总算是拜寿。罢了，快讲吧。"

李福五道："叔叔婶子素来疼我的，侄儿自小没了父母，仗叔叔婶子的疼顾，才有今日。现在遭人家欺侮，叔叔婶子不替我做主，谁替我做主呢？"

李三问他何事，李福五便一五一十说了出来。李三听了，只是皱眉。

原来离京二十里郑家庄地方，有三家大财主，都姓郑。虽已分房各户，却是同气连枝。郑大房、郑二房、郑三房，三家中只三房的主人遭兵难死于非命，遗下一妻一子，妻子马氏，年只二十四岁，是续娶的。儿子郑祥和，年已十八，是去年娶的亲。马氏与李福五是妻表兄妹，论亲戚原不很远。但是郑三庄主在日，知道福五这人不很纯正，不敢亲近。每遇福五到家，不过是恭敬待之，福五倒也没法奈何。福五有一个女儿，名叫杏姑，小郑祥和两岁，曾经请人示意，愿亲上攀亲。马氏知道杏姑貌美，也很愿意。三庄主执意不要，另娶他氏为媳，福五很为失望。

人有千谋，天只一算。崇祯十七年三月里，李闯反到北京。郑三庄主恰在京中死于非命。噩耗传来，李福五额手称庆，奔入房中，向床上翻了一个筋斗。杏姑瞧见，问爹为甚这么高兴，福五道："孩子，你郑家表姑丈没了，你爹要交好运了。我的儿，你也不怕没有好日子，怎么不欢喜呢?"

杏姑究竟年轻，听了她老子的话，不很领会。李福五此时顷刻忙起来，到郑三庄主家里，帮办一切。马氏因他是娘家面上的人，自然比众信任。这也是妇人家通病，对于娘家面上的人，不知怎么，总觉得比众亲热，比众可靠。现在福五既然有着这个资格，一得了马氏的信任，他就任劳任怨，踊跃异常。马氏见他这么实心任事，不免暗中感激。到丧事完毕之后，一应家政就无不与他商酌。福五此时虽不至大权独揽，却就做了郑三房的有力顾问员了，凡事总要他参与，做二三分的主。郑祥和乳臭未干，有什么阅历?见福五这么勤奋，自己乐得省力，一概不闻不问。

马氏年轻守寡，未免寂寞寡欢，福五劳苦功高，自应庸酬逾格。两个原是表兄妹，穿房入房惯了的，为了襄办家政，接触既繁，自然形迹都泯。下人们最喜造谣生事，见他们不避嫌疑，就不免横生议论，沸沸扬扬讲开来。从来说舆论是事实之母，下人们的谣言虽没什么价值，在家庭间却也算得着一种舆论，所以传不几时，两个竟然真个好上了。偏偏那位媳妇不服气，虽不敢怎样，却时时指桑说槐，冷言讥讽。俗语叫作奸近杀，福五和马氏既有了暧昧情事，自不容有这么一位倔强媳妇从中作梗。两个一阵阴谋算计，就把那媳妇结果了性命。明欺媳妇娘家都是懦弱人，很容易对付，只说是急病身亡，就此草草棺殓。从此之后，李福五与马氏逞心如愿，竟然如夫若妇，肆无忌惮起来。又把杏姑许配于祥和做继室，择日成婚。两姓合为一家，翁婿不啻父子。

偏偏鲜花着锦，烈火烹油，到本年四月里，郑二房的遗腹子又死了。李福五喜上眉梢，向马氏道："郑二房没了人，偌大一份家私，理应谁去承受？"

马氏道："可惜咱们只有祥和一个孩子。"

李福五道："一个也不要紧，是可以兼祧的。"

马氏道："就怕大房里讲话。大房现有着两个孩子呢。"

李福五道："那也瞧罢了。从来说谋事在人，成事在天。咱们只要尽力地谋，成功不成功，且看老天的保佑。"

马氏道："怎样谋法呢？"

李福五道："现在你先到二房去走动，赔小心跟他们要好。等到要好之后，再行看事行事。"

马氏依计而行，天天到郑二房去。两房人家来来往往，果然热络异常。但是为了继承的事，马氏说过两回，二房虽也愿意，终怕大房讲话，没有答应。福五又生一计，怂恿二房给那才去世的十一岁孩子娶上一门阴亲，总算成了家，继承的事，索性不立子而立孙。一俟祥和生有儿子，就嗣与二房做承重孙。难为他思虑周详，布置严密，二房也觉着此计万妥万当。不意才一实行，大房郑大庄主就大不答应。

这位大庄主名海天，生性豪爽，见义勇为。人家有了难事求到他，只要他力所能为，无有不允。又极好客，江湖上英雄只要叫得出郑海天名字，郑家庄上供给一宿两餐，更送盘川大钱二百，都是早早端正的。倘是豪杰或有特殊技艺的，就另眼相看，格外优待。因此郑海天的声名，京东数百里，是没一个人不知道的。现在见二房干那娶阴亲的把戏，老大看不入眼。海天就派人知照二房道："此种串鬼戏勾当，不是咱们家干的。就算你们喜欢，十一岁的孩子，如何成家？阴阳一体，你们总也懂得。快给我停止了。"

郑二房听了，就不敢举行。马氏与福五商议，福五道："我们三叔足智多谋，三婶子好日子就是后天，我本要拜寿去，乘便求求他老人家，总有法子可以挽回呢。"

于是办了寿礼，一清早就赶进城来。拜过寿，把此事始末缘由说了一遍，李三只是皱眉，一语不发。福五道："侄儿这件事，总要叔叔替我做主。"

李三道："海天是出名的小孟尝，你如何好跟他碰？并且这件事他的主张很是正大，我也不能够派他不是。多一事不如少一事，老侄我劝你省事点吧。"

福五见李三这么说，万分失望，少不得变换方法，恳求婶子。婶子究竟妇人家，被他一阵天花乱坠地说动了心，应允代他央恳。福五快活得很，退出外面，代李三招待来宾。

才到大厅上，突见一道红光如火，自外而入，定睛瞧时，正是路上遇见的那个十三四龄的红裳女子。心想：怪呀，这小姑娘也来拜寿的？谁家的呢？我竟然不认识。眨眨眼，红裳女子早入内去了。此时女客来得真不少，一个个珠团翠绕，满室里莺声燕语，流利轻圆。红裳女子年纪又轻，模样儿又俏，举动又活泼，因此众女客没一个不爱她，都愿跟她亲近。

李三这日雇有昆腔，戏班在大厅中开演，官客都在正面观看，左右两廊挂了竹帘子，里面都是女客的座位。厅上戏剧开演，官客女客的精神全都注在戏上。一时摆开筵席，男女宾入了席，一边听曲，一边喝酒，十分热闹，十分快活。

酒过一巡，食供两套，家人送上长寿面来，大家才待举筷，忽闻左廊里一个女客嚷丢了东西了，右廊里也嚷起来，说丢了两支珠花。霎时风起水涌，你也嚷丢东西，我也嚷丢东西，两廊里顷刻麻沸起来。李三听得，亲自进来查问，众女客纷纷报说，这个丢了环，那个失了簪，一检点，共是七十三人，所丢都是重要珍贵物品。正在诧异，一个家人喘吁吁奔出，报说不好了，上房藏的那尊白玛瑙寿星丢了。

李三道："出了怪了！我这里平日一枚针都不令丢，今儿宾客满堂，乱子偏闹得这么大！"

李福五也已进来，问丢了多少东西。李三道："光我这一尊寿星，怕拿了两千两银子没处买呢。连众客人所失，怕不止六七千银子呢。"

李福五惊道："哎哟，这个贼子我是知道的。"众女客都问谁是贼。

欲知李福五说出谁来，且听下回分解。

第三回

郑海天仗义疏财
红裳女矜能炫技

话说李福五听了众人的问，遂道："女客中有一位红裳女子，十三四年龄，现在在不在？"

众人被这一问，都各一怔，一个女客道："这穿红裳的小姑娘活泼玲珑，宛如一只小鸟，才在眼前的。"

李福五道："现在呢？"

众人都道："现在真不知哪里去了。"

有几个听了，就要找去，李福五道："不用找了。她既有本领取到这许多东西，断不会被你们找着。"

众人忙问："红裳女子是贼么？"

李福五遂把今日进城途中两次相遇的话说了一遍，众人尽都骇然。

李三道："我这里的高朋密友大半会得飞檐走脊，高去高来，什么红裳女子敢到我这里来惹事？"

众人听了，一个个揎拳掳臂，大有逞能的状态。李三道："敢烦众位给我把这红裳女子查明了，再作道理。现在女客人们丢掉的东西，且由我按价赔偿。"众女客听到这句话，都放了心。

这里李三经了这么一回事，就老大的不高兴，勉强整作精神，敷衍了三日，到第四日，诸亲友都辞去。李福五临走，又去央恳婶子。他婶子道："你叔叔为了丢东西的事，烦得什么相似，我已允了你，无论如何要你叔叔出手，提你一把。你也不必常来讨消息，这一个月内，大概总有消息。"李福五大喜，再三称谢而别。

回到郑家庄，马氏一见福五就道："福哥，你我的事情发作了。今儿大房里大伯叫祥和去，狠狠教训了几句，说你不是两三岁孩子了，很该管管事。你们三房还成什么家？亲戚们要好，也是有的，成日成夜聚在一处，可知外面风声不很好听呢！福哥，大伯是房长，他要管起我们来，你我可就不方便了。"李福五听了，又添一重愁闷。

原来大庄主郑海天年纪五十开外，为人正直无私，慷慨好客，常常高朋满座。此时朝廷下旨圈地，凡是高腴沃壤、美宅良园，满洲人说一声好，立刻一条绳子圈了去，所有原有田主屋主，不问老少良贱，悉数驱逐出外，流离迁徙，奔诉无门。郑海天目击心伤，就在家里设了一个济众堂，捐募钱米，救济遭难人民。

这日救到一起难民，难民中忽有一个认得海天的，口称大爷，拜倒在地。海天问他是谁，那人道："小人原在三庄主家里管理田租的。自从三爷去世之后，姓李的就把小人辞歇了。小人因家里还有三五亩薄田，就此耕种着，将就度日，不意这会子又被圈了去。倘不遇着大爷，小人可就没有命活了。"

郑海天道："哎哟，我想起来了，你不是就叫金七么？你三爷在日，常说你忠实可靠的，怎么三爷才去世你就出来了？"

金七道："大爷原来还不曾知道？三爷去世，肉还没有冷，主母就和那姓李的好上了。家里一应事情，都由姓李的做主。"

海天大诧道："姓李的是谁？"

金七就把李福五的事约略说了一遍，海天如梦初醒道："怪道外面沸沸扬扬，我初还不信呢。"立命人叫郑祥和来，教训了一顿。

祥和走后，海天兀自坐着叹息。忽报有客来访，蹄声响处，一个红裳女子牵了一头黑骡直走入庄门来。海天见了，猛吃一惊，暗忖那定是天仙下降，人间女子哪里有此色相？不禁起身迎接出来。只见那红裳女子道："这位可就是郑海天郑大庄主？"

海天道："在下正是郑海天，姑娘是从哪里来？"

红裳女子道："我从京中来此，闻得大庄主急公好义，济困扶危，为了圈地虐政，救出不少难民。现在有几件钗环首饰，特地送来，捐入济众堂，请即收下。"说着从骡背上解下一个小包来，递给海天。

海天接过解开，灿烂烂明晃晃，宝光耀眼，见都是奇珍异宝，骇道："姑娘如此慷慨，真是天壤奇人，难得难得。"

红裳女子抿嘴一笑道："大庄主，你只道天下只有你一个人是慷慨的么？也太轻视天下人了。"

海天自知语言失检，连忙赔罪。红裳女子笑道："碍什么？我绝不在这些语言上计较，不过讲着玩罢了。"

当下海天请教姓名，红裳女子笑道："吾辈聚首，不过是萍踪浪迹，很不必寻根究底。庄主的救济难民，我的助捐珍饰，都不过一时兴之所至，心里这么想，手里这么行。又不图人家叫好，也不怕人家见怪，所以我的脾气最不喜欢称名道姓，癖性爱穿的是红，庄主只叫我红裳女子就是。"

郑海天只得遵命，就留红裳女子到内堂，命内眷们优礼相陪，待以上宾，就此住下。海天慷慨好施，每月里救济的遭难民人总有百数十名，无不感恩，称谢而去。又因宾客日多一日，房屋不够住，在花园中打了图样，雇匠筑造客房，事情是忙不过。红裳女子偏与海天两个女儿很是投机，谈针黹，谈诗画，异常要好。海天只道她是前朝官家闺秀，特拨两名丫头，专来服侍。

一日，郑家庄上来了一班拳客，在花园中演技。海天叫人知照内眷，今儿园子里有拳客演技，女眷们回避了，别游逛。红裳女子道："拳客演技，我倒不曾见过，倒要去瞧瞧。"

郑大小姐道："都不过是使枪弄棒、大马金刀的勾当，妹妹高兴瞧，我可不能奉陪呢。"

红裳女子道："不用陪的，我一个儿去瞧是了。"

当下红裳女子带了两个丫头，袅袅婷婷，步到花园来。但见花厅前已簇了一圈的人，人影幢幢，刀光闪闪。两个拳师正在那里打对子，郑海天与众门客正瞧得出神。瞧到精彩处，不禁都喝起彩来，顿时彩声如雷。大家精神都注在拳师身上，连红裳女子走到跟前都没有觉得。红裳女子站在旁边，冷眼旁观，一声不言语。众门客凡有一技之长的，无不登场试演，此上彼下，闹到午刻方才定当。

郑海天回头瞧见红裳女子，惊道："姑娘几时来的?"

红裳女子道："来已多时，瞧得够了。我见你们挺着嗓子喝彩，不费力么? 别说没有好的，就使果真是好，也不用这么拼命地狂喊。"

众拳师见红裳女子口出大言，心下都很不服。郑海天道："姑娘你于武技上大概不甚知晓，所以没味儿。"

红裳女子笑道："我么? 果然不能算是内家，但是对付这几个人，自问还不至于坍台。"

众人听得，雷轰似的闹起来，都说："来来，咱们较量较量。"

红裳女子居中一站，笑盈盈地向众人道："众位，不必怎么比较，我站在这里，你们谁能够推倒我，我就输给谁。"

众人见她这么大言不惭，倒都笑起来，暗忖：娇如小鸟、弱不胜衣的这么一个小女子，只用一个指头，早捺倒了，何消推得？彼此狂笑了一阵，内中就跳出一筹好汉来，这一筹好汉是河北著名拳师，绰号飞天虎。生得虎头燕颔，势如奔马，声若巨雷，大喊："我来捺倒你！"

郑海天暗地着急，替红裳女子捏一把汗。只见飞天虎风一般奔来，叉开两手，这一股声势直堪辟易千军。冲到红裳女子身后，狠命只一推，红裳女子微微含笑，纹风不动。扑通一声，飞天虎已跌到五步开外，羞惭满面，爬起身一溜烟逃去了。众人尽都骇然。

内中恼起两筹英雄，一个是山东名师何大可，一个是前明武探花陈大乐，何陈两人都有万夫不当之勇。当下跳起来道："我们两人一齐出手，好么？"

红裳女子笑道："别说两位，就诸位结伙齐来，我也可以勉力支撑呢。"

众人听了，齐都恼怒。只见何大可居左，陈大乐居右，两人一左一右，宛如两只猛虎扑到红裳女子身后，重又缩退三五步，蓄足势，狠命地只一扑，红裳女子依然铁树般直立着，何陈两人早跌了一双，跌有一丈开外。大凡交手，力气愈猛，跌扑得愈远。技精的人半用己力，半用敌人之力。现在红裳女子即暗借何陈两人之力，还打何陈，只是并不见她动手，神乎技矣。

此时拳师中有一个湖南名师，绰号叫作飞叉圣手，五柄钢叉，连环飞掷，百步取人，百发百中。当下仗着这飞叉本领，大声道："姑娘你禁得住我的飞叉么？"

红裳女子笑道："玩着消遣消遣也好。"

飞叉圣手立刻取出三尺来长光芒耀眼的小钢叉五柄，哗啦啦哗啦啦舞弄起来。众人两边分开，站成夹墙的样子。飞叉圣手与红裳女子站有五十步光景的距离，只见飞叉圣手把钢叉舞成一团白光，寒凛凛冷森森，辨不出叉光人影。哗啦一声，陡见一道白光，直奔红裳女子耍闹来。郑海天一个寒噤，暗称不好。只见红裳女子不慌不忙，等候飞叉到来，并不躲闪，轻舒玉腕，只一绰手，早接在手中。那边发的是连环叉，第一叉接住，跟着第二叉又到了。红裳女子左手又一接，哗啦又接住了。白光起处，第三叉又来，郑海天急道："这可难了。"但见红裳女子左手一扬，一柄钢叉哗啦飞掷出去，势如激电，光若长虹，钢叉与钢叉在半空中一碰，火星乱迸，齐齐坠下地来。众人不禁齐声喝起彩来。飞叉圣手不禁弃叉骇叹道："我的飞叉功夫练了半世，才有这点子本领，不意一刻间破于此女之手。这位姑娘真是神人。"

众人都道："你又没有败，如何说是破掉呢？"

飞叉圣手道："你们不知我发出去的叉从未有人接过，这位姑娘能接我的叉，已经不凡了，接我的叉不算，还可以还叉掷我，她才起得一只左手，掷出的叉已能够叉叉相碰，手法眼光，都在我之上。我练了半世，人家今儿才弄这个，件件高过我，如何还说没有破掉呢？"

红裳女子一霎间打败三个拳师、一位探花，依然谈笑自如，绝无骄矜之态。众宾客偏不心服，都道："红裳女子，你说过我们结伙齐来，都不惧怕，我们起家伙围攻你好么？"

红裳女子道："诸位高兴，试玩玩也好。不过我却不需兵器。"遂从身边取出一块红绉绸手帕一扬道："我只用这手帕，诸位的刀剑近得我身时，我就输掉。"众人都不很信。

欲知后事如何，且听下回分解。

第四回

红帕拂来群雄辟易
白光到处元首无踪

话说众英雄不服，都起了家伙。刀枪剑戟，鞭铜锤棍，十八般兵器，备了有一大半。雄赳赳气昂昂，个个眼露凶光，人人眉现杀气，把红裳女子团团围住，困在垓心。瞧红裳女子时，粉脸含春，丹唇欲笑，轻盈妩媚，绝无柳眉倒竖、杏眼圆睁的霸气。众英雄一声呐喊，潮一般涌将去，顿时尘头大起，喊声震天。但见刀光剑影，撒开万点寒星；鞭竖枪横，聚作一团杀气。那红裳女子直立中心，手执红绸手帕，四面拂舞，宛如初升旭日，腾起万道红光；又如天半彩霞，映出一片红色。红光到处，众人纷纷倒退。不过半个时辰，四十多个英雄，全都败下，于是众英雄全体服输。

郑海天喜道："原来姑娘是个大侠，我郑海天半世结识英雄，再不道对于姑娘竟会失之交臂。自知有眼无珠，昏聩得很。"

红裳女子笑道："我也算不着什么大侠，此种艺术，不过闹着玩罢了。"郑家庄上下人等，从此没一个不敬重红裳女子，红裳女子倒也全不在意。

一日清晨，郑海天正与众宾客闲话，忽报本图地保求见，说有要事。海天叫唤入，地保一见面就道："大庄主，你老人家祸急燃眉，还没有知道么？"

海天惊问什么事，地保道："英王爷传话出来，本图中从某段起到某段止，立将派人勘视，叫我预备着。勘视就是圈地的先声，本图中又要圈地了。从某段起到某段止，府上恰在界内。庄主你是素来救济人家的，现在挨到自己身上来了，偏是好心不得好报。大祸临门，破家在即，目前可怎么办？"

海天道："英邸传话是几时的事？"

地保道："昨日下令，干府佐领老爷传我去，当面吩咐的。"

郑海天道："那么千真万确，势在必行的了。你来报信，我很感激，以后得有消息，望你即来通知我。"

地保应着自去。此信才一传布，树倒猢狲散，郑家庄上那些谈兵说剑的宾客，收拾了豪情侠志，一个个静悄悄溜之乎也。很热闹的偌大一座郑家庄，冷清清顷刻变成了清凉世界。郑海天见了，长叹一声，不发半语。账房先生不服气，向海天道："叵耐这一班客人，吃了庄主的，用了庄主的，平日讲的话，什么有福同享，有难同当，不愿同生，但愿同死，何等的义气？现在一个个丢了庄主，各人干各人的去了。别说想法子解救，连安慰的话也没有人说一句，可恼不可恼！"

郑海天道："谁有工夫恼他们？我现在自顾还不及呢。"

账房道："宾客尽散，今儿午饭眼见得没人吃的了，账房备的菜怎么办？"

海天道："分给些众庄户吧，我这庄主，大概不过十天半月的运命了。所以庄户们欠的租，查一查，传我的话，一概蠲免了就是。"

账房应着，自去干他的事。这里郑海天独个儿在厅上踱来踱去，不住地长吁短叹。瞧瞧庭心中树木，陡然触起童时景象，不禁坠下英雄泪来，自语道："记得八岁时光，我兄弟三人在这儿念书，我念《千家诗》，大弟念《千字文》，小弟念《三字经》。每值落日西斜，兄弟三人齐呼迭唱，巴望先生放学。现在两弟都已见背，剩下我一个，眼睁睁瞧祖宗基业，硬被人家夺去。"说着不胜凄婉，没精打采，一步懒似一步，走到里面来。

内眷们还没有得着消息，郑大小姐、郑二小姐正与红裳女子在那水阁子里斗七巧玩呢。海天也不跨进来，抄回廊一径入内，踏进上房。安人王氏抬头见丈夫脸色异常，忙问："庄主，今日有了什么事？"

海天未曾开口，先长叹一声道："完了，咱们这家人就此完了！"

王氏问是什么话，海天道："什么话？大祸临门，这里的家可不是你我的家了。"遂把地保来庄报信的话说了一遍。王氏听说要圈地，哎哟一声，两眼一瞪，跌倒在地，顷刻晕了去。海天急得正跺脚，丫头、老妈子顷刻就忙起来，唤叫的唤叫，掐人中的掐人中。大小姐、二小姐得信，三步并作两步奔了来，红裳女子也赶到了。一时王氏救醒，索性放声大哭。两个小姐见妈哭得悲伤，也就陪着哭泣，丫头、老妈子也都陪着流泪。海天一个正搓手叹气，连说"完了完了"。

红裳女子见了这个情形，很不懂，忙道："你们到底为了家里的事，还是家外的事？"

海天见问，遂把圈地的话说了一遍。红裳女子道："这果然是倾家大祸，但是你们哭一回，闹一回，叹一会子气，难道地就不圈了么？总要平心静气，想一个法子解救过这个危难才是。"

王安人听了，就收了泪，向海天道："姑娘的话很不错，你还是外面去跟众宾客商议商议，看有甚好法子。"

海天道："还提宾客呢？他们一得着我这个信，早都散去了。"

红裳女子道："都散了么？"

海天道："都散了。"

红裳女子道："那么他们都做了食客了？除喝吃酒饭之外，别无他长？"

海天道："姑娘你是个天壤奇人，现在只有你可以替我想想法子。"

红裳女子道："英邸圈地，只圈你一家，还是连别家的地都圈的？"

海天道："据地保说来，从某段起到某段止，都是我的庄院田地。"

红裳女子道："没有别家田地么？"

海天道："没有别家。"

红裳女子道："庄主忖忖，可有冤家没有？"

海天道："我从来不肯得罪人家，何来冤家？"

红裳女子道："这可奇了，英邸无端地圈地，所圈又只有你一家的产业，没有冤家，绝不会如此。庄主，你现在倒先要查一查，究竟有无指使。查明了，我好给你办。这么没头没脑，我也无从下手呢。"

郑海天道："这个我仍旧托地保去探听吧。"说着出外去了。这里红裳女子依旧与两个小姐闲话。安人见红裳女子应允了解救，心里就觉宽了许多。

这日无话，次日，英王府就有人下乡察看形势，传谕地保备办圈地的绳子，限三天内备齐十担草绳，毋许违误，致干未便。

偏偏王府派来的人公馆打在郑三房里，耳目真是近不过。地保平日有了差事，短了钱总向大庄主商议，现在奉令办绳，圈的就是大庄主的地产，当然是不能开口，急得他什么相似，连海天托他打听的事，也忘了报告。海天叫人来唤他，才如梦初醒，跟家人来见大庄主。

海天问他："托你的事如何了？"

地保道："我真昏聩得要死，消息昨日就得的，今早正要来见大庄主。偏偏王府有人下乡，传我去谕话，限三天里备齐十担草绳。"

海天道："十担草绳不是为圈地用的么？"

地保道："大概是的。庄主托我的事，我已探知备细。你老人家不是得罪过黄膘李三么？"

海天道："不曾，他住在城中，我住在乡下，真是风马无关，哪里得罪得着？"

地保道："那可奇了。听说这件事全由李三与佟五爷弄成的。佟五爷是亲王小舅子，是王府中第一个红人。凡是佟五爷说的话，王爷无一不听。王爷因庄子已多，原不欲再圈地亩，佟五爷再三怂恿，说赵二裤子很忠心，办事十分诚实，很该放一个庄头给他做。现在府里几个皇粮庄头，资格都十分老练，未便无端调动。郑家庄二三百顷的田地，圈了来正好放他去做。王爷听了不语，佟五爷才传话办理的。"

海天道："这佟五不是当佐头的么？"

地保道："是的。"

海天道："佟五撺掇成功，又与李三何干？"

地保道："佟五爷这日在李三爷家午饭，饭后回王府就发生出这件事来了，那不是李三主谋的么？"

海天道："王府派人下乡谕话办绳，是几时的话？"

地保道："就是今天的事。公馆打在三庄主家里。"

海天惊道："就在郑三房么？"

地保道："是的。"

郑海天恍然大悟，自语道："我已明白。"遂向地保道："你与我打听得这个消息，我很感激，必当重重相谢。现在你有事尽管自便吧。"

地保去后，郑海天进来，就把所得的消息告知红裳女子，并言自己与李三毫无仇怨，此回的事，定然另有主谋之人。王府来人，公馆恰好打在三房里。三房里的亲戚李福五，我知道他与李三是一家，这主谋定然是他，再没有别个的。姑娘，你应下与我想法子，现在可以想法了。

红裳女子沉吟不语，半晌才道："我姑且应下你，办不到时休笑话。"这夜夜饭之后，红裳女子忽然不见了，暂行按下。

且说李福五见计行谋到，心中说不尽的开怀。送走王府来人之后，欣欣然告知马氏："我们叔叔门路真广，海天任是势焰，草绳一圈，眼见得就要荡产倾家。这里郑家庄上，就没有他一家子的踪迹，瞧他再有什么本领来管你我？二房的事更不用他来费心了。从今而后，你我可以无忧无虑，逍遥自在。"

马氏道："好果然是好，但是好好一份人家，弄得这么流离失所，未免太歹毒点子。"

李福五道："人不伤虎，虎要伤人。这也叫没法呢。"

马氏道："你那叔叔怎么与王府中人认识？"

李福五道："告诉不得你。我们叔叔内自皇宫禁苑，外至各衙门各部院，没一处不通线索。那英王府中的佟佐领，不过是他线索中之一人，算不得什么。"

马氏听了，也很欢喜。这夜二更之后，两口子在房中还高烧绛烛，摆了满桌的肴馔，举杯对酌，谈谈讲讲，你一杯我一杯，乐意赏心，说不尽的快活。正在得意当儿，忽觉一道电光似的白光穿棂而入，寒凛凛冷森森，逼得人毛发悚然，眼都不能张，连桌上的绛烛都摇摇欲灭。马氏吓得躲到床上去，白光过去，绛烛重明，马氏从帐中钻出，猛吃一惊，只见足智多谋的李福五，脖子上短了一段，那个脑袋不知丢到哪里去了。剩个腔子，正在冒出血来。这一惊非同小可，身子索索地抖个不住，要嚷，口里的舌头不服调遣，发不出声来，要走，身下的两腿钉住在地，移不开步来。进了半日，才狠命迸出一声道："不好了！丢了脑袋了！"

欲知后事如何，且听下回分解。

第五回

黑骡红裳飞来侠女
奇冤极枉惨声呼天

话说马氏拼命狂叫一声："杀了人了！丢了脑袋了！"小丫头、老妈子闻声奔入，瞧见椅子上直挺挺装着个没头尸身呢，腔子里冒出鲜血来，血腥冲人，吓得跌倒的跌倒，狂喊的狂喊。两个老妈子灯也不及照，挺直了嗓子跌跌撞撞狂喊出去。

郑祥和听说他妈房里闹了人命，叫起人家，各执了门闩枣棍，照着灯笼，呼呼喝喝闯进来，见椅子上的尸身已经倒地，冲了一地血水，他妈已惊得面无人色。祥和先把他妈扶到外面，倒上滚热的一杯热茶，马氏喝下，心里才觉稍定，才把方才的情形说了出来。祥和与众仆人都觉骇然。

祥和媳妇杏姑听得她老子陡遭不测，丧掉残生性命，哭迎进来瞧视，一见那惨状，更觉悲痛切心，号啕大哭起来，马氏也就放声大哭。外面账房人等得了信，都进来瞧视，究竟账房有见识，叫祥和把马氏劝止了，请出来商议。

账房道："似此变出非常，原是料不到的事。但现在不是哭的时候，商量大事要紧。死呢已经死了，请东家娘娘的示，该如何办理？"

马氏道："我吓已经吓昏了，还有什么主意？你瞧该怎么样呢？"

账房道："现在办事，最要紧的是要报官不要报官。"

马氏道："你瞧要报官不要报官？"

账房道："人命大事，照理自该报官，只不过报了官，东家娘娘就未免要提堂问供，出乖露丑，也许遭一场屈官事，那也说不定的。不报官呢，福相的叔叔三太爷又是个不好说话的，怕又有事故。"

马氏道："这可难了。你看该如何办理？"

账房道："先知照了地保，再派人进城告知李三，瞧李三什么意思。要报官，知照过地保，补报也不晚，能够免报最好。"

马氏道："照此办理很好。"

账房遂派人关照地保，一面派人趁黑早赶进城，到李三家报信。那人行到李三家门，报进信去，李三也正在慌乱呢。

原来李三这日清晨起身穿衣，才纽得两个纽子，就觉一滴水从梁上滴下，正滴在额上。摸来一瞧，却是血水。抬头见血淋漓一个脑袋挂在梁上，这一惊非同小可，几乎跌下地去。坐到床上，定了定神，李三家里原有飞檐走脊的飞贼，唤进一个，叫他纵身上去认看。飞贼纵上一认，说是李福五，忙欲解取。李三止住道："别动，一动就是移尸罪。"

到早饭时候，忽报郑家庄有人来此，说有要事。李三唤进一问，来人把缘由说明，听得个黄朦李三不禁毛发悚然，打起寒噤来。遂道："事已至此，也不必经官动府，那脑袋却在我这里呢。隔了二十多里，人杀在那边，脑袋悬在这里，那人的本领可真不小。"遂把起身瞧见梁悬脑袋的事说了一遍，并引那人进房瞧看。即叫弄个箱子，盛了脑袋，交那人带回去棺殓。分发才毕，忽报昨夜英王府中出了事，王爷起身，瞧见大床檐上挂有一颗血淋淋的脑袋，桌上留有字柬，一张写的是：

> 汝敢委圈民地，取汝首不贷。郑家庄事赶速停止。

佟贼莠言长恶，业已诛却，示汝知做。红示。

佟佐领好好睡在家里，陡然间失去了脑袋，王爷为这事慌了手脚，郑家庄的地已传谕免圈了。李三不禁又打了两个寒噤，举手摸着脖子，暗忖我这条性命已经是拾着的了，从此不敢再生恶计，摆布郑海天。按下慢表。

却说郑海天见红裳女子一去之后，杳无音信，心下万分牵挂。想到地保的话，王府谕令办绳，只限得三日，今儿一日见已过去，我这田地屋舍，我郑海天只有两日主子做了。两日之后，我就是个贫无立锥的贫民了。想到这里，不住地咳声叹气。海天这夜虽然卧在床上，覆去翻来，一夜何曾合眼。天色黎明，反倒蒙眬睡去。等到醒来，辰末巳初，已经红日满窗了。披衣起身，听得隔院吱吱咯咯笑语之声，拖了双鞋走过去张看，见红裳女子正和两个女儿并小丫头子捉迷藏笑乐呢。

海天急步跨进，问："姑娘几时回来的？"

红裳女子道："昨夜就回来了。"

海天道："事情如何了？"

红裳女子道："大概总算办妥了。"

海天细问情形，红裳女子道："庄主你且不必寻根究底，横竖总有凭据给你。"

海天道："凭据在哪里？"

红裳女子道："你的庄院还是你的庄院，保你没人来圈你的，那不就是老大的凭据么？"

海天听了半信半疑，忽然家人传说南庄三房里闹了人命，李福五相公好端端忽地丢了个脑袋。

海天问："真真这事么？"

家人回："如何不真？是昨儿半夜的事，地保已进去看过了。"

海天很为奇诧，心疑到红裳女子。及至把此事告知红裳女子，红裳女子也万分惊讶，一似事出意外似的。过了一日，南宅已举办李福五丧事，马氏与杏姑都哭得哀哀欲绝，本庄家人们又都引为笑话。

次日，就是圈地日期了，海天和家人无不忧心如焚。哪知候到天晚，安安静静，倒绝无意外举动。海天向妻子道："今儿幸喜没事，且看明朝。"

又候了一日，依然无事。唤地保进来问，地保也说不知。海天耐不住，亲自进城打听，才知郑家庄圈地的事，英王传谕已作罢论。一块石头落地，欣喜异常。回到家中，见避去的食客重来了有一半，见了海天，个个用好言慰解。海天虽然心无芥蒂，但也没精神跟他们敷衍了，冷冷地谢了一声，就入内去了。

行到内堂，见红裳女子正和大女儿下棋，海天叫了一声姑娘，感激涕零，几乎垂下泪来，开言道："我郑海天这一场坍天大祸，倘没有姑娘，早就不可问了。"

红裳女子道："庄主这么疏财仗义，照理不该倾家。那是上天有眼，我有什么功呢？"郑海天愈益感佩。

却说红裳女子用飞行手段，一举就解救了郑海天倾家大祸，自己心上很是满意。剑侠的行为虽然是不矜不伐，但是做了逞心的事，自得其欢，也是人情所不能免。红裳女子这日跨骡出外，逛逛野景。那头黑骡是随着人性的，你要快就快，你要慢就慢，不用施鞭纵辔。

当下红裳女子跨黑骡出了郑家庄，缓步闲走，才走得三五里路，就听得一声惨呼，是"天呀"两个字，这声音是从左侧树林子中出来，回头见一个汉子正在那里解带自缢。相去百步光景，那人已把带子挂好，伸脖子只顾套。情势危急，急飞骑抢救已是万万不及，红裳女子只把手指一弹，一道剑光电一般激去，带子立刻断掉。收回了剑，飞骑赶到，纵身下骡，抢入林中，见那人正在地上爬起来，衣衫褴褛，面目瘦黑，腥秽之气熏人欲呕。瞧那副样子，还生着满身疮疥呢。那人起身，瞧见天仙似的一个侠女站在面前，倒吃了一惊。红裳女子道："你这人为甚要自尽？"那人见问，未语先泣。

原来此人家住海淀，姓曾名槐江，上代行贩起家。良田百顷，广厦五亩，境况很是宽裕。不过四代单传，既无叔伯，终鲜兄弟，宗族又很稀少。娶妻哈氏，夫妻虽很恩爱，也不曾生有男果女花。槐江每年贩运京货南下，销掉了转贩茶叶绸缎北上，来去趁钱，所以他的家况一年好似一年。大清定鼎而后，北地倒很平静，南中因拥立宏光，又劳王师挞伐，扬州十日，嘉定三屠，乱得麻沸相似。这时光，曾槐江恰好贩货南中，兵乱阻隔，音息杳然。哈氏在京十分忧急，托人四处探听，花了不少的川资，得不着一个确实消息。有的说已乱兵杀掉，有的说溺死在江中，也有说被掳入广东的，传说纷纷，莫衷一是。哈氏更没了主意，求签问卜，请乩圆光，扰扰纷纷，愈闹愈乱，又没个弟兄亲族可以商量斟酌。

一日来一个神课金玉楼，人家有事占问，灵验非凡，因此神课之名轰传远迩。便有邻舍怂恿哈氏前往问课。哈氏更换了几件衣服，同了邻妇到金玉楼课馆。那金玉楼年只三十多岁，生得浓眉大眼，神气活现地坐在那里，跟人家谈课。问课的人很不少，可煞作怪，哈氏才跨进门，金玉楼抬头一瞧，突然道："这位娘娘气色很不佳，待我谈毕此课，就请过来请教。"遂向旁人道："诸位虽是先到，请略待一待。我因见此位气色不佳，必须先谈几句。"一课毕，即向哈氏道："请过来吧。"

哈氏进门被他一喝，心中已先一惊。等到坐下，金玉楼道："在下是命相兼参的，请先谈一相如何？"

哈氏道："正要请教。"

金玉楼问了年岁，先相过手，然后相面。开言道："大娘娘，相得尊相天庭饱满，地角丰隆。天庭饱满，少时根基必厚，地角丰隆，晚年福泽正长。眉长眼秀，秉性必是聪明，心广体胖，一生禄食无忧。大娘娘人是聪明的，处境是丰足的，那都不必讲。只是美中不足，额阔主父母早年见背，颧高主夫妻中道分离。在下不会奉承，直言切莫见怪。"遂问："在下说的验过不曾？"

哈氏道："父母果然都已作故，夫妻齐眉，并不曾遭有变故。"

金玉楼道："这却奇怪了，尊相眼下已现青纹，照相书伉俪定遭克贼。现在平安无事，那必是府上阴德感天，才能这么逢凶化吉。然而晚生却从此不敢轻相天下士了。明日可否请尊夫下降敝馆，俾晚生替他一相，以释疑团？"

哈氏道："我丈夫出外未归呢。"

金玉楼道："近年可有平安竹报到家么？"

哈氏道："半年多没有音信了。就为此事委决不下，到先生这里来请卜一课。"

金玉楼道："我依相论相，怕就凶多吉少。但愿他课兆大吉，相法不准，那就好了。照大娘娘的相，就只有这一点子缺陷。过此缺陷，却就喜星透露，从此一路顺风，福寿无量。"

哈氏道："所愿如此。现在请先生替奴卜课吧。"

欲知课兆如何，且听下回分解。

第六回

遂奸谋鹊巢鸠占
打官事活剥生吞

话说哈氏请金玉楼卜课，金玉楼焚上香，问明姓名年岁及出门日期，乃朗声祝告道："兹有大清国顺天府海淀住户信女曾哈氏，为因丈夫曾槐江，年二十六岁，于顺治二年三月某日出门，往江南贸易，一去半年，杳无音息，存亡莫必，生死不知，为此虔心焚香，叩请伏羲文王周公孔子鬼谷子先师昭示卦象，吉则示吉，凶则示凶。"

祝告已毕，扑哧扑哧摇起课筒来。开筒瞧过，金玉楼单单斥、斥斥单地自语了几遍，再摇，再开，再语，鬼混了好一会儿。只见他故意做出惊人的样子，开言道："哎哟，照卦象不很好呢！尊夫年庚属水，出门的日子，偏是个土日，万物得土而生，只有水得土而克。现在这个卦是巽卦，巽卦为风，在天则为风，在地则为木。风木同德，土遇了木，又是个克贼。行人两遭克贼，大有不利。"

哈氏大惊，问："不妨事么？"

金玉楼摇头道："依卦而论，尊夫久已不在世间了。卦象已见坟墓，劫杀又与身并。"咬金嚼铁，说上无数怕人的话。

哈氏急得两泪交流，几乎放声大哭。金玉楼道："今日问课的多，没暇细谈。明日请到府圆光，看一个究竟。或者请出尊夫贵造，待我今晚细细替他推算，命课双参，几路互相拢来，总能定出个究竟。"

哈氏道："我已经没了主意，只好费心先生了。"遂说出了槐江的年庚，含悲而去。

次日，哈氏派人送课金来，并请金玉楼到家圆光。金玉楼已把命书批好，随即带在身边，跟随到家。进房坐定，送上了茶。金玉楼接茶喝着，偷眼四顾。只见房屋高爽，陈设精致，心中不禁暗喜。忽家人奔出，道："大娘娘出来了。"

金玉楼起身见礼，哈氏道："先生请坐下。"

金玉楼一边坐下，一边道："命书已经批好，昨夜细心查阅，差不多批了一夜。"

哈氏问："星运如何？"

金玉楼道："大娘娘可不要气苦，这也是大数使然。尊夫命中坐实枭神恶煞，实已不存在世。"又细把星命道理谈了个畅快。哈氏更是惧怕。金玉楼再替他圆光，香烟起处，白纸上竟然活现出来。

金玉楼指道："大娘娘请瞧，那不是一座桥、一条街么？"

哈氏瞧去，依然是张白纸，不见有什么。回言不曾瞧见。金玉楼念动真言，一念之下，果然纸上现出桥的样子，只是隐隐绰绰，看去还不很真切。

金玉楼道："桥一座街一条是瞧见了。"

哈氏被他一说，果然瞧得真切，见一座石桥，桥边是一条石街。街是横的，桥是纵的。金玉楼道："有人下桥来了，那不就是尊夫么？"

哈氏睁目细瞧，恍见曾槐江从桥上走下，忽然石街上来了一队兵将似的人，围住了槐江，举刀就斫。槐江中了三五刀，仆地就死了。哈氏瞧见，惨目伤心，大叫一声，晕了过去。家人慌忙救醒，哈氏大哭不已。

金玉楼道："这也是大数使然，大娘娘不要气苦。万金之体，宜自珍惜。现在最是要紧的，该择日举哀，多做佛事，以资冥福。"

哈氏此时悲痛刺心，苦于家中无人照料，就请金玉楼代为择日延僧。金玉楼满口应允，办理一切，倒很尽忠竭力，并时时向哈氏讨差，罢业停工，自贴车资自吃饭，专替哈氏干事。哈氏很为过意不去，金玉楼倒并不邀功市德。哈氏便不由把他当起心腹人来，事无大小，都与他商量。金玉楼知无不言，言无不尽，哈氏愈益相信。

金玉楼就隐隐地讽劝她说道："现在乱世时候，妇人家一个拥着厚资，很是危险。总要顺变达权，想一个安全之道。"

哈氏听了，颇不为然。金玉楼用尽心机，费尽方法。日间会了面，便说谁家被盗，谁家被窃，再三地恫吓她。一到夜间，更暗叫人投砖飞砾，把个哈氏吓到个茶饭无心，坐卧不宁起来。金玉楼知道时机已经成熟，遣媒人前来关说。哈氏见金玉楼人很义气，不觉慨然允许。于是即日入赘，金玉楼与哈氏参天拜地，居然成了夫妇。

金玉楼便再进一步打算，把曾姓产业逐渐出售，一面另购新产。不过半年工夫，曾槐江三个字早已一笔勾销。于是奔走江湖的卖卜先生，居然面团团做富家翁了。

自以为万无一失，不意到了本年五月，曾槐江忽地回来，弄得衣衫褴褛，面目瘦黑，满身的疮疥，成个花子模样。回到家门，才待闯入，即被管门豪奴喝住："瞎了眼珠子的，你到哪里去？找谁？"

槐江道："我到自己家里来。"

豪奴道："这是你的家么？妈的，快给我滚！"

曾槐江愕然不解，见了这般势派，知不能理喻，只得找寻旧邻舍，问起情形。知道房屋田亩都已易主，妻子已经改嫁。

槐江道："我妻子素来不是淫荡的人，怎么会改嫁呢？"

邻人又把卜课算命圆光的事细细说了一遍，槐江怒道："那都是这卜人引诱坏的。此人既占我妻，又谋我产，我誓与他势不两立。"邻舍也都义愤。

槐江问明哈氏住址，盛气而往。行抵那里，只见一所巍峨甲第，三五个鲜衣华服的豪仆，站在门房中讲话，气概非凡。自顾形秽，未敢高声，走上门房问一句："这里可是曾宅？"

那几个家人盯了他一眼，也没暇睬，依然高谈阔论地讲话。槐江正拟跨进去，忽见哄传"大相公、大娘娘出来了"，那门上家人就站起来驱逐槐江，槐江只得走开。遂见金玉楼、哈氏带了不少的家人，簇拥而出。槐江瞧得真切，大喊一声"大娘娘"，哈氏一见槐江，猛吃一惊，才待询问，早被金玉楼喝令豪奴赶开。豪奴宛如奉了将军令，拳棒交加，槐江站立不住，只得逃开。冤愤填胸，一口气奔到顺天府衙门，击鼓喊冤。府尹唤入问话，槐江哭诉情形。府尹准词，着令补状。曾槐江遂购了禀纸，自撰一状，其词是：

> 为奸棍横行，夺妻吞产，请求申雪事：窃民出外营商，旅居江南三载，遍地兵革，音书不能相通。频遭兵匪，行李荡然，九死一生，行乞回里。不意家门依旧，

景物全非。询问旧邻，始知发妻哈氏遭奸棍金玉楼蛊惑引诱，迫令改嫁，占夺发妻，吞没祖租，并将旧产售尽，转购新房，田宅悉用金玉楼户名承粮纳税。查金玉楼原第江湖卖卜之流，乘乱世兵戈遍地，欺民妻妇女无知，假托卜术，断定民人遭乱身死。民妻惶惑无主，致堕奸谋。民痛愤填胸，赶往寻认。眼见金玉楼同民妻联袂出外，民欲上前唤认，金玉楼喝令豪奴群殴，拳棍交下，不令近前。似此无法无天，实属大干法纪。民受此荼毒，换魄丧魂，遭此奸谋，肠断胆裂。发妻被占，此生何颜于人世？祖产被吞，此命更难于苟活。其一息尚存，誓不共戴天地。伏望依律提讯，尽法严惩，前途荆棘，驱除当道豺狼，大之可难法纪于将亡，小之可释个人之私憾。泣血陈词，唯希矜察。和泪濡毫，裂肠伸纸。奇冤待白，不知所云。

这一纸禀词投入之后，府尹大怒，立刻批交大兴县差提严讯。大兴县知县接到府尹公事，不敢怠慢，当堂签牌，派差立拿奸棍金玉楼到案。从来说有钱使得鬼推磨，天大的官事，只消地大银子。金玉楼有的是钱，什么大不了的事？横竖此钱原非己有，多花掉几个也不很心疼。大捧的金银，上下打点，清朝官吏再不会有不要银子的。金玉楼又请了一个著名讼师，做了一张诉词，临审之前，先到县衙投递。大兴县接诉一瞧，见写着：

为架虚诬陷含血喷人极枉奇冤事

点头道："这词头就不很妥当。"遂提笔替他改成：

41

下面也替他改去了好些。到开审之日，少不得屈情害理，胡乱断处。曾槐江不服，问官道："哈氏的丈夫已经死去，你胆敢冒称已死之人，冒认人妻为己妇，意图敲诈，心存夺妻。照理就该办你个反坐。现在本县加恩，姑不与深究。"遂令具结。槐江不肯具结，大兴县喝令拖下责打三百板子，责毕仍勒令具结。槐江只得忍辱具了个结，怨气冲天，跑到这里来上吊。也是命不该绝，遇着红裳女子，一弹指，剑光到处，就断下了绳子。问他为甚觅死，曾槐江语未出口，泪先下堕，便把自己所遭的奇冤极枉，从头至尾说了一遍。

红裳女子道："你的话句句是真，桩桩是实么？"

曾槐江道："我的家原在海淀，那边邻舍都是三四代旧邻，姑娘不信，可以前往访查。"

红裳女子道："现在我问你一句话，你觅了死，就能够报仇雪耻么？"

槐江道："阳世官吏这么昏黑，阴间神明总正直的。我想死了之后，到阎王爷那里去告这奸棍一状。"

红裳女子笑道："阴间究竟有没有阎王，究竟肯替你办这件事不肯，都在不可知之数。据我想来，你做着人，多着一口气，犹且奈何他们不得，难道你没了气，做了鬼，就有大能耐不成？"

曾槐江道："姑娘的话很不错，但是我就这么负屈含冤一辈子，白使奸棍逍遥自在么？"

红裳女子道："我替你做主，可以除掉你仇人，可以复还你产业，还可以使你夫妻团圆，依然欢欢喜喜的一家子，你可愿意？"

曾槐江喜道："能够如此，姑娘你就是我天大的恩人了。我曾槐江甘愿倾家报酬。只是我瞧姑娘花朵似的一个人，不信竟能干此大事。"

红裳女子道："你不信我也不管，你酬报我也不要。我有本领妻子还是你妻子，产业还是你产业，替你报仇，替你雪耻。你明日此时，仍到这里会我，包有好消息给你。去吧，别忘了时刻。现下我还有事呢。"说着一带缰，跨上黑骡，飞一般去了。

欲知后事如何，且听下回分解。

第七回

剑光到处魄散魂飞
药末弹来形销肉化

话说红裳女子飞骑纵辔，径投海淀。霎时已到，就骡背上问信，说有个曾槐江住在哪里。人家见她模样俊，没一个不爱跟她讲话。就有人问："你找槐江做什么？"

红裳女子道："我向他索欠呢。"

那人道："姑娘，你这个欠可索不到手的了。"

红裳女子问是何故，那人道："请下了骡，到我家小坐，好细细谈话。"

红裳女子下骑，跟那人入内，就庭中树上扣了骡。那人让红裳女子入屋坐定，遂把哈氏业已改嫁，产业尽已变卖，槐江行乞归来，无家可归，现在正在打官事的话，说了一遍。

红裳女子道："那么我的欠竟没处索取了？"

那人才待回答，听得里面一阵吵闹，大有似乎拌嘴。那人听得急匆匆移步入内。红裳女子见情形奇异，侧耳细听，仿佛是两女一男在那里争论点子什么。却是一男一女呵斥一个女的，那女子争论不过，就呼起天来。那男子道："你瞧她这么悍泼，现在外面有客，我不和她计较，停会子再问她。"一阵脚步响，就出来了。

红裳女子起身告辞，遂解下骡子，那人也不留。红裳女子拉骡子出门，打一个招呼，纵身上骑，一转眼就没了影踪。那人见了，很为奇诧，且暂按下。

却说金玉楼打胜了官事，万分之喜，这夜夫妻共坐闲话，金玉楼道："现在世界做人真不容易，人心鬼蜮，世路崎岖，即如你我夫妻，何等光明正大，偏有光棍出来，冒充死鬼，胆敢告状。倘不是清官明断，不知又要闹出什么事故来。"

哈氏道："话虽如此，但是前夫的身死，我也不过凭你的课命圆光，究竟不曾得着确据。此人是真是假，很该叫他来见我一面。现在就这么打官事，怎叫人家不疑心？"

金玉楼道："本来我也想唤他来家见你一面，因这个人脏得很，满身都是疮疥，怕熏坏了你。横竖总是假冒的，所以不曾唤得，哪知倒惹得你疑心起来。我和你做了这许多日子夫妻，我的为人你总也知道。我待到朋友邻舍以及家中下人们，哪一件肯过分了人？难道对于你前夫倒怀着不良之心不成？"

哈氏才待答话，不防窗棂里唰一道异光，电一般射来。忽见金玉楼一个寒噤，就没了声息。哈氏见他神色有异，忙问："你怎么了？"连问两声，不见答话。走过去用手一摸，身子已经冰冷，大惊失色。忽见红光耀处，一个绝色女子挺立面前。哈氏此时惊得心神无主，突然出现一人，不知从何而来。才待讯问，那红裳女子道："你知道么？眼前死的并不是你丈夫，却是你丈夫的仇人。你丈夫并没有死，明儿回家了，你依旧可以夫妻团圆。我知道你良心没有坏，受了奸棍的欺骗，很是可怜。"

哈氏怔着，不答一语。红裳女子道："我是谁谅你也不曾知道，实告诉你了吧。"遂把今晨树林中救下一人，如何盘问，如何知道情形，如何到海淀查访，如何来此除奸，在窗外如何听你们两口子讲话，细细说了一遍。并言："大娘娘，倘不是你方才这一番话，怕你此刻也同这奸棍一样，断送了残生性命。"

哈氏恍然大悟，知道自己一向在人家圈套中，急忙跪地叩谢。红裳女子道："你也不必叩头礼拜，我现在还有一句话要问你。"

哈氏起身听命，红裳女子道："你房中挺着这么一个尸身，作何处置？这么的大仇人，你难道还愿意替他棺衾成殓持丧开吊不成？"

一句话把个哈氏问住了，弄得满肚皮不得主意，转向红裳女子问计。红裳女子笑道："我知道你们明儿夫妻团圆，不便办理丧事，已经早早地定下办法，终不然使你们挺个尸身在家里闹官事不成？"说毕，从怀中取出一包药末，解开包向金玉楼尸身只一抖，这药末真也厉害不过，才一着体，立见青烟直起，顷刻间咻咻咻一阵奇响，偌大一个尸身，渐化渐小，不多会子，早化成一堆血水，皮呀肉呀骨呀脏呀全都不见，只成了一堆衣服、一条辫子而已。哈氏见了这骇目惊心的事，吓得目瞪口呆，不知所措。

红裳女子道："大娘娘，你敢是还在痛心这奸棍么？"

哈氏道："我哪里会痛心？但是今夜所遭，都是意想不到的事。奸棍突然身死，姑娘突然而来，尸身又突然而化成血水，叫我心中眼中怎么不要骇怪？"

红裳女子道："少见多怪，原也不能怪你。你是不出闺门的娘儿们呢。"说着，俯下身去，把衣服揩抹净了血水，连辫子收拾妥当，向哈氏要了一条包袱，一股脑儿打成一个包，笑道："这些东西我带去可以合药，放在这里白留祸根子与你们。"说

46

毕，把包背于背上，推窗道："我去也。"一转眼就没了影踪。哈氏心中忐忑不定，按下慢表。

却说红裳女子出了哈氏家的门，仗剑飞行，径投海淀那家子。原来红裳女子日间前往探听的那一家姓周，原是兄弟两人。兄名周山，弟名周海，山海两人同居共炊。海妻李氏貌既美丽，人又婉淑，山妻马氏貌虽俏俊，性极妒狠。李闯临走当儿，纵兵四掠，周海恰被掠了去，数年没有音耗。马氏心起坏意，向丈夫周山道："老海久不归家，谅必已死。他老婆这么懒，只会吃饭，不肯做事，不如把她嫁掉。庞儿这么俊，很可多卖几个钱。你看如何？"

周山道："家贫思贤妻，国乱识忠臣。你的主张很是。既省了人口，又多了钱，真是再好没有。现在你先去探探她口气，我们再定办法。"

马氏就折到李氏房中，用言语慢慢探听。开言道："海叔这许多年没有音耗，看来是不回来的了。婶子你花朵似的一个人，难道就这么埋没一辈子？你纵甘心，我也替你不忿气。跟你大伯商量，你大伯倒也怪可怜你。但我们都是旁人，你自己心里到底怎样？只要你有了主意，我们就可以办事了。"

李氏道："蒙大伯疼顾，感激得很。但不知你们要办事，是如何办法？"

马氏道："只要婶子定了主意，我们就去托媒人，替婶子拣人家。人总要拣温柔和顺，家总要拣富厚小康，才不枉婶子这么的人才，这么的品貌。"

李氏道："多谢大伯大姆费心，原来是要我改嫁。我果然是得了，只是对于你那兄弟可有交代没有？别说生死未卜，就算他果然是死了，我一嫁了人，他这一房人家不就结了么？大伯是他

47

同胞兄弟呢，这么的狠心。"

马氏道："我们是好意，因为婶子年太轻，貌太美，又没有一男半女。"

李氏道："请不必费心。我活在世上，是周家的人，死在阴间，是周家的鬼。说他是死了，我就今日替他成服穿孝。"

于是即日披麻戴孝，扮成个孤孀模样。周山夫妻见李氏如此固执，便就想出种种法子，把她凌虐。李氏稍一回言，他就两口子同声呵斥。红裳女子日间在客堂中讲话，两妯娌不知为了什么，又争论起来，周山竟会丢了客，进来帮老婆呵斥李氏。呵斥得李氏呼天痛哭，方才罢了。

当下红裳女子飞行似电，一转眼已到了周山的家，取剑下降，恰在周山房间屋上，飞身下行，贴伏檐际，瞧见屋内灯光映在窗纸，现出一男一女两个人影。听了听，里面正在讲话，一个女的道："成日价这么吵闹，这种日子我竟不能活了。没了婆婆，她竟是我婆婆。我一开口，她就这么大嚷大哭，邻舍们听得了，总说她是个寡妇家可怜，说是我们欺负她。你瞧瞧，我这么活受累，几时才了？我看不如索性我让了她，让她一个如心逞愿。"

男的道："快休如此，我已经托了媒婆，早晚总要请她出了我这门呢。"

女的正是马氏，男的正是周山。听周山说已经托了媒婆，红裳女子一动道："原来他们是抵装卖人呀。"

随听马氏道："托了媒婆，不知多早晚才有主顾。"

周山道："不必慌，城中施太监要娶个妾，只要貌美，身份银子倒不计较。我已托媒婆去说，要他三百两银子，不知如何。"

马氏道："施太监是个太监，要娶妾来什么？"

周山道："这个我可不去管他，我可只认得是银子。"

马氏道："还有一层，就等谈妥了，这蹄子固执得很，不肯从也难。"

周山道："那很容易，只消向他们说，交齐了身份银子，趁黑夜来娶。言明新人极会假惺惺，所以我们不替她更换衣服，只要瞧髻上插白骨簪的就是，不必问得，可就拥去。你瞧好不好？"

马氏大喜，连称妙计。窗外听得明，暗记在心，随即仗剑飞行，回到郑家庄。人都睡静，万籁无声。红裳女子生出火炉，把金玉楼辫子和衣服用心锻炼，加上药料，炼到四鼓时光，方才炼好。出了火气，研成细末，收藏在瓶中。这药末名叫消肉化骨散，是飞行剑侠的秘方毒药，厉害无比。杀了人，指甲里弹上少许，偌大的头颅立刻一道青烟，化为血水。收拾完毕，方才解衣就寝。

一觉醒来，已经辰牌时候，急急起身梳洗，吃毕早餐，跨骡赴树林，见曾槐江已等候多时。槐江道："姑娘来了。"

红裳女子道："诸事都已办妥，你回家去吧。"

槐江道："金玉楼势焰熏天，那班豪奴都如狼似虎，怕不能放我进门。"

红裳女子道："放胆前行，包你夫妻团圆。你原是觅过死的人，天下再没事有大过死的事，你再拼着死，硬会子头皮就得了，难道还要我陪送回家么？"

曾槐江没法，只得谢了女侠，自向金玉楼新宅而去。

这里红裳女子就赶向海淀，跟周山的左右邻舍打听，始知周山的兄弟被贼人掳去，生死不知，周山夫妇蓄意要嫁去弟媳。打听明白，把缰绳一转，回路向金玉楼新宅来。骡行迅速，霎时已到。果见挺腰凸肚的家人一个个鲜衣华服，在门房中指天画地地闲谈。女子立刻下骡。

欲知后事如何，且听下回分解。

第八回

肆筵设席大会亲朋
狗肺狼心出卖弟妇

话说红裳女子一骑黑骡，直到金玉楼新宅下骡，带住缰走上门口，早有两个家人走出问道："这位小姐从哪里来？"

红裳女子道："我是来见你们大娘的。你给我通报，只说红裳女子来拜见，她是会知道的。"一个家人就上来，接了牲口，牵去喂料，一个家人入内通报。

却说哈氏晚上遭了非常变故，胆战心惊，一夜何曾合眼？清早起身，记着红裳女子的话，叫老妈子传话门房，今儿有客来家，立刻通报，不准少有延误。门房中几个家人诺诺连声，自然小心伺候。午初时光，曾槐江大着胆子到来，门上因里面吩咐过，不敢阻拦，立刻入内通报。

哈氏听得曾槐江三字，顾不得什么，飞步迎出来，一路跑一路问："人在哪里？人在哪里？"家人急忙奔出，引槐江入内，到中门夫妻恰好相遇。哈氏见了槐江，定了定神，不禁上前拥抱，放声大哭，槐江也放声大哭。

两个哭了一会子，哈氏才道："你我不是在梦中么？"

槐江也道："我只道今生今世不得见你面的了。"

家人们见了这个情形，齐都纳罕。哈氏的贴身丫头瑞仙闻声奔出，失声道："那不是大相公么？"

原来外面的家人金玉楼都已换掉，所以不认识旧主人。里面的丫头人等换去的只一半光景，那瑞仙还是旧人呢。

哈氏向众家人道："这才是你们的主子。"

瑞仙扶了哈氏，槐江跟着，同到大厅，夫妻两个对诉别后情形，不禁又痛哭起来。此时合家子都已传遍，凭空跑出一个主子来，都当作件新闻，纷纷谈论。

一个家人道："我们的主子金相公瞧见了这个新主子，不知又要闹出什么笑话来。"所以红裳女子到门，瞧见家人在门房中指天画地地谈话，就是讲这一件事。

家人入报："有位小姐骑骡而来，要见大娘娘，自称是红裳女子。"

槐江哈氏齐声道："大恩人来了，快请快请。"说着双双迎接出来。红裳女子早如春云出岫般袅袅婷婷走进中门来，哈氏瞧见，急行几步，携住手道："姑娘，你真是菩萨化身，救了我们两口子。"

红裳女子道："那是你们合当破镜重圆，我有什么功呢？"

槐江乍到家门，不曾见金玉楼影踪，心中颇为诧异，正欲询问，恰遇红裳女子来了，忙着迎接。现在他心机一动，暗忖我趁恩人在此，唤他出来问话，就好邀同旧邻作证，告他一状，办他个奸占产妻之罪。遂道："奸棍怎么不见？我要问他话。"

哈氏闻言，顿时露出惊惶的样子。槐江只道她惭怍，忙道："你吃了人家欺负，我疼你还不及，断然不会来怪你，你放心，我气不过的就是这奸棍。"

红裳女子道："你问的不就是那金玉楼么？"

曾槐江道："是的。"

红裳女子道："金玉楼这厮也很可怜……"哈氏大惊，怕女侠直说出来，家人中不少金贼心腹，怕又要发出事故。只听红裳女子道："他现在人财两失，已很可怜。得放手处且放手，得饶人处且饶人。我劝你宽一步吧。"

槐江道："大恩人的话，我是不敢不遵，但是心头之气终难消。"

女侠道："不必难消，这姓金的我已经劝他走开了，他已允下一辈子回避你，也不向你寻仇。后患是没有的了，你可放心吧。"

女侠这一番话说得槐江、哈氏放了心。曾槐江便欲重重酬报女侠，女侠不肯受。哈氏道："姑娘，你果然是施不望报，但是也要替我们受恩之人想想。我们散而复聚，倾而复安，就这么平白过去，心里头安么？"

红裳女子想了一想，道："这么着吧，你们定要把金银谢我，我又定然不要这东西。因为金银这东西世界上人人把它当作宝贝，就酿出种种罪恶，生出种种是非。我是天下第一不合时宜的古怪人，对于这东西不但没处用，也没处藏，倒觉累赘不便。现在郑家庄大庄主郑海天家里立着一个济众堂，金银钱财是很合用的。你们要谢我，就捐入济众堂吧。"

槐江见如此说了，只得罢休。红裳女子道："你们缺月重圆，是天大的喜事，旧日的亲戚邻舍倒不能不请来一叙。"

槐江、哈氏齐称省得，女侠只喝了一杯茶，起身告别。槐江、哈氏苦留不住，只得送出大门，眼见她跨骡飞骑而去。

两口子回到里面，哈氏取出金玉楼的衣服，请槐江更换，又取出牙梳，替槐江梳了一条辫。人要衣装，佛要金装。曾槐江通体换齐衣服，焕然一新，顷刻气概了许多。夫妻两个到房中坐定，支使开丫头、老妈子，低低讲说衷肠话。哈氏才把夜来之事细细告知槐江。槐江十分骇异，到此才知红裳女子是个飞行剑侠。

奸棍已死，夙恨全消。次日就去拜谒旧日四邻并几家远亲。到夜置备盛筵，大开宴会。那所请各客，却是旧邻周山穿得衣服整齐，摆摆摇摇第一个先到。曾槐江殷勤接待，一时客人到齐，槐江请众人入席，共坐了两席。众人都道："槐江兄回来，我们不曾替兄接风，倒先叨扰。"

槐江道："我此番九死一生，只道是此生不能再踏家乡地土。不意这会子仍得与众位同聚一堂，何等荣幸？何等快活？"遂把在江南如何遭难，途中如何受苦的话，从头到尾说了一遍。众人便说了一番吉人天相的套话。

内中有一人姓胡的，最是议论风生，恰好坐在周山并肩，他就向周山道："周山兄，令弟出外多年，杳无音息，也许也与槐江兄一般，受些磨折，终有一日回来。吃得苦中苦，方为人上人。那也是说不定呢。"

言者无心，听者有意，周山很是不好意思，搭讪着用别的话岔开去。一时猜拳行令，宾主欢笑如雷。周山酒量极宏，杯到即干，喝了不少的酒。等到酒阑人散，众宾客都称谢而去，他早烂醉如泥，卧于椅上，呼之不应，推之不醒。槐江叫家人把周山扶到炕上去睡，这一睡直睡到次日巳末午初才醒。早有家人打脸水请洗脸，洗毕脸，槐江已派人来请吃午饭。周山心想，他如此要好，我落得吃他的。见了面，少不得说了几句贪杯的话。槐江道："是要如此才有兴。"周山吃过了饭，偏又说地谈天了好半天，才称谢而去。

走在路上，心中暗忖，这件事经我这么一布置，隙漏全无，谁也瞧不透，从此眼前就清净了。欣欣然走回家来，到家门一瞧，见门口一大堆花炮纸，知道那事已经结局，不胜之喜。举手敲门，里面应"来了，来了"，却不是马氏声音。呀然一声门开，定睛瞧时，这开门的却是弟媳李氏。周山暗忖，那家子还未举动么？一言不发，入内找寻他老婆。找了半天，不见马氏影踪，心下诧异，免不得问他弟妇："你大姆哪里去了？"

李氏道："昨夜来了一群强人，不问情由，硬把大姆拥抱而去，临走还放了一大串花炮，不知是什么意思。"

周山肚里明白，跺脚道："坏了坏了，错了错了。"急得满头都是汗，自语道："怎么好？怎么好？"

原来周山早与媒婆说妥，施太监一口应允，三百两身价银子，一分也不短，立刻交予媒婆转送与周山，与周山约定，这夜来娶。周山知照他新人很会假惺惺，娶过了门才更换衣服。你们来到，瞧见髻上插白骨簪的就是，不必问得，拥抱了去就完了。不意媒婆到施太监家关照，红裳女子恰在屋上探听，听了个备细。这施太监并不是内侍，就为没有胡须，生成的太监形，所以人家都叫他作施太监。红裳女子心生一计，飞行到周山家中，扑灭了灯火，趁黑暗中替两妯娌对调了发簪。马氏髻上是白骨簪，李氏髻上是裹金簪，堪堪换好，施家的人到了，门敲得雷响。当下李氏正在点灯，马氏就出去开门。众人一拥而入，瞧见马氏头上插着白骨簪，喊一声"在这里了"，拥着就走。马氏大喊："错了，不是我。"众人道："不必理她，新人很会假惺惺。"点放了花炮，风驰电卷，簇拥着如飞而去。在路上一任她喊破喉咙，谁有工夫理睬她。

拥到施太监家中，都已齐备，忙忙地替她更换衣服。马氏还再三分辩，施太监道："你家大伯周山已收了我身价银子，把你嫁与我做妾，你现插着白骨簪，哪里会错？就是错了，到了我这里，再无回去之理。人虽错，姻缘没有错。必是前世有缘，你才会到我这里。时光已经不早，你也不必做作了。"马氏到此便也无言可说，只是再不解自己髻上的簪怎么会换错的。长叹一声，只好将错就错。

这一节事，周山哪里料得着。周山以为事情办得万妥万当，自己落得避向他处，免得受人指摘。恰好曾槐江请吃饭，他所以摆摆摇摇，第一个先到，喝得稀泥烂醉，第末个动身。不意回到家门，弟媳依然无恙，发妻早被拥去。发急跺脚，生米已成熟饭。忙赶到媒婆家中，要媒婆同了自己向施太监理论，媒婆不从。周山没法，只得独个见施太监，要他送还马氏。

施太监道："我出银子娶的，有你亲笔契据在，哪里有送还之理？"

周山道："我许嫁的是弟媳李氏，你强抢的是我老婆马氏。须知马氏不曾许嫁你过。"

两个争论起来，一个说是借端索诈，一个说是强抢发妻，各有至理，各不肯下。周山气不过，投讼师作禀控告施太监。正欲告状，这日忽有一远客来家，一见了李氏，抱着大哭。四邻闻声奔视，都道："周海回来了！周海回来了！"周山得着此信，家也不敢回，状也不敢告，就此远走他乡，到别处去了。

一言表过，且说北京地方自从红裳女子出现之后，神奸巨蠹无不生有戒心。黄膘李三召集徒党，叫他们事事敛迹，步步留神，不要张牙舞爪，免得惹祸招灾。不意徒党中有一个绰号铁头蜂范阿九，听了李三的话，不很服气，暗道："黄膘专长他人志气，灭自己威风。我偏不信，看红裳女子把我怎样？"

欲知范阿九闹出什么乱子，且听下回分解。

第九回

邬光祖挈眷住京师
铁头蜂奸谋夺人妇

话说铁头蜂范阿九颇不以黄膘之言为然，这范阿九本来狡黠无赖，包娼窝贼，无恶不作。近来更广布党羽，用伪赌骗钱。入了他圈套，无不倾家荡产，受害的人不知凡几。这日，范阿九从黄膘李三家出来，心里一路盘算，某公子囊有多金，性喜牌九，当如何引使入局；某掌柜家拥厚资，欢喜押宝，当如何诱使同赌。低头筹划，不意与对面一人撞个满怀。

范阿九道："谁不生眼珠子？走路混撞你的妈！"才待发作，抬头见那人道："老九，是我不留意冲撞了你。"

范阿九道："呀，你不是邬光祖么？多日不见了，这几日你在哪里？"

邬光祖道："我因家眷来了，部署一切，不曾有暇到外边来。"

范阿九道："哎哟，嫂子出来了，也不知照一声，我也该送一个贺份，贺贺你乔迁之喜呢。"

邬光祖连说"不敢不敢"，遂道："老九如果有暇，请来小寓坐坐，当奉清茶一杯。"

范阿九道："左右没事，就到府一坐何妨。"

当下跟随了邬光祖，抹角转弯，走了好一会儿，方才走到。见是小小的三间，一间是卧房，一间厨房，一间是客座。光祖请范阿九客座中坐下，遂叫妻子烧茶。他妻子俞氏从房间到厨房，总要经过客座的。邬光祖道："我与老九要好，差不多自家兄弟。你来见见，叫应了，以后不用回避。"

俞氏含羞上前，深深万福，低低称了声"伯伯"，范阿九赶忙还礼不迭。那阿九见俞氏生有沉鱼落雁之容、闭月羞花之貌，早失了魂魄，迷了神志，目不转睛盯住了看。俞氏被他看得没意思起来，急忙忙向厨下去了。

范阿九道："老光，你好福气，有着这么漂亮嫂子。"

一时捧出茶来，范阿九喝着茶，有搭没搭，天南地北地攀谈，坐了好一会子才去。

次日，范阿九就来和邬光祖赌钱，这邬光祖原是天津人氏，虽然算不得巨富，却也可算小康，粗堪温饱。娶妻俞氏，夫妇也还恩爱。自从三月里有事来京，认识了范阿九，被范诱入局中，没日没夜沉迷赌窟，家资已耗去大半。俞氏因丈夫久不回家，跟踪来京，寻着了，借一所屋暂住。不意引狼入室，被范阿九瞧见了。

这范阿九本是个色界魔王，俞氏不合生了个十全的姿色，阿九见了标致女人，本如苍蝇见了血，性命都不要的。当时回去，辗转筹思，想出了一个恶计策。次日起来，就点兵派将，秘密地布置，分头埋伏，设下天罗地网。自己就坐车来见邬光祖，纠合他出外赌钱。光祖为人很是做人家，凡是做人家的人，最是爱赌。听得阿九和他赌，心窝里就痒起来。俞氏婉言劝阻，光祖以为发财即在目前，如何肯听？同了范阿九欣然出外，雇了一辆车，同到范家。

赌友已经云集，招呼过了，随即洗牌入局。邬光祖初时大胜，赢了八九十两银子。吃过午饭，重又入局。范阿九怂恿光祖做庄，光祖也心雄胆壮，慨然应允。果然赌称顺手，财临旺地，连推两庄，进了三五百两银子。邬光祖不胜之喜，接着再推，风头就转了，一条牌九输了四百七十三两五钱。赌到天明，邬光祖大输特输，赢钱输光不算，外带的银子也输光了，又借了范阿九银子三百两，一并输掉，很是丧气。

范阿九道："胜败兵家常事，多不过输掉几个钱，也值得如此？你方才也赢过人家的，你瞧人家怎样？吃过了夜饭，图翻本，你没钱我借给你。你我至好，银钱出入原不必过分彼此。"

邬光祖被他一阵甘言，心中不觉渐渐活动起来，回言道："蒙兄骨肉相待，感激得很。夜饭后当再背城一战。"

范阿九大喜，即命摆酒。一时摆好酒席，大家坐定，吃了几杯。范阿九道："清吃酒没兴致。"立命人叫了三五个土妓来侑酒。一时叫到，那几个土妓都是庸脂俗艳，越是当着人越是打情骂俏，做出许多骚形怪状。范阿九叫她们轮流着劝邬光祖酒，喝到一更时光，光祖已有了八九分酒意。

范阿九推说有事，起身出外，同席的人也一个个溜了出去。此时席间只有邬光祖与几个土妓，土妓淫言浪语，丑态百出。邬光祖被挑逗得命门火焰按捺不住，龙雷上升，情不自禁，拥了一个妓女径入旁室。才解去衣服，正欲就枕，忽闻喊声大起，五六个大汉一拥而入。为首一人眉现杀气，眼露凶光，手执着一柄明晃晃冷森森的折铁钢刀，大喝一声道："我把你这无耻淫贼斫了脑袋再讲！"

邬光祖大惊失色，那人道："快把这王八捆了。"

邬光祖听得声音很熟，抬头见执刀的不是别人，正是跟自己情逾骨肉的范阿九，忙道："九哥，是我呀！"

范阿九道："邬光祖，怕我不认得你么？你这禽兽，你这王八，我当你是个人，邀你来家喝酒，你不该趁我一走，就勾引我的情人，干这无耻的勾当。现在人赃并获，抵赖到哪里去？"说着一扬刀，风一般斫下来。

邬光祖吓得魂不附体，极喊"九哥饶命"。众人劝道："且瞧平日交情上，权饶他一回吧。"

范阿九道："他犯了这么弥天大罪，也有就这么轻轻易易饶他之理？"

众人都道："那自然，罚总要罚他一罚。"

范阿九道："罚他多少呢？"

众人道："罚他六百两银子，好不好？"

范阿九道："就瞧众位分上，便宜他。拿了六百两银子来，万事全休。"

邬光祖道："我连赌带输，家中已无余银，可怎么样？"

众人道："你只要拿了六百两银子来，我们做主，就许你与此女往来，叫范九哥此后不来管你的账。快休诈穷了。"

邬光祖道："我简直六十两都拿不出，休说六百两。"

众人道："你家中现藏着千金宝货，如何还说没有钱？"

邬光祖道："我穷得这个样子，哪里还有金银宝货呢？"

众人道："你那漂亮老婆，不足值千金么？现在既然没有银子，我们替你想法子，就把你那老婆推给范九哥，你看如何？"

范阿九道："众位既然这么说，我怎好不领众位的情。叫他快写契吧。"

众人立刻取出纸笔，叫邬光祖写契。邬光祖要不写，见范阿九两眼圆睁，那柄钢刀在灯光之下，明闪闪颤巍巍，冷气逼人，神光耀眼，实是害怕。又吃众人催逼不过，只得含泪举笔，在那张红纸上写起来。写道：

> 立契人邬光祖，为因急用，自愿将发妻俞氏让与范
> 阿九为室。

才写到"俞氏"那个"俞"字，心窝里宛如戳了一刀，也不知是痛是苦，是酸是辣，两眼中泪宛如断线珍珠，扑簌簌直淌下来，执笔的那只手瑟瑟地抖个不住。

范阿九道："我素来为人忠厚，做事公平，见了他这个样子，怪可怜的。我也不要白便宜他的，方才借给他的白花花三百两银子算了吧，一笔勾销，不要了。索性积点子阴功，再找给他一百两银子，让他去营生过活。我这么行善，天上菩萨总会知道，保佑我那新娶的娘子，早生贵子，和我白头到老。"

众人听了，齐道："老光，听得么！够你便宜了。世界上再没有我们九哥这么的大善人，你休得福不知，交结上这么一个朋友，也是你的运气。快写快写。"

邬光祖无奈，只得忍气吞声，把契写好，签上了花字，交与范阿九。阿九大喜，向众人道："烦众位与我把新人诳来。众位替我出力，我自知道，请你们多喝几杯喜酒是了。"

众人应着要行，范阿九叫住道："新人那是我的人了，休吓坏着她。吓坏了我可是不依的。与我如此如此，这般这般……"

众人齐应："我们省得。"风一般地去了。

范阿九道："我们好汉子，做事一句话就结了，再不必记起前嫌。新娘子一到，我就找给你一百两银子。我们朋友还是朋

友，你爱上那姑娘，我就让给你。从此我就不向那里走动。倘然你们有了交情之后，我范阿九还在那里走动，你撞见了，也罚我六百两银子。"邬光祖此时心痛如割，一味地暗泣，哪有工夫回答？

却说那班人驾了一辆骡车，径往邬光祖家门，敲门入内，一见俞氏即道："你们光祖兄在范九哥家急病中风，仆倒在地，两眼上翻，口角流涎，再也救不醒。九哥叫我们报一个信，就叫我们接嫂子去瞧瞧。"

俞氏大惊失色，也不暇顾别的，绾了绾头发，带上门，加上锁，上了骡车，前呼后拥径投范阿九家来。霎时来到，众人奔进去报信道："来了来了。"

俞氏下车，飞步入内，瞧见邬光祖安然无恙，坐在那里，才放了心。问道："你已经好了么？我得了你仆倒不醒的信，吓得什么相似，就跟他们赶来了。你素来没有这病的，怎么一时间会病起来？"

邬光祖见俞氏这么款款轻轻地询问，不禁悲从中来，伸手拖住俞氏手腕，放声大哭。俞氏低言慰问："受了谁的委屈？告诉做妻的。做妻的自会替你设法。"

邬光祖闻言，哭得更厉害了，双足大跳，悲痛伤心。俞氏道："就使你把家里的钱都输光，做妻的有着十个指头，做些女工养家，你我两口子也好将就度日。"

邬光祖哭道："你这么美丽，这么贤惠，可惜我没福消受。你我的夫妻缘分尽了！"遂呜呜咽咽把今晚的事连哭带诉说了一遍。

俞氏大惊，急欲奔逃，众人早拦住道："邬光祖已把你立契卖于范九哥，你现在已是九哥的人了，还要到哪里去？况范九哥是英雄好汉，名震京津，强似邬光祖百倍。似你这般才貌，嫁给他才不辱没了。"

俞氏也就大哭起来，范阿九道："娘子，你既到了这里，自然再无回去之理。这也是你我姻缘前定，人力是不能强为的。快别哭了，仔细哭坏了身子。我总不会薄待你就是。"一边说，一边就取出一百两银子，交于邬光祖。

邬光祖知道势难挽回，就收泪劝俞氏道："事已至此，总是我对不起你。你住在这里也很好，就是跟我去，怕终不免要饿死呢。"言毕，拂袖而出。

欲知后事如何，且听下回分解。

第十回

冷雨敲窗心伤同枕
寒风刺骨身受惨刑

话说邬光祖见势难挽回，就忍痛割爱，出了范阿九家，一口气奔回家中。见门锁着，也不暇去雇铜匠配钥匙，扭去了锁，推门进内。平日回来，便有俞氏笑语迎劳，低言慰问。现在冷清清独自一人，满室中顿现凄凉气象。踏进房中，鬓影依稀，衣香仿佛，触景生悲，平添出无限数伤感。妆台上奁具依然，一灯如豆，偏偏天又降起雨来，淅淅沥沥，雨点儿敲在窗纸上，愈增没趣，既是愤恨，又是悲伤，不禁一个人哭倒床上。哭了一会儿，只得携灯就寝，覆去翻来，哪里睡得着。回忆从前情景，历历在目。跟范阿九相识之初，如何要好，如何同赌，后来资财如何荡尽，发妻如何不保。又想到此时此刻，俞氏在范家不知如何情状，不觉愤焰中烧，从床上直跳起来，捶床大叫道："范阿九，你休欢喜！我邬光祖拼这条命与你势不两立。"

天明起身，先把门上的钮敲上，换上一个锁，锁了门，到市上买了一柄纯钢牛耳尖刀，藏在身上。然后上馆子吃了一碗面，回到家中，取出那刀，再三玩弄。向砂石上磨了又磨，砺了又砺，切齿道："阿九，你总有一日在我手中。"

独自一人，闭上了门，不住地演习行刺手势。连着演习了三日，自觉手段灵捷，保可以报仇雪恨。藏刀袖中，出去找范阿九。才出得门，撞见旧日赌友名叫何世仁的，全身新衣，满面酒容，一见面就问："老祖兄，你不去吃喜酒么？"

邬光祖道："哪里去吃喜酒？"

那何世仁还未知底细，遂道："范九哥娶亲，你不知么？论理你也该送个贺份。这回范家喜事真热闹不过，贺份共有一千多号，男女宾客千二三百人。昨儿吉期正日，今儿是双朝。那新嫂子天仙也似价人，跳下地的画上美女，宾客哪一个不称九哥好福气？今日那边还有牌九呢，你是欢喜玩的，怎么不去？"

邬光祖听了这一番话，宛如一桶冷水兜头浇下，身子早冷了半截，顿时知觉全失，所以"昨儿吉期正日"一句之外，何世仁说的什么话竟然不曾听得，呆呆地站在那里。何世仁见他如此，很是不解，唤他不应，只得弃之他去。邬光祖站了大半天，才如梦初醒，自语道："昨儿是吉期，今儿是凶日。范贼，我瞧你逍遥得几时！"

一口气奔到范阿九门口，只见大门外矗着矗灯，悬着门灯。望进去披红挂绿，结彩悬灯，很热闹很气概。轿马纷纭，客往人来不断，怕有熟人认识，避往私街小巷中躲藏。听得过往行人谈话，今儿范阿九家有堂戏，是众宾公贺的。候到天晚，不见阿九踪迹，自责道："傻子，你白候点子什么？他家里这么热闹，有这许多宾客，还会出来么？"悄悄一个回家，次日再去，见范家还排场着，叹了一口气，就还来了。从此天天去候，那范家直过了六朝，方始复回原状。

邬光祖磨砺以须，估定范阿九从家出外自外回家必要经过的僻巷私街，潜身默候了十多日，踪迹杳然。暗忖，怪呀，这贼子敢是有人透露消息与他不成？我这么做事机密，断没有第二个人知道，谁去透露消息？心下万分的不解。其实范阿九跟俞氏新婚燕尔，如弟如兄，哪有工夫出外？邬光祖心心念念，在报仇雪耻上着想，偏于一边，自然猜不到了。

北地早寒，十月中已有风雪。这一日是十月十三，陡起西北风，洒了一阵的雪，地上早白茫茫罩了一层薄雪。邬光祖藏刀而往，候到天黑，忽见一道灯光劈面射来，钉鞋之声橐橐，自远而近。瞧见白纸灯上贴着一个红色的范字，知道范阿九来了。执刀在手，把衣袖捋起，切齿咬牙，怒目而待。霎时间已到目前，正是范阿九。仇人相见，分外眼明，托地一跳，拦住了去路，大喝道："范阿九！你的死期到了！"执钢刀分心就刺。

阿九出于意外，大吃一惊。听声音知道是邬光祖，雪光之下瞧见他执着柄尖刀，知道来意不善。亏得自己拳脚来得，见他疯狗般扑来，锐不可当，一闪身早让过了。邬光祖扑了个空，才待回身，范阿九腾起右足，啪，邬光祖手腕上早着了一下，那柄纯钢牛耳尖刀经这一震，就抛落到雪地里去。范阿九见踢去了尖刀，顿觉心雄胆壮，抢步过去，又开五指只一抓，早抓住了。提灯笼一照，喝问："邬光祖，你来此做什么？"

邬光祖道："跟你寻仇！不是我杀你，就是你杀我。"

范阿九道："我与你有何仇恨，要这么性命相拼？"

邬光祖道："我好好一分人家，夫妻两口子和和睦睦，粗堪温饱，自从跟你认识之后，和我赌钱，不过两个月光景，钱吃你骗光，妻子也吃你占去，剩得孤零零一个孤鬼。我是个初涉世路的小子，回味想来，都是你的阴谋诡计，如何还说无仇？"

范阿九道："原来如此，钱在你家中，我又不曾来抢过，是你自己赌运不济，输掉了。我虽然纠你赌博，你不赌我也奈何你不得。你妻子在你家中，你要是不肯写契卖给我，我究竟也难抢夺。这都是自己贪心所致，干我甚事？"

邬光祖道："我到现在也没有别的话，我既然杀不掉你，你就快杀了我吧。这种日子，生不如死。"

范阿九道："你既然今儿来找我，我自然不能放过你。只是你我有好有前，我究竟动不起手杀你。我现在有一个极妥当的法子服侍你，包你快快活活去见阎王爷。"

说着，就动手剥取邬光祖衣裳，撕下一块衣襟先塞住了口，剥了个精光，只剩一条单裤，光着身子，当着寒气，早瑟瑟地抖将起来。范阿九动手把他反剪两手，捆了个住，又把光祖两足扳起，同手一并扣了个总结。那捆他的带就是他身上解下的腰带，连同衣服只一提，提到一株大树下，飞身上树，就把邬光祖吊鱼似的吊在树枝上，衣服也搁在那里。跳下地，回头笑道："邬光祖，你舒服么？你好好地挂着吧。这里僻巷小街，晚间少人行走，断然不会有人来救你。我还有事，可少陪你了。干完了事，我还要早早地回家，免得我那新娘子盼望。我明儿还到这里来，瞧本坊地保领施棺材，收殓你，扛你到义冢掩埋，使你安安稳稳长眠地下。"说完话，狂笑一声，大踏步去了。

此时雪虽停止，寒风刮处，肌肉栗起，寒战个不已。心想，再不料我邬光祖的残生性命竟会断送在这里。偏偏碧海青天，涌出一轮明月，月光映着雪地，愈觉得严寒逼人。光祖反剪挂着，不能仰瞻皓月，只好俯窥人影。地上自己的影宛似一只蛤蟆，高高吊着，自知再没有指望。一阵伤心，两眼中泪雨点似的，一滴滴向雪里去。

忽闻蹄声响处，渐渐由远而近，似乎进巷而来。心想喊救，口里塞满着东西，喊不出声，不过鼻管中哼哼唧唧而已。

此时一骑黑骡已经入巷，骑上一红裳女子，扬鞭嘚嘚而来。那女子抬头瞧见树上吊着一个人，一带缰停了骑，就骡背上纵身上树，解救邬光祖下来。见他已经冻得面无人色，忙令他穿着衣服。光祖先挖出了口中塞物，然后穿着衣服，向红裳女子称谢。

红裳女子道："你姓甚名谁？哪里人氏？因何被吊在此受冻？是遇见了盗贼还是遇见了仇家？我素来喜管闲事，惯抱不平，果有冤枉，说与我知道，我自有法子替你申雪。"

邬光祖道："姑娘，你便是救苦救难的观世音，我这奇冤大耻，怕也难于申雪。"遂把范阿九的事从头到尾一字不遗说了一遍。

红裳女子道："范阿九所作所为，我也略有所闻，只不曾知道他这么的坏。"遂问："你的家在哪里？"

邬光祖说了地址，红裳女子道："我知道了，三日里头，包你有消息。你回去候着是了。"

邬光祖道："姑娘不就是大侠红裳女子么？"

红裳女子道："你认识红裳女子么？"

邬光祖道："不过闻名，并未认识。"

红裳女子道："既未认识，为甚这么混认人？现在我一不准你混认我作什么人，二不准你寻根究底查我的来历。横竖我是救你的，不是害你的，你总也能够明白。你只要听我的话，回去静候着，再不要出门。俟奉到我的后命再做事。"邬光祖诺诺连声，找路自回下处而去。

这里红裳女子略一思索，跨上黑骡，往投米市胡同的大赌场来。米市胡同这一所大赌场，上有王孙公子、富商大贾，下至隶卒倡优，无不都到。各种赌具，无不都备。赌局有伪有真，场主就是黄膘李三。红裳女子估定范阿九总在那里。一抖缰，那黑骡

67

奔走如飞，霎时便到了米市胡同。到一家阀阅人家下骑，把骡扣在树上，径进门找去。这便是大赌场。

守门的见她熟门熟路，径行入内，只当是赌客，也不来阻挡。红裳女子找到东侧楠木厅，才瞧见范阿九高踞上座，正在推庄。桌子四围黑压压都是个人，那些人全副精神都注在几张骨牌上。

只见阿九对面坐着的那个人道："九哥，你前儿娶的那嫂子亏得兄弟帮忙，今儿扳天门，也是兄弟帮的忙，赢进的钱，咱们讲一讲，该如何分拆。"

范阿九道："没有的话。前儿是前儿，今儿是今儿。你要合一点子分儿，白拿钱，是赌场中从来没有这个例。"

红裳女子听了，就知道他们两个是同恶相济的。遂见那摇骰盆的道："讲到娶新嫂子的事，我也曾出过一番力。都这么要拆起分子来，可就不够分派了。"

红裳女子觑得亲切，举手只一弹，一道白光从指甲中发射出去，满间中人都打了一个寒噤，桌上点的两支红烛都摇摇欲灭，吓得大家齐声叫喊起来。邻舍中人闻声奔集，问是什么。此时白光也没了，风也定了，烛也明了。大家便把方才所听的说了出来，众人定睛一瞧，忽又大喊："不好了！不好了！"

欲知为了何事，且听下回分解。

第十一回

红裳女中途遇友
剑道人尼庵收徒

话说米市胡同大赌场中，众人都发起喊来，都说"不好了不好了"。你道为何？原来众人定睛一看，做上风的范阿九、扳天门的倪猴子、摇骰盆的王辣子，都没了声息，走上前一抚手，三人的脑额中冰凉透骨，大喊道："结了！结了！"仔细瞧时，三人一个样儿。解开衣襟，胸前心窝部位有钱眼大小一个窟穴，透胸彻背，不住地淌出血水来。众人尽都骇然。

此时赌场中人都已知道，奔集拢来瞧看。问起情形，都道："好端端的怎么就会断了气？这白光到底是什么，恁地厉害？怎么许多人在这里，别人都不伤，只伤掉他三个呢？"

内中有一人道："我是知道的，这白光这么厉害，定是侠客的剑光。他们三人不知近来干了什么昧心事，惹起侠客动手来了。"

众人齐问："怎见得是侠客呢？"

那人道："现在北方有飞行剑侠三个，都是腾空飞行，瞬息千里，来无迹去无踪，弹指发剑，能取人性命于百步之处。这三个剑侠，两个是女子，一个是男儿，都不肯着姓留名。男的叫白猿老人，女的是一僧一俗，一叫黑衣女僧，一叫红裳女子。现在好端端死于非命，大家又都在这里，十有八九是侠客干的呢。"

众人正在纷纷议论，忽见一个胖子气喘吁吁进来，瞧他满头的汗珠子，就知道他心里的发急。早有人叫道："李三爷来了，你老人家来得恰巧，这里出了大乱子呢。"

原来来的不是别个，正是黄朦李三。李三道："范阿九死了么？"

众人道："死了，还不止阿九一个，倪猴子、王辣子都跟他做伴去了。三爷你瞧瞧，他们胸前都有钱眼大小一个窟穴，古怪不古怪？"

李三道："这是他自己招灾惹祸，不听我言，果然断送了残生性命。"

众人问他如何，李三道："我因日间下过雪，原不高兴出来了，不意门上送来一封信，拆开一瞧，知道乱子闹得真不小。哪里还坐得住，赶忙套车赶来。"说着，探怀中取出一信，给予众人。众人互相传视，无不吐舌。原来信上写的是：

字付黄朦李三知悉：

　　天津人邬光祖，本一无知纨绔。赌棍范阿九既用伪赌诈其资财，复设毒计占其妻室，又将邬剥光衣服，绑挂树枝，定欲使之冻死。似此狗肺狼心，断难再事宽恕。余已飞剑行诛，当众正法。范之资财着汝查照数目，记载清账，交付邬光祖，作为赔偿一切。邬妻俞氏，立即送回团聚。此两事限汝三日内办妥，倘违余命，莫怪余剑无情。问汝头有几？

　　　　　　　　　　　　　　红裳女子字

70

众人都道："'余剑无情''汝头有几'，好厉害的话。三爷预备如何对付呢？"

李三道："有甚对付不对付？除了遵命办理四个字，还有别的法子么？"遂问："范阿九赌台上还存多少钱？"

就有记账的回道："范阿九共存三百五十七两银子，倪猴子存十一两九钱，王辣子存十九两七钱。"

李三道："很好，他们都是没家的人，这笔银子就替他备办衣衾棺椁，收殓埋葬，余剩下来的就替他讽诵经忏。"遂命一个人专办此事，自己却套车奔投范阿九家来。

俞氏遭此变故，宛如鸟入笼中，一个怯弱女子，能有几多能耐？虽未曾强颜欢笑，终难免忍辱屈身。背了人想念故夫，时时凄然涕下。这夜范阿九出了门，俞氏独坐房中，对着灯出神。忽闻窗格一响，一个人突现面前。俞氏猛吃一惊，定睛一瞧，见是一个十三四岁的姑娘，浑身穿着红衣。正要询问，那姑娘道："我问你一句话，你跟着邬光祖好，跟着范阿九好？愿意在这里，还是愿意回天津？须讲实话。"

俞氏道："谁愿意在此？我是吃人家强劫来的呢。能够回天津，跟邬郎会面，死也甘心。"

红裳女子道："那么包你三日里逞心如愿。"

俞氏更欲问话，红裳女子说一声"我去也"，早没了影踪。俞氏见那姑娘突然而来，突然而去，心下很是骇诧。正以骇诧，老妈子进来报称："李三爷来了，现在书房中坐地，叫请娘子出去有话讲。"

俞氏暗忖，阿九常说黄膘李三势焰熏天，他黉夜来此，须有事故。遂换了件衣服，叫人掌了灯，轻轻款款移步出去。李三见了面，遂把来意说明，俞氏大喜，当下同了李三入内，检点范阿九半生所得不义之财，倒也有五七千银子，都登了账。俞氏跟他做了一月来夫妻，金珠首饰衣服，得的也不少，一股脑儿都收拾好。次日，李三就雇骡车送俞氏回家，范阿九的银子衣服一并交付于邬光祖。邬光祖夫妻团圆，感念红裳女子大恩，点起了香烛，望空拜谢。即日收拾行李，雇骡车长行，回天津原籍去。从此安分守己，不敢再和人家赌钱。

一言表过，且说红裳女子这一朵慈云，飞去飞来，总是解救人家苦难。这日眼见黄膘李三送俞氏回去，威重令行，神奸俯首，自己倒也欣然。跨上黑骡，扬鞭得得，回向郑家庄去。才走得十多里路，树林中突出一人，挡住去路，向骡前合掌道："南无佛，女菩萨别来无恙。"

红裳女子见那人年约十七八岁，高高的颧骨，瘦削的脸儿，慧眼亮似明星，慈眉朗如翠黛，虽丹唇未启，粉面含春，那一股锐气英风，已不知不觉从眉宇间透露出来。剃得精光的头，戴一顶黑色僧帽，穿一件黑色缁衣，下面白布袜，黑布僧鞋。左手拢着一百单八颗牟尼珠，右手空着，打问讯见礼，不是别人，正是风尘三侠中的黑衣女僧。

红裳女子慌忙下骡见礼，问道："黑衣大师从哪里来？"

黑衣女僧道："从天山来此，想起峨眉山练剑的事，历历在目。那时同学却只剩白猿老人和你我三个了。其余堕入魔障的堕入魔障，得道仙去的得道仙去，女菩萨不知你感想如何？"

红裳女子道："仙的仙，俗的俗，只有你我三人，弄是不俗不仙，亦儒亦佛。英雄情性，菩萨心肠。东东西西，几曾钓名沽誉，忙忙碌碌，除暴安良，自怜亦堪自笑。"

看官，红裳女子自本书第二回出现之后，一惩李福五，二救郑海天，三诛金玉楼，四拯周李氏，五除铁头蜂，桩桩目骇心惊，事事神出鬼没。比了凝神运剑的八大剑侠，走脊飞檐的血滴子，已不可同日而语。但是她的姓名籍贯来历，从未详细叙述。在彼时行侠作义，原不肯着姓留名，到如今据事直书，自未便藏头露尾。趁她僧俗两女侠会晤当儿，我便腾出笔来，把两女侠的来历细细叙述一番。

这红裳女子原本姓袁，名叫淑英，本是个不出闺门的千金小姐。她的哥哥袁崇焕官为辽东督师，是个智勇双全的大将。崇祯年间，袁崇焕统着雄兵猛将，在辽东地方镇守，防备清兵西犯。顺治皇的老子清太宗、祖爷爷清太祖，两位英雄皇帝统率八旗精兵，几次分道扑来，终为袁崇焕这员虎将挡在那里，得不着半点便宜。清太宗把他恨得牙痒痒的，跟军师商议，想出一条反间计，结果了袁督师的残生性命，才能够长驱大进，并吞中原。彼时袁督师以忠受戮，家人离散，淑英小姐愤极，遁入空门，满拟削发当姑子，晨钟暮鼓，了此余生。不意一进庵门，就认识了这位黑衣女僧。性情很是相投，谈起身世，才知女僧的来历也与自己差不多。

这黑衣女僧俗家姓熊，是经略大臣熊廷弼的女公子。熊经略镇守辽东，力主坚守严防，清兵也不能得志。崇祯帝偏信奸臣之言，把熊经略治了罪，清兵才能肆无忌惮，攻取沈阳辽阳，就从兴京迁都到沈阳，改名奉天。熊小姐闺字叫婉华，遭此家难，愤极出家，披剃以来，还未满三年呢。

两人互述身世，更属同病相怜，格外的亲爱。但是袁淑英性很爱红，衣衫鞋裤都是红绸做成，打扮得石榴花似的艳。天生娟洁，梳洗盥濯，每天总要两三回，与佛门枯寂颇不相宜，因此带发焚修，不过在尼庵寄迹罢了。

这一年忽来一个剑道人，须眉皓岸，髯长过腹，举止飘飘，大有神仙之概。一见熊袁二女，即失声道："浊世中竟有这么人才，可喜可喜。"遂道："我瞧二位天生秀慧，秉性坚贞，气度如仙露明珠，行止如松风水月，柔中带刚，刚洁不介，埋没尼庵，很为可惜，不如跟小道练剑术去。"

袁淑英就问："剑术如何练法？"

剑道人道："剑术虽是小道，乃古仙师抽以泄天地之秘，夺造化之权，以救人患难。其理精妙入神，不是聪明敏慧之人不可学。练剑始于练目，继于练手，终于练心，非心志专一之人不可学。人情鬼蜮，世路崎岖，假多似真，真反类假，非心思缜密之人。就使能学成，也难免误用。人是聪明的，志是专一的，心是静细的，要是心术不很纯正，品行不很端方，授给了他，反倒助恶，也断然不肯传授。所以剑术一道，师之觅徒，徒之寻师，都是可遇不可求的。"

袁熊二女也是前世夙缘，听了剑道人的话，都不禁大喜，当下就甘心负笈，拜剑道人为师。跟着剑道人西入四川，直到峨眉山山顶，见有五间石屋，屋中先有五个徒弟，白猿老人居长，剑道人叫熊婉华、袁淑英与众师兄相见。那五位师兄中也有两个是女郎。熊袁两女从打坐练气入手，练到五年工夫，剑术成功，便能身剑合一，腾空飞行，随心所至。空中取飞鸟，陆上擒虎豹，水中斩蛟龙，心到剑到，无不如意。剑道人又各给予妙药灵丹，可以长春不老。此时同学的两个女郎已由剑入仙，超凡入圣去了。两个男同学为了尘心不净，半途而废。成为剑侠的只白猿老人和熊袁二女。熊婉华、袁淑英于是就辞师下山，分途行道。白猿老人却还留山请益。这便是红裳女子、黑衣女僧的来历。

欲知后事如何，且听下回分解。

第十二回

风雪夜戍卒走长途
雷霆威家奴遭鞭棰

话说熊袁两女分道行侠，都不肯着姓留名，熊侠自称黑衣女僧，袁侠自称红裳女子。黑衣女僧远游天山，红裳女子北来燕地。现在女僧倦游思返，在这里与红裳侠不期而遇。

当下红裳侠就问："大师来京，安禅在哪里？"

女僧道："就在左近白莲庵。"

红裳侠道："为甚不住城中？"

女僧道："我因城中太嚣杂，素性习静，不很惯呢。"

红裳侠道："大师，我就到你那里去谈谈。"

女僧道："很好。"

于是红裳侠也不跨骑，牵了骡，跟着女僧一路闲谈，慢慢地走。忽见彤云四布，很有雨雪的样子。一阵北风，吹得道旁树林不住猎猎地响。女僧道："天又要下雪了，咱们紧行一步吧。"

两人穿过了林子，望见粉垣如雪，屋脊上画有一红丹黄，是一座小小尼庵。女僧道："到了到了。"说着时，已到庵门。女僧举手敲门，里面佛婆应声来了，开了门，女僧让红裳女子入内。

红裳侠牵骡子进了山门，见小小三楹平屋，天井倒很广阔。

天井中有两枝黄杨树，就把骡子扣在树上。佛婆见有客来，已在客座中点起灯来。这三楹屋中间是佛堂，供着观音大士，点着长明灯。东间是女僧禅堂，西间是客座，后面一间，便是女僧与佛婆的卧房。还有几间小屋，是厨房柴房等类。

红裳侠道："这座庵就是大师一个么？"

女僧道："原是一座荒庵，没人住的。是我出钱修理了，作个权时栖身之所。"

红裳侠坐下，叙说别后情形。谈了好一会子，才辞别起行。天井中已满白的一层薄雪，连那骡背上也白了。红裳侠解下缰，拍去了鞍子上的雪，笑道："咱们谈得高兴，连下雪都不曾觉着。"佛婆已将山门开好，红裳侠牵骡子出了庵，回向女僧道："大师进去吧。"说着纵身上骡，一扬鞭，踏着一行新雪，飞也似去了。

这里黑衣女僧瞧佛婆关上山门，熄了客座中的火，自回禅房，打坐做功课。才欲入定，忽然一阵声音，直冲入耳边，把禅心陡地惊动。女僧走出禅房，飞身出庵，见一个人也没有，那天上霏霏地撒下雪片，一阵紧似一阵，满林子都装了零琼碎玉，几成个琉璃世界。又听得那叮叮当当的怪响，隐约仍在近处，便寻着这声音走去。只见前面林子那边，闪闪烁烁地有个灯笼，便迎着灯笼直赶上去。初不过听得灯光里似有两个人讲话的一般，却听不清讲的是什么话。赶得渐近了，才瞧见灯笼上标着"宛平县正堂"五个红字。那灯光便觉阴惨惨的，有点怕人。再跟上去，渐渐听得出人语来了。见灯影里是三个人，中间那个人颈间披了个枷，脚上戴着镣子，那叮叮当当的怪声，就从这人身上传递过来的。

两边两人一递一声地说着，一个抱怨道："还没到十一月，天便凉得这样，到关外怕不在三九老寒时节。该死的奴才，何苦来窝藏逃人，累得我们走这一遭呢？"

一个道："还说呢，我们多早晚把这该死的送掉了，赶年终回来，抱三小子喝三杯酒，不比挨风冒雪的要候回文好么？"

原来大清朝此时为了各宗室各功臣旗下投充的汉人日多一日，逃亡的家奴也日多一日，经各王大臣议定，禁止逃人，须从严惩窝家入手。凡有窝藏逃人的，房屋发封入官，人则充发宁古塔，给穷披甲为奴。奏准顺治皇帝，著为律法，钦定颁行。自从这一条新律颁行之后，窝藏逃人的案子，每个月总有三五起。那班人犯大半是并未知情，不过跟投旗人的原本是亲戚朋友，往来走动惯了的，突然客到，款留一二日，不知不觉就犯了窝藏逃人之罪。捉到当官，屋则立刻发封，人则立刻发配。吞声饮泣，负屈含冤，也不知几多件了。

现在经过白莲庵的那个军犯，姓文名叫启八，直隶宛平人氏，在京城中有着四五十个铺面，收取房租度日，境况很是宽裕。文启八有一个表舅，姓赵名有光，是投充在正白旗七贝勒名下。赵有光为了一块地，跟他兄弟赵有烈互相控告，从前朝讼到本朝，官事未分曲直。有光到黄膘李三那里求计，李三教他投旗，他就投充在正白旗七贝勒那里。他那兄弟吃不住了，依样画葫芦，也投了旗，却投在英亲王阿济格旗下，仍跟乃兄旗鼓相当。有光没法，再去找李三，却被黄膘狗血喷头地骂了一顿。前回书中叙述的赵大官人、赵二裤子，就是这有光、有烈。

赵有光有三个女儿，他那最小的三姑娘最有几分姿色，已经长到一十六岁，许过婆婆家。那未过门的女婿忽地一病没了，七贝勒府中人得了这个消息，便争着要娶三姑娘做媳妇，各央了媒人向赵有光求亲。赵有光虽然投充旗下，他自己却还算是良民，不屑伍在奴才队里，一一婉言辞却。内中有三个家人都是贝勒府中执事家人，很有身份的人，偏不肯罢手。一个贝勒的奶哥子，名叫阿达丑，一个贝勒府总管乌其德，一个是外总管赫塞。这三个人都来求贝勒爷开恩做主，叫传赵有光进府，吩咐一声，总再无不成之理。七贝勒见一日之间有三个人来求，知道这女孩子必是不差的，但是叫我给哪一家说呢，倒弄得为难起来。给外总管说了呢，内总管要不答应，给内总管说了呢，外总管要不答应，并且那个奶哥子，奶妈子脸上如何搁得住？也再没有为了奶哥子，把两个总管全都丢掉之理。这也为难，那也为难，七贝勒很是不得主意。

恰好门客程苏甫走来，瞧见七贝勒满面心事，问道："贝勒爷为了什么事不快呀？"

七贝勒就把三人求事的话说了一遍，程苏甫道："此事很易解决。三家人求事，应了一家，那一家未必是感恩，那两家却定然要抱怨。贝勒爷犯不着为了不干己事情，白受人家抱怨。"

七贝勒道："是啊，我也就为此为难。"

程苏甫道："三家来求，且全都应下，都不要给他们说，却把赵有光传进来，叫他把女孩子送进府，贝勒爷自己收了房，封她做了个姨娘，三个家人见贝勒爷自己要了，自然不敢说什么了。贝勒爷你却还可堂堂皇皇地向他们道：'我并不是好色，为免除你们三家争执起见，不得不如此办法。将来府里有放出的丫头，我各赏你们一个做媳妇。或是你们外面看对了人要定，银子尽管账房中来领。'贝勒爷，你看我这办法如何？"

七贝勒大喜，连称此计大妙。当下就传进赵有光，先问了几句闲话，然后道："你投了我这里来，一径不曾有恩典给你。我知道你有个女孩子，叫三姑娘的，长得很俏。现在有阿达丑、乌其德、赫塞都来求恩，要这三姑娘做媳妇。你一个女孩子，断不能匀分给三家做媳妇，并且我知道你也不很愿意。但是你要不允他们三家，定然都要跟你为难。现在我已想下一个很好的法子，解除你这个困难，使他们断不敢与你为难，你可愿意？"

赵有光道："那是贝勒爷恩典体恤下情，奴才一辈子都感激。"

七贝勒道："你知道感激就好了。我本来要娶一个姨娘，你那女孩子既然长得不错，我就特沛不世之隆恩，封你那女孩子做姨娘，岂不体面？岂不荣耀？连你脸上都有光辉的。"

赵有光听了此语，大惊失色，忙爬下地磕头道："女孩子已经许了婆婆家了。"

七贝勒道："什么话？你那未过门的女婿已经死掉，谁不知道？难道做府里姨娘，还辱没了你不成？"

赵有光一味磕头求恩，说："不敢欺诳主子，女孩子实已给了人家。"

七贝勒道："你孩子给了婆家不给婆家，我都不管，我是要定了。就使给了婆家，说我的话，叫他另娶了就是，还给他定礼。"

赵有光不敢再争，退出贝勒府，回到家中，说明缘故，合家子都大哭起来。赵有光的妻子道："七贝勒淫横无情，这几年来不知弄死了几多女孩子，现在又要断送我们的孩子了。"

大家商量避祸的法子，只有叫三姑娘逃走的一法。当下夫妻商议定当，赵三姑娘收拾了几件替换的衣服，带了一个老妈子，趁黑夜逃出家门，忙忙如漏网之鱼，急急如丧家之犬。经过文启八家，想起了表姑母，叩门进内，启八夫妇不知新律的厉害，见她可怜，就此把她留下。

那赵有光只道他女儿逃走已远，就到贝勒府报告走失人口。七贝勒怒道："是这么巧的事，我刚要她，她就走了？明明是你放走的。"勒令他十天里头找回，找不回时合家子都要治死。赵有光磕头求恩，七贝勒只是不理。

到限期将满，七贝勒问他，还是影迹毫无。七贝勒大怒，喝令家人把赵有光剥去衣服，吊在马棚里用皮鞭着实抽打。赵有光痛极，自怨道："我好好一个良民，闹一时的意气，投了旗，平日充奴才，看人家眉高眼低不算，现在还无端地受这毒打。都是我自己没主意，自作自受。我若不投旗做奴才，还是好好的清白良民，不欠皇粮不犯皇章，有谁来打我呢？"

内总管乌其德奉了七贝勒的命，无论如何总要问出赵三姑娘藏匿所在。见赵有光抽了一顿皮鞭还不肯说，派人把赵有光的妻子拖来，乌其德问道："嫂子，你我都是当奴才的，从来说惺惺惜惺惺，我总回护着你。你们三姑娘藏在哪里，你告诉我不要紧。"

赵有光的妻子道："实是孩子自己出走，我们并不知情。"

乌其德冷笑道："你不肯说，可休怪我们。我们是奉上差遣呢，可就要对不起你了。"遂回头道："取出来吧。"遂见一个小子抱出一只很大的大雄猫来，乌其德道："你们快来服侍赵家嫂子。"赵有光妻子一见，吓得魄散魂飞。

欲知后事如何，且听下回分解

第十三回

一片丹忱推位让国
满堂粉黛鬓影衣香

话说乌其德喝令众家人快来服侍赵家嫂子，早有四五个老妈子应声而上，一齐动手，把赵有光妻子反剪两手，捆了个结实。又把她裤脚管系紧了。乌其德道："三姑娘在哪里？劝你说了出来吧。"

赵有光妻子道："委实不曾知情，说出什么来呢？"

乌其德道："不说，怕就要够你受用了呢。"遂喝了一字道："放！"就有两个老妈子过来，一个替赵有光妻子解裤子，一个就把那头大雄猫放下裤裆去，就把裤子紧紧系上。乌其德又问："说呢不说？"

赵有光妻子已被那猫抓得奇痛难忍，哭喊："实不知情。"

乌其德道："不知情？也好，给我重重地抽打！"

就有两个小子各执一根藤条，左右开弓，向那裤裆极力地抽打。那猫吃了痛，就在裤裆中拼命地抓。赵有光妻子痛得满地乱滚，杀猪般极叫起来。乌其德问她："说实话不说？不说还要吊起来抽打，还要厉害呢。"

赵有光妻子听说要吊打，吓得忙说："愿招愿招。"

乌其德叫住了抽打，赵有光妻子没法，只得胡乱说出了四五家亲戚的住址。乌其德回了七贝勒，派干练家人带了赵有光夫妇，按地址抄去。抄到文启八家中，恰好抄得了，立刻用车子载入贝勒府，七贝勒才把赵有光夫妇释放回家。一面传谕宛平县，叫把文启八按律惩办，不得轻纵。宛平县豆大的官员，奉到贝勒钧谕，自然奉行不迭。于是立把文启八锁拿到衙，发出封条，把文家的房屋封了个严密，问实口供，详申上宪，奉批核准，立把文启八换上枷锁，立好公文，当堂宣读了回批，签派解差两名，起解动身，充发宁古塔去。才出京城，就遇了一场雪。所以两个解差咕噜着走路。

黑衣女僧闻声出视，听得两个解差抱怨的话，知道是窝藏逃人的新案，遂也没工夫去管理，悄悄退回庵中。自语道：投旗的人受鞑子蹂躏呢，本属可怜不足惜，为的是这一班本是汉奸，他的投旗无非要仗鞑子的势，欺侮平民。照他这么设心不良，已是可诛。吃点子苦，无非咎由自取。只是他那亲戚朋友都是无辜受累，平白地家破人亡，一个个充发到雪海冰天的宁古塔去，倒不能不设一个法子救他们。但是枝枝节节，一个一个救，繁碎琐细，万万办不到，总要想一个一劳永逸的根本办法。

此时风雪已止，月影上窗，远听更楼已报三鼓。女僧忙着诵经做夜课。夜课完毕，也就归房就寝。次日起身，晨斋才罢，就有香客叩门。佛婆开出瞧时，见就是那昨日骑黑骡的红裳女子，赶忙报知女僧。女僧大喜，连忙迎接出来，见红裳侠正在那里扣缰绳呢。见了女僧即道："大师，我清晨又要来打扰了。"

女僧道："好早，贫衲庵居枯寂，巴不得常有个人来谈谈。"

说话时，红裳侠已把骡缰扣好，同女僧挽了手，走入禅堂来。见窗明几净，收拾得很是清洁，映着残雪余光，格外的明亮。

红裳侠坐下，佛婆献上茶，接来喝着道："我昨夜回去，经着一桩很奇突的事，要不办吧，心里很是不安；要办吧，又无从下手。想了一夜，不得主意，只好来此跟大师商量。"

女僧道："是不是为了窝藏逃人的新冤案？"

红裳侠道："圈地与逃人，果然是新朝廷的两大虐政，害掉的人不知多多少少。但是这一件事情，却在圈地逃人之外。"

原来郑海天有一个族妹，嫁于通政司蒋溶为继室。郑姓原是北平大族，有城乡两支。海天这一支是住在城外，离京二十里地，名郑家庄，前回书中已经表过。城里这一支住在交民巷，倒是世代念书的。海天那位族妹就是城里一支所出，那位姑娘生得眉目如画，邻近人家无不称她为国色。蒋通政断了弦，所以特央了国子监祭酒冯子卿为大媒，说成亲事，聘去做继室，三月里成的亲。蒋通政虽然上了年纪，五十多岁的人，却因家世华贵，头衔煊赫，郑夫人才在二十多岁，花朵儿一般的人，倒也安之若素，家庭间很是和睦。各同寅见了蒋通政那么的艳福，谁不羡慕？有几个喜弄笔墨的，竟咏为诗篇，布之辞章，互相传诵玩笑。起初不过汉臣中闹着玩，后来连满臣中也都知道。大众叙谈，竟把蒋通政家庭当作了新闻，讲个不已。

从来说有非常之福，就有非常之祸，这时光，大清朝廷一切威权，上不在深居九重的顺治皇帝，下不在辅佐朝廷的阁部大臣，却在皇叔摄政王睿亲王手里。这位摄政王名叫多尔衮，是太祖之子、太宗之弟，而顺治皇帝之叔父也。智勇双绝，文武全才。统兵入关，定鼎燕京，并吞中夏，都是摄政王一人之力。太宗去世时，顺治皇帝才只得八岁，那时多罗郡王阿达里、固山贝子硕托都归心睿亲王，密谋推戴他做皇帝。睿亲王不肯，道：

"尔等决意要这么干，我就立刻自刎以明心迹。"说着，真个掣剑在手，便欲刎颈。众多官员瞧见这个情形，大惊失色，顿时忙作一团，挽住睿亲王臂膊，夺下佩剑，围住跪成一个圈儿。

睿亲王道："你们须要听我主意办事才好。"

众人都道："我们愿听指挥。"

睿亲王于是奔入宫中，抱出顺治皇帝，按在龙椅之上，自己第一个推金山倒玉柱，纳头便拜，口称主子，嵩呼万岁。众多文武见睿亲王下拜，便也跪地叩头，自称奴才。当下睿亲王做主，把阿达里、硕托都办了个不忠之罪，那附和诸臣也都分别治罪。这便是睿亲王第一个大功。

睿亲王见顺治冲龄践祚，不能处理万机，遂仿周公辅成王故事，摄理朝政。到并吞中国奄有夷夏而后，位望益隆，尊为皇叔摄政王。此时自以为元辅懿亲，与国为体，君臣之间不复更存形迹。凡有批拟，即用皇叔摄政王之旨。又因信符贮在皇宫大内，每有调发，奏请颇觉不便，便就悉数收入了摄政王府中。满朝文武更是歌功颂德，起初还拿伊周来比拟，后来竟拿舜禹来期望了。摄政王自己瞧着不像个样子，便传集了各王公贝勒贝子大臣等，下教道：

> 今观诸王贝勒大臣，但知谄媚于予，未见有尊崇皇上者，予岂能容此？昔太宗皇帝升遐，嗣君未立，诸王贝勒大臣等率属意于予，请予即尊位。予曰：尔等若如此言，予当自刎，誓死不从。遂奉皇上缵承大统。似此危疑之时，以予为君，予尚不可，今乃不敬皇上而媚予，予何能容？自今以后，有尽忠皇上者，予用之爱之，其不尽忠不敬事皇上者，虽媚予，予不尔宥也。

看官想吧，大势所趋，任你如何忠正，如何坦白，无如分虽君臣，情系骨肉。当大统绝续之际，谦让弥光，迨王师定鼎之时，动猷懋著，辟舆图为一统，摄大政于万机，果已位极人臣，难免功高震主。所以那时京里京外满汉文武百官心中目中，只有个皇叔摄政王，再没有什么皇上不皇上。

且住，说话的平白地叙这一大篇摄政王历史，有何意义？原来红裳女子今日为难的事，就应在这权倖人主的摄政王身上。

这一日，摄政王的福晋忽然有了点子感冒，传谕太医院医官进府诊治。诊治了几天，福晋的病非但不减，倒增添了好些恶候。摄政王烦闷，向众官访问，外面有好大夫没有，你们有知道的保荐几个来。于是大家才知福晋病得很不轻。那三品以上实缺大员，就各命内眷入府问疾，蒋通政自然也叫他诰命随众人入府。郑氏夫人做新娘还未满一年，这日听说要入摄政王府去，又是各大员诰命都到，便就不敢怠慢，刻意地修饰，用心地打扮，花枝招展，坐着轿到摄政王府来。

此时王府中来的女宾客已很不少，这位摄政王倒也不以皇叔自尊，和颜悦色，一般地有说有笑，跟众女宾厮混。倒是众女宾见了摄政王，羞手羞脚，扭头扭脑，很是不得劲儿。摄政王正在笑乐，忽见宫监又引入一个女宾来，众女宾都起身与她招呼。摄政王瞧瞧那女宾，又瞧瞧众女宾，宛如众鸾朝凤，鹤立鸡群。那间屋中添了这么一个女宾，顿时间满室都生光彩。不禁瞪出一双虎目，不转睛地打量那女宾。只见她二十多岁年龄，苗条身材，蛋形的脸儿，高高的琼鼻，小小的樱口，长眉入鬓，俊眼流波，双颊花光，一天风韵。并且高髻一尺，金雀横簪，披着品蓝缎韦陀金镶边灰鼠袄，内衬红绸小袄，拖着红绸百褶裙。玉腕上着三四副金钏玉镯，举手时玎琤作响，愈显得华贵不同。把个摄政王顿时瞧得呆了，忘形道："俏得很俏得很。"

摄政王有一个心腹内监名叫崔七的，最是乖觉。他见摄政王这个样子，就猜透了一半心意，暗把摄政王衣袖一拖。摄政王回头见是崔七，问他做什么，崔七道："请爷出来，奴才有话告禀。"

摄政王跟了他出外，直到书记套室里，问道："你鬼鬼祟祟，有什么呢？"

崔七回头见没人，才低声道："爷不是爱上了那位女客么？"

摄政王笑道："放屁的话，真是胡言。别说我贵为摄政王，掌理军国，论身份就不能够胡行乱做。福晋有病，人家来瞧瞧，也是一片好意，我难道好意思把人家怎样？"

崔七道："奴才只道爷是爱上了，满拟尽一点子愚忠，想一个法子把此女弄了来，服侍爷一辈子。既是爷本无此意，那就是奴才糊涂了，该打该打。"

摄政王道："你有什么法子弄此女来家呢？姑且说出来听听。我虽然不要办，听着玩，批评批评你的办法妥不妥。"

崔七道："爷也认识这位奶奶是谁家的宅眷？"

摄政王道："倒不曾认识。"

崔七道："就是满京城闻名的蒋通政诰命呀！"

欲知摄政王如何举动，且听下回分解。

第十四回

宵深更静物是人非
密语低言奇谋易妇

话说摄政王听了崔七的话，脸上露出惊讶的样子，半晌才道："怪道呢，这么俏，果然名不虚传。"

崔七道："爷如果爱上她，奴才有本领弄来做爷的人。"

摄政王笑道："人家也是二品诰命，你如何能够弄她来呢？"

崔七走上一步，附着摄政王耳，低低说了一会子，笑问道："爷，奴才这个主意好不好？"

摄政王笑道："不好不好，快给我去倒碗茶来，休混说了。"崔七领悟旨意，忙去点兵派将，办理他的事情。

这日摄政王非常殷勤，来府探病的各女宾概行留膳。午饭之后，有几家官居眷见福晋病着，不便久坐，略谈了几句，便道了扰，告辞自去。蒋通政诰命也起身告辞，王府几个侧福晋挽臂坚留，再四不肯放，说是王爷吩咐的，叫蒋太太便过晚饭再走。外面蒋通政打轿子来接，门上回掉了三次。等到晚饭，几个陪客殷勤劝酒，左一杯右一杯，把个蒋通政诰命灌得双颊红如晚霞，两眼都饧着，再也不能够支持。太监崔七忙招呼四个丫头，把蒋通政诰命扶到一所一室光明四围锦绣的地方，轻轻抱上那只温如软玉的床上，替她宽去衣裙，放下了罗帐，鸦雀无声地退了出来。留下后究竟干点子什么事，一因宫闱秘密，二因代远年湮，无从采访，不敢妄说，只好从史家阙疑之例，以不记记之。

且说蒋通政日间打了三回轿子去，接不着他的诰命，晚上又打轿子去，回来又是空轿，心中很是怀疑，但是终料不到有什么意外。直到三更之后，才接着。轿子到家，老妈子丫头先奔进来道："来了来了。"蒋通政快活得三步并两步奔出来迎接。轿子直抬入中堂，打开轿帘，扶出轿来，蒋通政问："怎么此刻才回来？你身子乏了？酒喝得多么？"

诰命不则一声，扶在老妈子身上，低着头只顾走。蒋通政只当诰命喝酒了，懒怠讲话，忙命小丫头子张灯，扶送太太回房。小丫头子应了一声，张了灯，扶诰命到房中，蒋通政也就跟进去，见诰命新娘似的坐在床沿上，低头弄带，一声不言语。

蒋通政道："回到了家，也该换换衣服了。穿着这个不嫌累赘么？"

诰命还是不语。蒋通政道："太太别是恼了我么？我今儿打轿子接太太，连着五回，王府都不放，可知过不在我。"

诰命依然不则一声。蒋通政心中奇诧，挨近他诰命一瞧，见狭狭的额角，黄黄的瘦脸，愁眉琐眼，尖嘴阔腮，把那诰命柳眉凤目、琼鼻樱唇的相貌，不知变到哪里去了。蒋通政这一惊非同小可，惊得呆了半晌，才逬出一句话道："你是谁？我们太太呢？"

诰命道："我就是我，怎么你连我都不认识起来？"

蒋通政道："不错，你就是你，你究竟是谁呀？"

他诰命道："我就是你太太，你我夫妻往后日子正长，怎么连我都不认识起来？"

蒋通政道："你不是我太太，我太太并不是你。"

他诰命道："我既然不是你太太，你如何会把我用轿子接来？哪有到了你房中，到了你床上，不是你太太之理？须知我不是自己走上门的。蒋溶，老实告诉了你，须知我来得就不会怕你。你要是不认我作太太，我明日就拖你上都察院，告你个不认发妻之罪。只要你吃得住。你若知道好歹，跟我和和睦睦，摄政王心里明白，自会把你不次超迁。哪一桩好，哪一桩坏，你自己斟酌吧。"

蒋通政听了他诰命一番话，仔细思量，关系着前程，关系着性命，说不得只好忍气吞声，从权办理，吩咐家人仆妇不得张扬开去。

偏偏事有凑巧，次日舅爷来访，兄妹内堂相会，见面时都不认识。那位舅爷顿时大叫"怪事怪事"，蒋通政拖住他舅爷，把昨日之事细细说了一遍，并言此事一来攸关体面，二来关着前程性命，力求他忍辱包涵，不可张扬开去。他舅爷屈于势力，没法奈何，也只得含耻忍辱，垂头丧气而回。

你道蒋通政这位诰命究竟是谁，原来也不是无名之辈，就是王府中太监崔七的妹子。是去年做的寡妇，因为家里人都已死绝，仗她哥哥的脸，在王府中吃一碗闲散饭。那日崔七定下奇计之后，就唤他妹子来，问道："我瞧你一个寡妇家孤零零总不是事，年纪又轻，就这么一辈子，怪可怜的。我想给你找一门子亲事，不知你愿意不愿意？"

崔氏道："谁说不愿意？但是人家都嫌我苦相，又说我的命造硬，不要娶我也难，你给我哪里找亲事去？"

崔七道："只要你愿意，回了王爷，立刻请你去做诰命夫人。"

崔氏道："梦话了，几曾见一二品大员娶个再醮妇人做诰命夫人之理？"

崔七道："这也是机缘凑巧，原是可遇不可求的。你愿意了，今夜就是吉日良时，包在我身上，合卺成亲，还你是个朝廷诰命二品夫人。"

崔氏大喜道："真有此事？妹子哪有不愿之理。哥哥替我回王爷就是，妹子也该去叩谢恩典。"

崔七道："你不用忙，挨过耳来，我教给你话。"

崔氏凑上前，崔七附着她耳说了好一会子的话。但见崔氏不住地点头，说完之后，崔七道："妹子须谨记在心，不可忘掉。"

崔氏回言省得，于是崔七就把卸下的品蓝缎韦陀金镶边灰鼠袄、红缎衬袄、百褶绣蝶裙并那金钏玉镯，连鬓上的簪的金雀一并取了来，催道："时光已经不早，快装新吧。"

崔氏急忙更换衣服，堪堪换毕，蒋通政家轿子又到了，随即坐轿登程而去。更深酒醉，仆妇丫头都有了些酒意，哪里分辨得出？崔氏受着她哥哥锦囊妙计，胸有成竹，毫不慌乱，果然蒋通政中了计。等到同床共枕之后，一夜夫妻百夜恩，蒋通政倒相见恨晚了。所以他舅爷闹着，他倒软言央告。

却说他舅爷见通政这个样子，一肚子没好气，茶也不喝，回身就走。坐骡车回交民巷，告知家人，家人无不骇异。一传两两传三，渐渐郑家庄上也都知道。海天派人进城打听，果然实有其事，并非谣言。关系着同支一系，心里也不胜愤恨。

郑海天两个小姐跟红裳女子非常莫逆，就把此事告知红裳女子，红裳女子非常义愤，立刻腾空而去。剑气如虹，穿云飞行，直飞到摄政王府，收剑堕下，不意侦探了半夜，绝不见半点端倪，料那蒋通政诰命已经顺变达权，跟摄政王如鱼得水了。红裳侠长叹一声，依然挟剑腾空，飞回了郑家庄。今日起了个早，梳洗早餐完毕，跨上黑骡，踏着残雪，径投白莲庵找黑衣女僧，商量这一件公案。当下女僧问是不是为了窝藏逃人的新冤案，红裳侠道："圈地与逃人，果然是新朝廷的两大虐政，害掉的人不知多多少少，但是这一桩事情，却在圈地逃人之外。"遂把蒋通政诰命被易的事说了一遍。

女僧道："再不料以皇叔之尊、摄政之贵，还这么不成材，真是意想不到的事。但是蒋通政与郑氏既然都很愿意，你我也犯不着再去管他了。"

红裳侠道："甘心下流的人，真是爱莫能助。"

女僧道："我们总要干几桩惊天动地的事情，使他们知道我们这班人，稍知儆惧，不敢放胆肆虐，人民就可以少受许多累了。"

红裳侠道："真是要着，今后当相机行事。"

暂且按下，却说摄政王多尔衮大赏崔七之能，拔升他为本府总管。崔七却很得寸进尺，觑个便，还向摄政王求差。摄政王道："你这个奴才，这么不知厌足？当了总管，府里人都听你的号令，你还要怎样？"

崔七道："爷是最圣明，还有什么不知道？眼见朝廷有天大的喜事。豫府英府的三四等奴才都派了事，在那里兴头，奴才托爷的福，也不敢妄想逾分，只求跟他们一般派事就得了。"

摄政王道："原来就为那事儿？我原想把额驸来京的一切供应交你去办，公主脾气不好，让他们办着，免得你去碰钉子。"

崔七道："原是爷体恤奴才，奴才哪有不知道好歹之理。但是这么的大喜事，府里人倒挨不到承办，显见得府里没人，也关系着爷的体面。依奴才下见，爷先把眼前的事，派给奴才试试，办得好，将来额驸进京，也派奴才办去。"

摄政王道："好奴才，你要差事，一要倒就要了两个。"

91

崔七道："这个都靠主子恩典。"

摄政王笑道："停会子到内务府接差事去。"崔七叩了个头，谢了赏差。

原来当今天子顺治皇帝的姐姐和硕公主十公主，经皇太后懿旨，配于平西王吴三桂儿子吴应熊。钦天监择了明年正月十四日是和硕公主下嫁的吉日良时，奏请钦定。皇太后敕令内务府预备公主嫁事，各王府太监家奴都求他主子派入内务府帮办差事。这位和硕公主芳龄一十六岁，长得剑眉星眼，一派英风流露。猛一瞧时，宛然太宗皇帝活现眼前。所以摄政王说她脾气不大好。

这日十公主绝早起身，就到慈宁宫来朝皇太后。因为皇太后隔昨传过旨，今儿一早要出猎呢。这位皇太后是顺治帝生身嫡母亲，年才二十六岁，天生的美艳，轻盈妩媚，瞧去不过二十来岁人。北国崇尚骑射，闺阁亦娴武事。皇太后最喜的就是驰马试剑，每值秋高气爽时候，跨着雕鞍，带着侍卫，在平沙浅草地方，走马如飞，采猎飞禽，射取走兽。玉艳花明，风流放涎，瞧见的人无不啧啧称羡。皇太后见残雪乍消，天气晴朗，忽地高兴，传出懿旨，明晨出猎，各公主有的高兴的，随驾同去。十公主见天还不大亮，赶到宫门，见内监侍卫人等伺候的已是不少。入了宫门，知道太后已在御早膳。

十公主见太后请过安，太后问道："你早饭吃过没有？"

十公主回没有，太后道："你就跟着我吃了吧。"

十公主谢过赏，宫人送上乳酪。太后喝过，叫赐一杯与十公主。十公主道："适才奴婢进来，瞧见宫门外侍立的侍卫太监瑟瑟地抖，怪可怜的。天气还凉，太后也赏他们喝一口，暖和暖和。"

欲知皇太后如何回答，且听下回分解。

第十五回

皇太后西郊出猎
藩世子北国就婚

话说皇太后道："好孩子，还是你想得周到。"遂传旨侍猎人员，每人赐喝乳酪一杯。浙儒张苍水先生有诗咏道：

> 毳殿春寒乳酪香，近臣偏得赐新尝。
>
> 老珰不解驼酥味，犹道天厨旧蔗浆。

一时太后饭毕，十公主站在台角旁，也把饭吃了。宫里头规矩，当着太后，不论是谁，是没有座位的。此时皇太后的四个贴身宫人含芳、蕴玉、补恨、消愁急忙地过来伺候。含芳取出一件猩红织金灰鼠斗篷，蕴玉取出一双织锦小蛮靴。太后斜倚在炕上，略把左脚伸起，补恨跪下，早在蕴玉手里接过小蛮靴，替她徐徐换上。换好左脚，再换右脚，把换下的那双旗圆收拾在一处。皇太后站起娇躯，略低粉颈，端详了一会子，双舒玉腕，从含芳手中接过斗篷披上，消愁捧着雕弓，补恨捧着箭袋，四个宫人簇拥皇太后徐徐步出宫来。十公主忙着跟随而出。太后行近宫门，微扭柳腰，向当门那架玻璃屏风回眸一顾，然后慢慢跨出门去。门外侍卫站立得雁翅一般，一个个蓝顶花翎，箭衣短褂，气势异常威武。瞧见太后出来，一斩齐地上前请安，口里都说："奴才等请皇太后圣安。"太后连正眼也不觑，只把头儿略点上一点。

此时掌管御马的太监早把太后常骑的那匹雪花卷毛玉兔马配上绣鞍金镫，拉着黄缰，伺候在那里。瞧见太后出来，趋步上前，请一个安道："奴婢请皇太后圣安，伺候皇太后上马。"说着就递过鞭儿，太后跨上马，消愁、补恨忙把弓壶箭袋替她挂上，小太监递上兵器，各人接了，行抵中门。十公主也上了马，一出中门，含芳等四人都上了马，只都是拢着缰慢慢地走。一出外道宫墙的大门，众太监众侍卫齐都上马，皇太后鞭梢只一扬，那玉兔马翻开四蹄，风卷似的跑了去。众人加上几鞭，逐电追风，一齐赶上。七八十匹马，走成一线。尘埃滚滚，蹄声如雷。张苍水先生有诗咏道：

平明供奉入彤闱，亦舞霓裳唱羽衣。
千骑骎骎知待猎，挥鞭驰道拥明妃。

皇太后带了十公主，风驰电卷，直到西山。抬头瞧时，层峦叠嶂，山势非常险峻。两边悬崖峭壁，中间一线羊肠，寒风扑面，松声聒耳，那山巅树枝却还留有融剩的残雪。太后等催马入山，兜过一个冈子，地势倒宽阔了许多。太后笑道："这地方就可以行围了。"

十公主传令放狗，早有牵狗的太监把十三四头卷毛矮脚关东猎狗一齐放出，口号一吹，这一群猎狗风驰电卷，向四周丛莽森林而去。不多会子，就见獐儿、兔儿、狐儿、狸儿乱着奔蹿出

94

来。众侍卫操弓挟矢，一齐飞射。箭如飞蝗，可怜这一群小野兽逃无逃处，躲无躲处，全都死于非命。太后扣弦微笑，很是得意。

忽见松林里一阵怪响，奔出一只大鹿来，直掠马头而过。太后左手执着雕弓，右手拔出雁箭，扣得定当，觑得真切，轻扭柳腰，飕地就是一箭。那鹿听得弓弦声响，奋开四蹄，向右边山坡逃窜而去。太后把马缰只一带，直追上去。十公主不放心，加上两鞭，紧紧追上。太后见大鹿只在前头，太后拔出雕翎，又是一箭，谁知又射了个空。太后嗔道："这畜生，这么可恶，我今儿倒定要拿住它。"

十公主道："让奴婢去断送了它吧。"说着加上一鞭，紧紧追去。抽矢扣弦，轻舒玉腕，款扭蜂腰，呼的一声，那支箭正中在鹿腿上。那鹿吃了痛，就滚倒了。太后喜道："究竟孩子家眼光锐，我倒不如你呢。"

十公主道："奴婢也是靠太后的福，偶然侥幸罢了。"

此时众侍卫已赶上，扛抬了死鹿，皇太后与十公主并马而回。

回到宫中，含芳、蕴玉、补恨、消愁四个宫人忙着替太后更换衣服，还未坐定，听得屋顶琉璃瓦上滴溜溜滴溜溜弹子声响，皇太后忙问："谁在打弹子？你们快去瞧瞧。"

补恨应着出去，一时进来回道："是万岁爷在那边拿着个小弹弓弹雀儿呢。"

太后道："还这么淘气，他那师父怎么不教教他呢？"

当时张苍水先生有诗咏道：

盘龙小袖称身裁，马上雕弓抱月开。

太液池边金弹落，疑从紫塞射雕来。

当下皇太后向公主道："格格，你今儿乏了，回去歇歇吧。"十公主站了一会子，也就退出。

太后因公主嫁期已近，叫宫人量出公主衣服尺寸，着内务府转饬苏杭织造局赶织嫁衣。一面命总管太监圈占地段，建造公主庄园府第。崔七等几个王府总管，领了内务府银子，赶办公主府陈设、古玩、字画、台凳、炕屏、椅几以及瓷铜玉石一切东西。赶年底都办齐了。

才过了年，新额驸吴应熊到了，却是平西亲王侧福晋陈圆圆亲自陪送来京的。原来平西王这位侧福晋是江南绝色美人，中国非常人物。平西王的投顺本朝，大清国的统一华夏，都是侧福晋一人之力。一个女子，关系着国家的兴亡、朝廷的隆替，厉害不厉害？此番进京，是皇太后密旨召来的。因为皇太后久慕芳名，未睹月貌，定要见一见。侧福晋也久闻当今太后是满洲第一美人，颇怀了个日月争光的志愿，奉到懿旨，很是欢然。向平西王说了，陪送世子来京。侧福晋与皇太后，一个是南朝金粉班头，一个是北国胭脂魁首，两佳人会面，真是千古第一件风流佳话。

如今先要把平西王与侧福晋的来历，详细叙明，庶几脉络分明，不致茫无头绪。却说平西亲王姓吴，名三桂，字长白，南直隶高邮县人。他的老子吴襄官为京营提督。三桂靠着老子的福，中了武举，就在营里当着个都督指挥。后来吴襄失机下了狱，就有人保举三桂英雄干练，可当大任。崇祯帝特旨超擢他做总兵官。崇祯十四年，三桂跟随经略大臣洪承畴东救松山，洪经略全军覆没，被清太宗活捉生擒了去，吴三桂却全师而退。崇祯末年，中原寇氛日恶，崇祯帝念吴氏父子都是宿将，于是起复吴襄

96

仍为京营提督，加封三桂为平西伯，钦赐蟒袍玉带、尚方宝剑，命他出守山海关。恩遇之隆，一时无两。

此时遍地烽火，京中一夕数惊。那班勋戚大臣，为了家业富厚，更是提心吊胆。内中有一位姓田名叫田畹的，是田贵妃的老子，家资数百万，家中盖着名园，蓄着声伎，最是繁华富贵。那日得着太原失陷、晋王被执之信，忧心如焚，不住唉声叹气。忽闻一片丝桐声响，从回廊水榭吹送而来，问左右道："谁还在那里作乐？"

左右回说："太君在凌波小榭，教陈圆圆操琴呢。"

田皇亲道："人家急得这么着，他们倒恁地闲？"

闲说着，已举步向园中来。走到凌波小榭，见小窗洞开，湘帘高卷，一个十八九岁女郎，临窗而坐。眉黛低垂，环指微动，屈春葱而挑拨，运玉腕以玲珑。兰质娉婷，蕙心敏妙，正是新买来的歌伎陈圆圆在那里操琴呢，田太君坐在旁边指点琴谱。

田畹走进小榭，太君早站了起来。田畹道："太太倒高兴教这小妮子弄这个？"

田太君道："她聪明得很呢，只教一遍就会了。"

田畹道："可惜这么一个好孩子，修得慧没有修得福，不然早补了咱们贵妃娘娘这个缺了。"

原来田畹的女儿田贵妃最是有宠，不幸一病身亡。田畹见崇祯帝外忧流寇，内悼田妃，圣心很是郁闷，遂派人持千金重聘，到吴中来购了这陈圆圆。这陈圆圆是玉峰的歌伎，声色俱绝。本来是姓邢，常州奔牛镇人，后来从陈姥学习歌曲，遂姓了陈，名叫圆圆，字叫畹芬。圆圆到了京中，田畹教给她宫里头仪注，把她珠围翠绕，打扮得天仙一般，送进宫去。崇祯帝问明来历，忙道："此女出身伎家，宫中如何可留？那是要坏祖爷家法的。皇亲年高，须人服侍，还是叫她伺候伺候皇亲吧。"田畹只得领了回家，现在所以这么说。

圆圆听了，推琴而起，笑道："皇亲太君这么疼我，如何还说我没福？"

田畹道："我老了，没中用了，辜负你青春年少。"

圆圆默默无言，横波欲笑，只瞧着太君。太君道："圆圆，你把新学会的《朝天引》鼓一曲给皇亲听。"

田畹止道："别鼓了，我没心绪听琴呢。"

太君道："皇亲，你这几天满脸都是心事，到底为点子什么？咱们贵妃虽然没了，皇上的恩眷依旧一点儿没有减。"

田畹道："你哪里知道？流贼声势异常浩大，今儿警报传来，太原又失陷了。晋邸累代精华，都被掠了个干净。此间离山西很近，咱们积贮又多，要是一朝有个什么，你我这半生心血，不尽付东流了么？怕两条老性命还都要不保呢。"

太君道："京中兵马充足，满洲人来过六回，也不曾有什么。何况这几个流贼就是真要有什么，也是大数使然，你这会子就急煞也没中用。"回向圆圆道："圆圆，你听我的话说得错了没有？"

陈圆圆道："太君的话果然没有错，只是古人说得好，天定胜人，人定亦能胜天。他们这会子只要尽心竭力防备去，防备得周到，或者能够挽回天数，也未可知。"

田畹道："圆圆此话很有道理。我问你，你可有防备的法子？快告诉我。"

陈圆圆见田皇亲这么着急，不禁低头笑道："皇亲你是明白人呢，从来说治世靠文臣，乱世靠武将。皇帝尚且如此，何况你我？现在只消拣一个英雄武将，跟他交好起来，到紧急时光，不愁没个依靠。"

田畹道："满朝武臣，谁是英雄谁不是英雄，我一点儿没有知道，叫我从哪里拣选呢?"

陈圆圆笑了一笑，就不慌不忙，说出一个惊天动地的大英雄来。

欲知说出何人，且听下回分解。

第十六回

圣天子正言却艳色
陈畹芬巨眼识英雄

话说陈圆圆道："宁远吴将军所部都是精卒。朝廷靠他为北门锁钥，现方召见在京。皇亲结识了他，就不要紧了。"

田畹道："你说的不就是宁远总兵吴三桂么？现在调升山海关总兵了。前儿在平台召对，皇上宠爱异常，敕封他为平西伯，并钦赐尚方宝剑、蟒袍玉带，许他先斩后奏。此人果然是个英雄。"笑向太君道："太太，圆圆这妮子眼力果然不错。咱们交结了吴三桂，任是什么都也不怕了。"

说到这里，忽又皱眉道："我跟他虽在一朝做官，平素间无往来，这会子忽跟他结起交情来，也恐他不愿意呢。"

圆圆道："闻得吴将军久慕我们的女乐，本来我们家女乐在京城中也算得着数一数二，你老人家去邀请时，只消说请他来赏鉴女乐，我晓得他一定欢喜的。"

田畹沉吟不语，圆圆道："皇亲，你还有什么不知道？晋朝的石季伦，歌姬舞女，起初从不肯借给人看，等到玉石俱焚时光，他这金谷园到底何曾关住？"

田畹听了这几句动魄惊心的话，不禁毛发悚然，决然道：

"你的话是，我就从你的话做去。"一边要冠带，一边传呼提轿，匆匆忙忙乘着轿子去了。不过一顿饭时光，就听得人喧马嘶，闹成一片。步声杂沓，一个家人气端吁吁奔进报说："平西伯驾到，老爷传谕叫姑娘们预备呢。"说毕，匆匆地就想走。

太君叫住问道："客来了么?"

家人道："来了，老爷陪着在东花厅待茶。我还要到厨房去传谕办酒，还要叫小幺儿们点灯，还要叫他们开十年陈的竹叶青好酒。"话还未了，外面一片声喊传总管。那家人一边应着，一边道："姑娘们，快梳妆，更换更换衣服，老爷性急怕又要来催了。"说毕，匆匆而去。

太君道："也没见过这么慌乱，连回句话工夫也没有。"遂向圆圆道："你回房去梳妆吧，省得急脚鬼似的，一趟一趟来催。"

圆圆笑道："我就这么着了，浓脂抹粉怪没趣味儿，还是家常装束，随随便便，倒还不失天然风韵。"

太君道："既然你喜欢这么，就这么也好。"一面命小丫头传语各姬人赶快理妆，小丫头应着去了。

只见田畹急急走入，见了圆圆，诧道："怎么还不去更衣?"

太君道："她说就这么了。"

田畹皱眉道："就这么了? 怕长白不喜欢呢。"

圆圆听了，桃腮上顿时烘起两朵红云，连嗔带笑地说道："皇亲，你老人家也太小心了。他是客，咱们是主，天下哪有客人倒强过主人之理? 喜欢不喜欢，由他罢了。"

田畹忙道："好好，不换衣服也好，你快快出来吧。"

此时众歌姬都已梳妆齐备，一个个明珰翠羽，华丽非凡。田畹道："你们都伺候着，我去陪他进园子来。那酒席就叫摆在桂花厅吧。"

道言未了，家人入报："吴伯爷说军务紧急，不及久坐，说要告辞了。"

田畹听说，慌忙走了出去。一时总管进来，向太君道："吴伯爷被老爷留住了，伯爷手下的各位将爷也被府里清客让在西花厅喝酒，所有带来的马夫轿班都叫账房赏发了银钱，让在厨房里吃饭了。现在老爷就要陪吴伯爷进园子来了，请太太传话姑娘们伺候着吧。太太也该回避回避了。"

太君道："也是，我才吩咐过呢，正要回房去了。"遂向圆圆道："圆圆，你就领她们桂花厅去吧。"说着，扶了小丫头子，向上房而去。

这里陈圆圆同了众歌姬便似点水蜻蜓，穿花蛱蝶，一阵风地吹到桂花厅。见楠木椅子上，玉杯象箸，都已陈设妥帖，楠木椅上披着狐皮坐褥，大炉里烧着兽炭，暖烘烘阁室生春。暗忖，怪道都说妃子家富贵，请这么大客，酒筵都是咄嗟立办。要是差一点子的人家，如何能够？

思想未已，人报称伯爷进来。抬头瞧时，只见田畹陪着一位剑眉星眼、虎步龙行的英雄进来。看去年纪不过三十来岁，英姿飒爽，豪气凌云，比了举步伛偻的田皇亲，真是天悬地隔，大不相同。陈圆圆一双莹莹的眼波，只注射在吴三桂身上，连田皇亲如何安席，家人们如何上菜，如何斟酒，都没有瞧见。直待田畹吩咐奏乐，同伴扯她衣袖，方才觉着。于是跟着众歌姬调丝弄竹，奏起乐来。吴三桂此时也无心于酒，两道电一般的眼光射住了众歌姬，不住地品评衡量。只见这一个是艳影凌波，那一个是纤腰抱月，这个是梨颊娇姿，不愧春风第一，那个是柳眉巧样，何殊新月初三。看来看去，个个都是好的。忽见靠后一个淡妆的，脂粉不施，衣裳雅素，那副逸秀的风神，令人见了真可扑去

102

俗尘三斛，在群姬里头宛如朗月明星，高悬天表，形得两旁列宿都没有光彩了。只见那人抱着个琵琶，侧着身在那里弹，慧心独运，妙腕轻舒，忽如蕉雨鸣窗，忽如松风入室，听得个吴三桂出了神，执着玉杯呆呆地忘记了喝酒。

田畹道："长白，酒凉了，换一杯吧。"

连说了三遍，吴三桂才如梦初醒，瞿然道："不用换得。老皇亲，我问你，这位绝色女子可就是陈圆圆姑娘？"

田畹道："是的，上月进献过圣上，圣上没有收纳，暂时留在老夫家中。"

三桂道："国色无双，洵足倾城倾国。老皇亲拥着这么的祸水，难道倒不惧怕？"说毕，狂笑不已。

家人送进邸报，田畹因命圆圆上席斟酒，自己接阅邸报。圆圆轻移莲步，执玉壶斟酒。吴三桂低声问道："卿在此间乐得很？"

圆圆也低声道："昔红拂女尚不乐越公，况不及越公的么？"说着，横波一睐，很有幽怨的样子。

三桂回头见田畹手执邸报，面如土色，忙问："皇亲为何事忧烦？"

田畹道："都是警报，怎么办？代州总兵周遇吉、真定总督徐标，两道告急本章，都说贼势非常厉害。咳，长白，倘或一旦兵临城下，我这巨万家资如何如何？"

三桂遽道："老皇亲如果能把陈圆圆姑娘赠给我，吴三桂保护尊府，当比保护国家更为要紧，更为尽力。老皇亲，你心中怎样？我吴某边关上现有雄兵十万，猛将千员，就有了我这么一支兵保护，就有十个李闯，也可高枕无忧了。老皇亲，你心中到底怎样？"

田畹此时心慌意乱，随口应道："那总可以商量，那总可以商量。"

吴三桂急忙起身，向田畹深深一躬，道："这么，拜谢厚恩。我就要告辞了。"慌得田畹还礼不迭，三桂遂向手下人道："抬我的暖轿进来，就请陈姑娘上轿。"

从来说天子三宣，将军一令。一声吩咐，暖轿早已抬进，三桂笑向圆圆道："如今咱们是一家人了。拜辞老皇亲，咱们走吧。"

正是：小姑无郎，偏怀赠芍；使君有妇，更欲征兰。惧福慧难全，为郎憔悴；喜英雄入彀，求我婚姻。当下陈圆圆叩辞了田畹，竟欢欢喜喜、情情愿愿坐进了暖轿，吴三桂亲自押着，只向田畹说得再会两个字，簇拥着一阵风似的去了。这一来真是迅雷不及掩耳，把个田皇亲惊得目瞪口呆，半晌说不出话来。

且住，陈圆圆在田府中恩养了好多时，怎么一言之下，竟就跟着吴三桂去了？原来圆圆在苏州妓院里时光，三桂也曾慕名来访，一笑钟情，三生订约。因为边疆多事，没有遂得嫁娶的志愿。后来鸨母贪了田皇亲重币，就把她卖入了田府。从此红豆吟成，春进相思之泪；军门盼断，秋回临去之波。圆圆在田府里头，没一刻不思念三桂，所以趁田皇亲遑急当儿，就设了个脱身妙计，把身子脱卸了出来。鸢飞鱼跃，活泼自由。可怜老皇亲蒙在鼓里，一点儿影儿也没有知道。

却说吴三桂劫娶陈圆圆到家，不胜之喜，就令圆圆拜见了太老爷、太夫人、夫人等。吴襄询知其事，惊道："你胆子真不小。这件事皇上闻知，还当了得？"

三桂的意思原要带圆圆边关去的，现在见父亲这么说了，只得道："且把圆圆留在家里，我先到边上去。就有风波，也没甚把柄。等过几时再来接她。"吴襄应允。次日，三桂就到任上去了。

不意三桂才一动身，李闯兵就反到，北京城一破，帝后殉了难，城中大乱，文武百官殉节的殉节，投降的投降。李闯久闻圆圆是个国色，一破城就向吴襄索取圆圆。吴襄不敢违拗，只得把圆圆献上。李闯大喜，命陈圆圆歌曲。圆圆曼声婉歌，歌的都是昆腔吴曲，一字数转，一转数音，似这么柔和雍穆的雅颂正音，叫那粗鲁的李闯如何会懂？

当下李闯听了圆圆歌曲，皱眉道："你这个人脸儿生得这么标致，曲儿唱得这么难听，这是什么缘故？"一面命传陕西婆娘唱秦腔，李闯拍着掌附和。那几个陕西婆娘直着嗓子喊唱，嗓子里青筋都一条条爆起来，唱得声情激越，凄楚异常。李闯非常得意，问陈圆圆道："美人儿，你听咱们的曲儿怎样？"

陈圆圆道："此曲只应天上有，人间哪得几回闻。"李闯乐极，就把圆圆收入皇宫，宠幸无比。

这时光城里头勋戚富豪都被贼众敲掠抄没，那田皇亲自然也在其中。田畹见圆圆得着宠幸，吴襄全家无恙，心中不胜愤恨，遂求见李闯的心腹人牛金星，言吴襄的儿子三桂身拥重兵，现在山海关。此人不降，怕为新朝腹心大患。牛金星深然其说，就把此言告知李闯。李闯立把吴襄全家人口通通拿住，逼令写信唤三桂投降。吴襄被逼不过，只得写信一封，呈于李闯。其辞是：

父字付三桂儿知悉：

　　汝以君恩特图谋，得专阃任，非真累战功历年岁也。不过强敌在前，非有异恩激劝，不足诱致。此管子所以行素赏之计，而汉高一见韩彭，即予重任，盖类此也。今汝徒饬军容，徘徊观望，使李兵长驱直入，既无批吭捣虚之谋，复乏形格势禁之力。事机已去，天命难回，吾君已逝，尔父须臾。呜呼，识时务者亦可以知变计矣。昔徐元直弃汉归私魏，不为不忠，伍子胥违楚适吴，不为不孝。然以二者揆之，为子胥难，为元直易。我为尔计，不若反手衔璧，负锧舆棺。及今早降，不知通侯之赏，而犹全孝子之名。万一徒恃愤骄，全无节制，主客之势既殊，众寡之形不敌，顿甲坚城，一朝歼尽，使尔父无辜，并受戮辱，身名俱丧，臣子均失，不亦大可痛哉？语云知子者莫若父，吾不能为赵奢，而尔殆有疑于括也。故为尔计，至嘱至嘱。

欲知李闯瞧后有何举动，且听下回分解。

第十七回

恸哭六军皆缟素
冲冠一怒为红颜

话说李闯就派降将唐通赍了这封书信，率兵八千，带银四万，前往山海关招降。唐通到了山海关，三桂接着，问明来意，唐通交出吴襄书信，三桂瞧毕，沉吟不语。唐通竭力称说李闯如何仰慕，吴襄如何盼望，并降后如何如何富贵，滔滔滚滚，说一个不已。

吴三桂道："我吴某是个血性男子，富贵功名都不在我心上，倒是老父在那里，我要不降，就害了老父的性命。说不得只好担着个恶名，权时屈节了。但愿老父无恙，我就抽身告退，择一块清净地方，陪着老父骑驴湖上，啸傲烟霞，快活过下半世，于愿足矣。"说毕，随即升帐击鼓，聚集众将，把降顺的大意申说一番。众将自然没甚话讲。次日李闯派来的守关将官恰恰行到，三桂把一行关务交卸清楚，简率了精锐七千，同着唐通，星夜赶进京来，朝见李闯。

行到滦州地界，碰见了个家人吴良。三桂唤他进帐，问道："咱们家里头都安全么？"

吴良见问，两泪双流，哭诉道："家中财产都被查抄去了。"

三桂笑向众将道：“你们瞧这小幺儿，这么地不解事。这一点儿小事，也经得这么地悲泣。我一到就要发还的。”又问："太老爷、太夫人都无恙么?"

吴良道："告诉老爷不得，太老爷、太夫人、夫人都被捉去，禁在牢里了。"

三桂笑道："那也不妨，我一到马上就会释放的。"

吴良道："但愿依老爷金口，能够如此最好。"

三桂道："你路上辛苦了，后营歇歇去吧。"

吴良叩谢，才待起行，三桂忽又想起一事，喊住问道："我那人儿怎样了?"

吴良重又站住，回道："老爷问的可就是陈圆圆姑娘?"

三桂急道："是陈姑娘！陈姑娘怎样了?"

吴良道："陈姑娘倒很安全，现在宫里头，新皇帝把她宠得了不得。"

吴三桂不听则已，一听时直怒得三尸神暴跳，七窍内生烟。只见他双睛突露，须发奋张，顿足大叫道："大丈夫不能庇护一女子，还有什么脸站在世界上做人?!"叱令左右把贼使唐通斩讫报来。

参将冯有威谏道："杀了来使，令贼人知所防备，不如先率精锐袭破关城，本军有了根据地方，再行图谋进取。"

三桂道："你这话很对，就照你的法儿行。我方寸已乱，任是一肚子神谋妙算，这会子再也想不出一点儿。"

于是立刻传下密令，大小三军一齐回马，赶到山海关，只一鼓便袭破了关城。贼将唐通负伤逃遁。三桂与众将刑牲告天，歃血结盟。令连夜赶制孝服。孝服制成，全军缟素。吴三桂全身披孝，恸哭誓师。哭了个死去活来，将士无不感动。遂写书信两封，一封是向清国借兵报仇，写的是：

大明国山海关总兵平西伯吴三桂谨泣血上书于大清国摄
政王殿下：

三桂以蚊负之身，而镇山海，思坚守东陲，而巩京
师。不意流贼犯阙，奸党开门。先帝不幸，九庙灰烬。
今天人共愤，众志已离，其败可立待。我国积德累仁，
讴思未泯，各省宗室，如晋文汉武之中兴者，容或有
之。三桂受国厚恩，欲兴师问罪，奈京东地小，兵力未
集，乞念亡国孤臣，忠义之言，合兵以灭流寇，则我朝
之报北朝，岂唯财帛而已哉？将裂地以酬，不敢食言，
唯殿下实昭鉴之。

甲申三月日

特派副将杨坤、游击郭云龙赍往清京奉天求救。

一封是绝父的复书，即命贼使唐通送回北京。唐通回到京
城，即把三桂复书呈于李闯。李闯拆封瞧时，见上写着：

不孝儿三桂禀复父亲大人膝下：

儿以父荫，熟闻义训，得待罪戎行，日夜励志，冀
得一当以酬圣眷属。边警方急，宁远巨镇，为国门户，
沦陷几尽，儿方力图恢复，以为李贼猖獗，不久即当扑
灭，恐重返道路，坐失事机。不意我国无人，望风而
靡。吾父督理御营，势非小弱。巍巍百雉，何至一二日
内便已失坠？使儿卷甲赴阙，事已后期，可悲可恨。侧

109

闻圣主晏驾，臣民僇辱，不胜眦裂。犹意我父素负忠义，大势虽去，犹当奋椎一击，誓不俱生，否则刎颈逆下，以殉国难。使儿缟素号恸，仗甲复仇。不济则以死继之，岂非忠孝媲美乎？何乃隐忍偷生，甘心非义？既无孝宽御寇之才，复愧平原骂贼之勇。夫元直荏苒，为母罪人，王陵赵苞，并著英烈。我父嚄唶宿将，矫矫王臣，反愧巾帼女子。父既不能为忠臣，儿亦安能为孝子乎？儿与父诀，请自今日，父不早图，贼虽置父于鼎俎之旁以诱，三桂不顾也。

大明崇祯十七年三月日　不孝儿三桂百拜

李闯瞧毕大怒，立命把降臣陈演、魏藻德、朱纯臣等六十多人，押赴东华门外斩首。下令亲征吴三桂，点起马步精兵二十万，皇太子与吴襄不便放在京中，带在营里，同赴前敌。

早有流星探马报入山海关，吴三桂忙集诸将商议。恰好杨坤、郭云龙从清国回来，呈上复书。三桂拆封，见是：

大清国摄政王报书山海关总兵平西伯吴麾下：

向欲与明修好，屡行致书，今则不复出此，唯有底定国家，与民休息而已。夫伯思报主恩，不共流贼戴天，真忠臣之义也。伯虽向与我为敌，今勿因前故怀疑。昔管仲射桓中钩，后称仲父。若率众来归，必封以故土，晋爵藩王。国仇可报，身家可保，如山河之水也。流贼戕害明帝，腥闻秽德，薄海同愤。明之仇亦我之仇也，当亲督仁义之师，沉舟破釜，誓不返旆，期必

110

灭贼，拯民水火。

顺治元年四月日　摄政王报书

杨坤并言摄政王多尔衮已经下令入关讨贼，命孔有德、尚可喜、耿仲明赍着红夷大炮，统率汉军为前部先锋，豫亲王多铎、英亲王阿济格各统劲旅万人，为第二队。多尔衮亲统八旗马步各将为后应。

三桂点点头，遂把复书搁下，向众将道："咱们这会子势成骑虎，说不得大家都要辛苦一点子了。"

冯有威道："清国答应帮助咱们，咱们有了这么的好帮手，还怕什么？"

三桂道："那倒不然，从来说夷情叵测，怎知他怀的是什么意思？咱们究竟原要靠着自己。不过有了帮手，自己胆子壮一点子罢了。"众将诺声如雷。

从此，流星探马接二连三，探报的都是紧急军信，贼军前锋离此三百里了，二百里了，一百五十里了。三桂下令叫于关外扎几座虚营，把关里头百姓驱入营中，充当军士。却把精军锐卒尽排上关，登陴固守。恰恰布置妥帖，传报贼军大至。三桂登关西望，尘头起处，贼军像江潮海浪一般，推涌将来。关外那座虚营顿时间踏为平地。关上见了，无不变色。

三桂下关聚集众将，商议抵敌方法。忽报关城被转，从一片石起，直到罗城，尽是贼军。东西两路都被遮断。三桂向众将作揖道："今日的事情，总要诸位尽力了，请诸位不必看三桂分上，且看忠义两个字分上。"说着故意做出激昂慷慨的样子。

冯有威拔剑在手，慷慨发言道："国家豢养我们，为的是什

111

么？今儿的事情，谁要不听主帅命令，我就同他拼一拼。"说毕，横眉四顾，大有寻人欲斗之势。于是众将齐声应诺。

三桂下令出队，炮声起处，关城大开，六七十员上将跨着怒马，执着武器，簇拥着三桂，风一般驰下关来。从来说一人拼命，万夫莫当。三桂这支人马是拼了命来的，排山倒海，声势非凡。无奈李闯手下都是积年老寇，百战余生，沙场见惯，长征云阵，何妨酣战？任你左冲右突，竟如铜墙铁壁，一动都没有动。李闯立马高冈，扬旗指挥，贼军蚁聚，把三桂困在中心。此时山海关外喊杀声、马蹄声、鼓角声、弓弦声、兵器碰撞声，合着天上的风声、山谷的回声，闹成一片，真是天摧地陷，岳撼山摇。从朝晨直杀到暮晚，方才收兵。众将没一个不汗透重衣，腿臂麻木。解开战袍，有重伤的，也有轻伤的。

三桂立传伤科大夫，与众将裹创医治，自己战袍也不卸，亲往各营抚慰看视，众将于是无不感泣。当夜接得军报，知道清国兵马已到，扎营在欢喜岭上。三桂立命中军官把此信传知众军，众军听得救兵已到，顿时喜气洋溢，一个个胆子都雄壮起来。

次日，贼军攻关，清军在欢喜岭上只是按兵不动。三桂派将杀出重围催救，接二连三，下了八回告急书，派了八回专使，清军才鸣鼓吹角，慢慢发动人马。三桂登关，瞧见大清国旗号将次到关，传令开关，亲自提枪跨马，率一支人马冲出重围，迎着清军，通名上去。清军前锋是孔、耿、尚三员汉将，孔有德道："摄政王车驾在后面呢，我派人陪你去见。"三桂应诺，孔有德派一员参将，陪三桂到大队去，这里鸣着鼓角，不住步地进发。

欲知后事如何，且听下回分解。

第十八回

吴三桂怒借清兵
陈畹芬智玩李闯

话说吴三桂跟着参领，双马并进，先见过中队英、豫两王，又行了一会子，才见绣旗招展，一簇人马缓缓而来。步武严肃，行列整齐，马步各军个个像生龙活虎，却又刀斩斧切，一点儿没有参差。参领道："这就是摄政王大队了。"

三桂慌忙下马，候于路侧。参领上去回过，一时传说王爷请见，三桂步行跟随到中军，见多尔衮早与众红顶黄褂的亲王大臣，驻马而待。三桂就在马前拜将下去，口称"亡国孤臣吴三桂跪迎王爷虎驾"。多尔衮忙欲下马，犹未下马，满面春风地问："这就是平西伯么？"又怪着参领："还不给我扶住了！"三桂已在地下拜了数拜。多尔衮笑道："再不想咱们两个人会在这里相见。"

三桂哭诉李闯残暴情形，并请帮助报仇的话。多尔衮道："足见贵爵忠义。本国兴兵，也无非为这忠义两个字。"

左右大臣就请三桂剃发。三桂沉吟未答，多尔衮吩咐道："你们快快扶吴伯爷后营去，好好伺候。"

左右答应一声，扶着三桂去了。霎时出来，已剃了雪白的

113

头，梳了精光的辫，宛然北朝人了，不过身上依旧穿着中国衣服。多尔衮执着三桂手笑道："如今咱们是一家人了。"

三桂谢道："这都是王爷的恩典。"

多尔衮道："办结了李闯的事，也封你为王爵，那里咱们两人就并肩儿了。"

此时从人早把三桂坐骑拉上，多尔衮与三桂并辔偕行，一路攀话，询问此关中形势，探听些争战情形。一时行到，那攻城的贼军，早被前两队清兵杀退，因此关外倒静荡荡的。三桂部将吴国、冯有威等开关迎接，三桂陪多尔衮进了关，就如今众将唱名参谒。一面宰杀乌牛白马，祭告天地。吴国贵捧着血盆向众将道："大清国代咱们讨贼，代咱们皇上报仇，就是咱们的大恩人。不附大恩人就是不服本国，就是目无君上。主帅已经招降了，咱们大家应跟主帅一块降顺。愿意的请上来歃血。"

冯有威接语道："谁要不答应，我就跟谁拼命。"众将于是齐声答应，一个个上来歃毕，随即出贴告示，令军民剃发。

忽守关军士飞报，贼军又在排阵了。多尔衮率同众将登关瞭望，见贼军排成一字长蛇阵，从北山山麓起，直到海滨，足有三五里长短，人人勇健，个个英雄。李闯银盔金甲，张着黄盖，跨着骏马，在山冈上正指挥部众呢。

多尔衮道："贼势这么厉害，咱们开仗，倒要小心一点子。"

众人应诺。多尔衮随即升帐发令，令吴三桂率领本部人马，攻贼阵的右面，阿济格、多铎二王，孔、耿、尚三将率领北来诸军，攻贼阵的左面，自己留着少些人马守关观战。军号吹起，人马一齐发动，雁阵般分作两翼，包抄而前。关上战鼓擂得爆竹一般的急，人马跟着鼓声，如潮前进，走得沙尘蔽天，日色无光。一会子，两军接触，就开起仗来。枪挑箭射，斗得异常厉害。只

114

见山冈上令旗动处，贼军四面包抄，早把吴三桂一军转了三五重。三桂被困垓心，率着部下，大呼冲荡，山鸣谷应，震得关城都翕翕欲动。

多尔衮不禁连声喝彩，霎时天起大风，豁刺刺豁刺刺把地上黄沙尽都刮起，关外数十里地方也辨不出谁是贼子，谁是吾军。多尔衮跌脚道："糟了糟了，照这个样子，于吾军很是不利呢。"

左右道："风小下去了，王爷你瞧，那边一支高扯白旗的人马不就是咱们的铁骑么？"

多尔衮依着所指看去，果见英、豫二王率着铁骑，从三桂阵右直冲入贼阵中坚处去，风发潮涌，所向披靡。多尔衮喜道："吾军这么忠勇，何愁强敌不摧？"

左右道："王爷瞧见么？贼阵已经移动了，怕要败下去了。"

多尔衮见贼阵果被清兵冲动，再望到山冈上，见李闯的麾盖不知哪里去了。此时战场上人喧马嘶，闹成一片。贼众大败，争先逃遁，势若瓦解土崩。满汉各军整队追袭，直杀到四十里开外。李自成兵败，亲自提刀杀了吴襄，将其首级悬于高竿示众。多尔衮传下军令，叫吴三桂西追李闯，自己亲统各军，随后接应。三桂此时心雄胆壮，督率本部人马，星夜奔驰，所过各处都张贴下顺治元年的安民榜文。

这日，行到北京地界，前锋报说贼众已闭城坚守。三桂下令安营。安营才毕，忽报李贼在城上请伯爷答话。三桂挟弓负箭，率领诸将直到城下，却不见李闯，只见数员贼将挟着老母、妻子等共三十多名，高高地站在雉堞里头。老母一见儿子，吴夫人一见丈夫，都不觉放声痛哭道："合家子性命都在你一个身上，你降了，全家骨肉依旧团聚。你要是不肯降，我们性命都休了。"

这几句话说得非常凄惨，城下军士听了无不心伤泪落。回看三桂，却见他沉着脸一声不言语。忽地抽一支箭搭在弦上，向城上射去，挟着老母的那员贼将应弦而倒。呼呼呼一连几箭，真是箭无虚发。这几名贼将一个个射得倒撞下去。老母在城上着急道："你既不降也罢了，射死贼将，不是激怒李闯，逼取我老命么？"

三桂射死贼将，传令军士攻城。一声令下，石条云梯一齐动手。才攻得三五下，城上刀光闪烁，吴家眷口三十多名尽作刀头之鬼，血淋淋人头一颗颗掷下城来。三桂一见，顿从马上直撞下地，昏厥过去，不省人事。左右搀扶回营，灌救醒来，捶胸顿足，痛哭不已。恰好满洲大队兵马赶到，三桂哭诉情形，多尔衮安慰了一番，遂道："咱们打破了京城，捉住了李贼，将军的家仇国恨，就都可以报了。"三桂谢过。

忽报城中火起，九门大开，贼众捆着金宝，掳着妇女，窜出平则门，逃向西安去了。多尔衮传令进城，三桂道："闯贼与我势不两立，情愿率了部下亲往追赶。"

多尔衮道："穷寇莫追。走了就权时丢开手吧。"

三桂哭道："闯贼害我故君，杀我父母。君父大仇，岂肯轻轻放过？"说毕，痛哭不已。

多尔衮道："这是忠孝的勾当，我如何好阻止你？只是此去须要看光景做事，可行则行，可止则止，休太拘执了。"

三桂应诺，回到本营，一面点选人马，一面唤部将冯有威密嘱道："你跟随摄政王入城安民，乘便替我搜访一个人，访得了，快快飞马报我，自有重谢。"

冯有威道："主帅将令，自无不遵，但不知要搜访的是谁？"

三桂附耳说了三五语，有威领命去讫。三桂就领大小三军，拔营前进。

一日忽报北京冯将军飞骑报喜，三桂令传入。那人见了三桂叩头贺喜道："陈圆圆姑娘已经访得，冯将军派了十名使女，就在主帅旧府里头供养，前后门都派有护兵守卫，闲杂人等概不能够出入。"三桂大喜。

原来李闯大败回京，原要把陈圆圆与吴家眷属一同斩首，不意圆圆得着此信，依然谈笑自如。李闯很为诧异，问她道："我要杀你，你知道么？"

圆圆道："知道的。"

李闯道："既然知道，难道你竟不怕死么？"

圆圆道："雷霆雨露，一般是洪恩，我感还感不尽，如何还敢怕？只是替大王想来，杀我未免不值。"

李闯道："杀你如何倒又不值？你且说出缘故来。"

圆圆道："大王前回派人到山海关招降吴将军不是已经降了么？"

李闯道："不错，已经降了。"

圆圆道："后来怎么又反叛了呢？"

李闯道："那倒不曾仔细。"

圆圆道："听说吴将军兴兵就为的是我。现在大王杀了我，果然不值什么，但恐吴将军与大王从此结下死仇，一辈子不肯干休。大王为了我这么一个人，结着这么一个厉害的仇家，岂不是不值？"

李闯道："你的话很有道理，我不杀你了，带你同到陕西去，你愿意不愿意？"

圆圆道："那就是我的福气了。但怕吴将军为我穷追不已，大王倒又要受累。"

李闯道："依你便怎么样？"

圆圆道："为大王计算，还是把我留在京中。吴将军得着了我，他心里自然欢喜，趁他欢喜当儿，我就可说得他不要来追袭，那么大王就好安安稳稳平抵西安了。"

李闯道："依便依你，只是太便宜了你们。"

圆圆道："我也无非为大王呢。大王要是敌得过吴将军，杀我也好，留我也好，我总没有不依从的。"

李闯于是就把圆圆留在京中，清兵进京，冯有威帮着安民，留心探访，就访着了。于是专差飞报三桂。

当下吴三桂大喜，传出军令，人儿卸甲，马儿回首，一齐拔寨回京。行未十里，流星探马报称，冯将军知道主帅惦着，特备了香车宝马，亲自护送陈夫人到营，离此只有三十里了。

三桂喜不自胜，立命中军帐中结了一座五彩楼，备了蘸弗服彩舆旌旗箫鼓，排列三十里，亲自乘马前往迎迓。

吴梅村先生有《圆圆曲》一首，即咏其事，其辞云：

鼎湖当日弃人间，破敌收京下玉关。
恸哭六军俱缟素，冲冠一怒为红颜。
红颜流落非吾恋，逆贼天亡自荒宴。
电扫黄巾定黑山，哭罢君亲再相见。
相见初经田窦家，侯门歌舞出如花。
许将戚里箜篌伎，等取将军油壁车。
家本姑苏浣花里，圆圆小字娇罗绮。
梦向夫差苑里游，宫娥拥入君王起。
前身合是采莲人，门前一片横塘水。
横塘双桨去如飞，何处豪家强载归。
此际岂知非薄命，此时只有泪沾衣。

薰天意气连宫掖，明眸皓齿无人惜。

夺归永巷闭良家，教就新声倾座客。

座客飞觞红日暮，一曲哀弦向谁诉？

白皙通侯最少年，拣取花枝屡回顾。

早携娇鸟出樊笼，待得银河几时渡。

恨杀军书抵死催，苦留后约将人误。

相约恩深相见难，一朝蚁贼满长安。

可怜思妇楼头柳，认作天边粉絮看。

遍索绿珠转内第，强呼绛树出雕阑。

若非壮士全师胜，争得蛾眉匹马还。

蛾眉马上单呼进，云鬓不整惊魂定。

蜡炬迎来在战场，啼妆满面残红印。

专征箫鼓向秦川，金牛道上车千乘。

斜谷云深起画楼，散关月落开妆镜。

传来消息满江乡，乌桕红经十度霜。

教曲伎师怜尚在，浣纱女伴忆同行。

旧巢共是衔泥燕，飞上枝头变凤凰。

长向尊前悲老大，有人夫婿擅侯王。

当时只受声名累，贵戚名豪竞延致。

一斛珠连万斛愁，关山漂泊腰肢细。

错怨狂风扬落花，无边春色来天地。

尝闻倾国与倾城，翻使周郎受重名。

妻子岂应关大计，英雄无奈是多情。

全家白骨成灰土，一代红妆照汗青。

君不见馆娃初起鸳鸯宿，越女如花看不足。

香径尘生鸟自啼，屧廊人去苔空绿。

119

换羽移宫万里愁，珠歌翠舞古梁州。

为君别唱吴宫曲，汉水东南日夜流。

吴三桂以盖世英雄，得着陈圆圆绝世美人，得意自不必说，偏偏锦上添花，恩诏颁来，封三桂为平西亲王，玉册金印，恩荣富贵，当世无两。大清国统一了华夏，饮水思源，吴三桂借兵之功实是不小。封王锡爵，未足酬庸，于是摄政王多尔衮回明皇太后，把太宗第十女指配与平西王世子吴应熊为妻，现在吉期伊迩，侧福晋陈圆圆亲自陪送世子吴应熊来京。

欲知后事如何，且听下回分解。

第十九回

酬巨勋公主嫁强藩
奉懿旨清宫选秀女

话说平西王侧福晋陪送世子吴应熊到京，因带来的藩府参领护卫及男女仆从共有二百多人，就使吴襄旧第居住，免得受公家的供应，却把个办差的崔七急死了。后经摄政王传谕，本朝额驸就婚，例须受官家供应，有例不可坏例，无例不可起例，事关国家体制，毋庸辞让。侧福晋见这么说了，只得罢了。一面就到宫门请旨觐见日期，太后定了大年初四。

这日，侧福晋就梳洗穿扮定当，坐上肩舆，入宫来朝皇太后。到宫门降舆，太监进去回去。一会子，有旨宣召。侧福晋跟随着那太监进了宫门，历陛升阶，又经过了三五处殿阁，皇太后并不临御慈宁宫，只在便殿内起坐。行抵殿门，见八九个宫人站在那里伺候，静荡荡鸦雀无声。那太监低声道："请福晋略站一站。"侧福晋住步，太监向宫人做了个手势，就退出去了。一个宫人进殿去回过，遂见她出来，笑吟吟招手道："福晋跟我来。"侧福晋屏息静气，跟着那宫人轻移莲步，走到殿门。早有人打起门帘，侧福晋跨进殿门，只见当今圣母皇太后笑吟吟地坐在那里。侧福晋趋步上前，急忙跪下叩头。太后恩赐平身，问道：

"你几时动身的？"

侧福晋回："十二月初头，走了有一个月左右。"

太后问："昨儿才到么？"

侧福晋回了一声"是"。太后口里讲着话，却举目细细打量。只见她二十左右年纪，俏俏的脸庞儿，眉如三春之柳，色同春晓之花。横波善睐，双窝欲笑。穿着桃红绸小袄，葱绿绸棉裤，外罩品蓝缎绣花白狐长袄，天青缎玄狐披风，下系着大红绣凤朝裙，挂着朝珠，钉着补服。头上只套着缎帽，帽上珍珠玛瑙镶成各种小件，却钉了个琳琅满目。皇太后笑道："果然是好的。"正是：

笑语金钗诸戚畹，果然春色在江南。

皇太后打量侧福晋，侧福晋也偷眼窃窥太后圣容。只见太后长眉入鬓，凤目如星，玉净花明，窈窕艳丽，也不禁自然心折。君臣两人互相爱慕，互相推重，竟至相见恨晚起来。其实南北两美人各有各的好处，论到淑丽，自然是皇太后第一，论到妍媚，却应让侧福晋无双。

皇太后见侧福晋是小足，站得久了，大有似乎临风花朵，很有摇摇欲倒之势，立刻加恩赐座。偏偏侧福晋是汉人，不惯坐地。赐了她一个锦墩，倒弄得蹲不像蹲，坐不像坐。这日，太后留侧福晋在宫刚赐了宴，才派太监护送回家，恩意十分优渥。

平西王世子吴应熊也忙着陛见谢恩，并晋谒摄政王。等到了吉期，上谕派出豫亲王多铎办理十公主下嫁事宜，新额驸蟒袍补服，红顶朝靴，跨了白马，经鸿胪寺少卿引导，马前排齐执事，两班细乐，吹吹打打，送到公主赐第。一时豫亲王亲送公主到来，额驸与公主参天拜地。交拜过后，并肩向上，叩谢圣恩，合卺洞房，热闹繁华，不用细说。从此之后，吴藩世子就在京中做额驸，侧福晋也就陛辞南下。一言交代。

却说这位十公主虽非太后所出，因她聪明乖觉，太后待她倒十分钟爱。临嫁当儿，就把补恨、消愁两个宫人赐给了公主。不意自从这两个宫人赐掉之后，挑补上来的总是粗鲁呆笨，不合太后之意，太后很是闷闷。传旨内总管，叫在外面挑几个秀女。内总管奉到这一道懿旨，不敢怠慢，立刻派出多名内监，四面八方去挑选。近畿数十里内，便就骚然不宁起来。不意这么一来，就给了飞行剑侠一个绝好的机会。

且说红裳女子自从那日遇见黑衣女僧之后，两个女侠就没一天不会面，没一日不聚谈。谈到夺妻易女的淫风、圈地逃人的虐政，都不禁回肠荡气，侠心怦怦。

这日，红裳女子从白莲庵跨骤而回，缓辔徐行。才到郑家庄，还未下骡子，庄丁早迎着道："姑娘回来了么？我们家祸事到了。庄主和太太姑娘们哭了一屋子呢。"

红裳侠大惊，忙把黑骤交给了庄丁，跳下鞍，飞一般跑进。只见郑海天夫妻、郑小姐姐妹，夫妻母女四个人坐在那里，捉对儿对泣呢。红裳侠道："你们为了什么事，却在这里赌眼泪？"

郑大小姐见是红裳侠，急忙起身，一把拖住道："妹妹，快救救我，快救救我！不得了呢！"

红裳侠道："到底是什么事，哭了一家子？快给我都停了哭，告诉我，我自有法子，自有道理，任你坍天大事，我总有本领替你处治个明白。"

郑海天道："姑娘到了，我们就放了一半的心。但恐这件事来势厉害，就姑娘也没有法儿呢。"

红裳侠道："你们不说，这个闷葫芦叫人家如何知道？到底是什么？"

郑海天道："宫中现在点选秀女，太监已经下乡查人。咱们家的大姑娘已被查了去。姑娘你想吧，名字一查去，人就要先进宫去的，怎么办？"

红裳侠道："名字查了去，不可以抱病求免的么？现在的事情，花掉几两银子，再无有不了之局。"

郑庄主道："果然花掉银子就可以办到的事，姑娘我又不是吝啬的人，早没了事了。碰着到这里的那个太监，偏是个办清公事的，我已许过他千金重酬，他说今儿的事不是银子买得到的。"

红裳侠道："天下竟有这么不为利诱的太监？难得难得。"

忽庄丁入报，本图地保求见。郑海天应着出去，一会哭丧着脸进来，搓手道："如何如何？"

众人问是如何，郑海天道："有甚如何？苦了我们孩子也！地保告诉我，咱们大姑娘，那太监已把她名字上了花名册，呈于总管。总管爷吩咐三日里要送进宫去，听候挑选。偏这孩子生得又俊，送了进宫，要望掠牌子是没指望的。可怜养了她这么大，竟葬送到这一辈子没得见的去处，我的心肺都被摧掉了。"说到这里，不禁又顿足大哭起来。郑太太、郑大小姐、二小姐也都放声大哭。郑大小姐痛关剥肤，更哭得泪人儿一般。

红裳侠道："大家哭一阵子，敢是总管爷见了惧怕，就此免选你们姑娘不成？"

郑海天道："那如何能够？"

红裳侠道："既然哭一阵子，哭不退总管，依旧要选进去，哭他做什么？"

郑海天道："姑娘你事不关心，还这么说凉话！人家骨肉分

124

离，即在目前，怎么不伤心呢？"

红裳侠道："我替你们算计，事情不是哭能够结的，你也哭，我也哭，哭得人家心绪缭乱，就有神谋秘计，也被你们哭掉了。住了哭，大家静静商议商议，或者有法儿援救也说不定。"

众人听说有理，都住了哭，虚心请教。红裳侠道："我看不如教大姐姐跟我索性一走，且到外府他州躲几时，避过了风头再回家，岂不是好？"

众人听了，你瞧我，我瞧你，面面相觑，不作一语。红裳侠问道："我计如何？"

郑海天道："好还有什么不好？只是行了此计，就害了我了。"

红裳侠道："怎么倒又害了庄主？我很不懂。"

郑海天道："这是奉旨的事，非同小可。孩子的名字已经登入了花名册，呈给了总管，一旦走掉，总管不要把我送官勒追的么？这一场官事，叫我如何当得住？怕还得一个抗旨匿女的大罪名呢。"

红裳侠暗忖，这又是一桩害民虐政，与圈地逃人一般为害。事关朝廷政令，断非一人之勇、一剑之力能够除得掉的。此时红裳侠一寸芳心，被那满肠侠气冲荡得不住怦怦跳动，停了一会子，开言道："我既然应允了你们，无论如何为难，总要想法子保全我那姐姐。只是我现在也想不出什么好法子，还得找一个人去，跟她商量商量。那个人的聪明、本领、计划，都高过我数倍，你们此刻事急燃眉，我就立刻找她去。我走之后，倘然总管派人来催，庄主且花几个钱暂缓他一两日。无论如何，总要候了我的回信才放大姐姐动身。"说着，就叫庄丁："快把我那黑骡喂饱了料，安上了鞍子，我立刻就要出门呢。"

郑大小姐见红裳侠要走，宛如乳儿恋娘，心中很为着急，忙道："妹子，今儿回来么？姐姐是盼着的呢。"

红裳侠道："请放心，我既然答应了救你，终不会这么放你生的。今儿不回，明日总回来。"正说着，庄丁回骡儿已备好了。红裳侠说一声"我去也"，出门跨骡而去。

这夜杳无音信，次日传来消息，杨村周姓两个姑娘已被太监用骡车载了城中去，周家两老都哭得晕了去，郑海天听了惊心动魄。忽报有两个太监叫地保陪着进门来了，郑海天更吓得魂不附体，慌忙出来瞧看。

欲知后事如何，且听下回分解。

第二十回

黑衣僧灵心出奇计
红裳侠顶替入宫闱

话说郑海天听说地保同了两个太监到来，吓得魂不附体。庄丁又报太监已在厅上等候，海天只得出去接待。见两个小太监一瘦一胖，那瘦的先开口，言"奉总管命，叫你们姑娘预备着，停会子就派车来接"。海天道："总管的命自当谨遵，只是骨肉分离在即，亲戚们都来话别，离愁别绪，未免有情，请格外原谅，暂缓个一两日。二位路途辛苦，略备下一点子薄意，请笑纳了，买一杯茶喝。"说着，取出两封五十两一封的银子送与二人。

那胖子还不肯收，瘦子道："既是庄主一片好意，我们不收倒辜负了他盛情。"

郑海天道："务望推情通融，愚父女不胜感激。将来我们孩子进了宫，还要二位好好照拂呢。"

两太监齐道："我们且先去接他村别落的，这里准后天来是了。"

郑海天再三称谢，两太监告辞而去。海天入内告知他女儿，郑大小姐听了，愁眉稍展，但是巴巴盼望红裳侠，终是踪迹杳然。海天时时跑到庄门口瞭望，直到申末酉初，才见蹄声嘚嘚，红裳女子映着夕阳，骑骡而来。

海天喜得急迎上去，接住了缰，问道："姑娘事情怎样了？"

红裳女子笑道："庄主怎地性急，有话到家里去讲也不迟。"

到庄门下骡，庄丁牵了骡去，海天陪红裳女子入内，郑大小姐道："妹妹回来了！"

红裳女子道："回来了。你这件事真难办，名字已登入册，大势何能挽回？但是一入宫门，回家便难自主。瞧你们热辣辣骨肉分离，我心又很不忍。现在于无可没法之中，勉设一法，救你这一场坍天大祸。"

原来红裳女子跨骡往访的不是别个，正是白莲庵的黑衣女僧。当下女僧开门迎入，一见面即道："瞧女菩萨脸上气色，好似有着心事似的。"

红裳女子道："大师慧眼，洞烛幽微。我果然又有一桩很难的难事，特来请教。"遂把清宫选秀、郑小姐名入选册的事说了一遍。女僧沉吟不语，红裳女子道："大师，此事难办不难办？"

女僧道："光是救郑小姐一个呢，原也不难。若欲普救大众，使中国的无辜年轻女子尽数脱离苦海，却非易事。但是你我剑侠，做事不出手也罢，出了手，不能为人家求我就救，不求我就不救，也不能只救有交情的人，眼看没交情的沉沦苦海，丢开手不管。"

红裳女子道："大师高论极是，但是拣浅近点子讲，只救郑小姐一人，用什么法子？"

女僧道："那只消等她在途中或是宫中，悄悄地救了回来，就没了事。"

红裳女子道："我且救了郑小姐一个，再慢慢地想别的法子。"

女僧道："那也悉听尊便。但是失掉咱们剑侠面目了。剑侠干事，人家受苦遭难，不知道也罢，知道了之后，不问是亲是冤，赴汤蹈火，总要救出了才罢。现在女菩萨只救郑小姐一人，显见得有个亲疏之别，岂是我们剑侠所为？"

红裳女子道："大师说得很是，我们总要想一个好法儿，普救众人。"

当下女僧留红裳侠在庵过了一宵，依旧不曾得着妙计。次日，女僧依然没事人似的，讽诵《妙法莲华经》。红裳侠心中着急，又奈何她不得。直到午斋过后，才想出了一条妙计，向红裳侠道："当初有人问我佛，谁入地狱？佛言佛入地狱。人问佛何故入地狱，佛言佛入地狱，庄严地狱。现在也只好学着佛入地狱的故事，才能够普救众生，见事行事，或者把秀女、圈地、逃人种种虐政，一股脑儿都除了，也说不定。这件事我已经做了姑子，万万不能干。女菩萨，你既然得着这么好的好机会，只好借重你了。"

红裳侠问："到底怎么一个计划？"

女僧道："郑小姐不是已经入了册，即日就要入宫了么？你不要先解除她的急难么？现在就请你顶了她的名，替她入宫当宫人去。郑小姐免了入宫之难，你又得身处禁地，刺探一切朝政，乘便放出手段，援救受难的人。我这里离禁城又近，遇了疑难事情，不妨到此商酌。剑气飞腾，去来又很便捷。女菩萨，你看我这计划好不好？"

红裳侠点头道："端的是好计，我就依计而行是了。"

两人又细细商量了一会子，红裳女子才跨骡按辔而回。当下笑向郑大小姐道："我不忍见你们活生生热刺刺骨肉分离，说不得只好做我不着，顶了你的名，替你宫里头去走一遭，尝尝这宫人滋味。"

郑大小姐听了，不禁感激涕零，滴下泪来，言道："妹妹，原是我命遭不幸，怎么倒累起妹妹来？"

红裳侠道："这碍了什么？我也不过是一时高兴，逢场作戏罢了，谁又认真当宫人了呢？到皇宫内院玩一会子，开开眼界也好。老实说，我在宫中要走就走，要留就留，谁又能够拘束我呢？"

郑海天等听了，全都欢喜，再三称谢。这日便梳妆打扮，更换衣服，装作个郑小姐模样。里面也办了酒，给假郑小姐饯别。那假郑小姐低言嘱咐："我那黑骡替我好好喂养着，看我几时出宫，几时就要用，别糟坏了。"

郑大小姐道："妹妹放心，妹妹的骡交给了我，就是他们不经心，我替你经心，监视他们喂料。"

假郑小姐除了黑骡之外，也就无言可嘱了。一时外面回"车儿齐备了"，假郑小姐起身道："我也该走得了。"

郑太太道："他们没有来催呢，还候一会儿。"

说着，郑海天进来说："太监催叫快一点子。"于是郑海天、郑太太、郑二小姐簇拥着假大小姐，陪送出来，一般地淌眼抹泪，做出惜别的样子。直至假大小姐登上了车，方才掩泣而回。众庄客见了，又谁知大小姐是假的呢？

却说红裳侠坐在车中，一路盘算到了宫中该用何种手段、何种面目对付这全国最高级人物，走到天黑，才到宫门。此时各处送来的待选的秀女已很不少，红裳侠出了车入宫，就与众秀女一块儿起坐。一时就有两个太监抬出一大盘面饼，叫众秀女取食。大家便取来胡乱充饥。吃过面饼，忽传总管升座开选了，于是出来一个老太监，向众秀女道："尔等跟随我入内，听候总管爷挑选。须各小心在意，休得喧哗戏谑，自干罪戾。"

众秀女于是跟着那老太监，到一处所，只见灯烛辉煌，光明如昼。那总管爷也是个太监，约有三十多岁，坐在中间，案上摊着一本花名册。总管的两只鼠目，乌油油贼灼灼向众秀女不转睛地睃看，案旁站有三五个小太监。总管点了一名，两旁小太监就接唱下来，总管爷逐一仔细打量。点过的站在东边，没有点的站在西边。姓名、籍贯、年岁，父做何业，母出何门，询问得详细异常。每点过一人，就在她名字下加上一个记号。霎时点毕，取的不过三分之一。那选不取的回过太后，加恩放还母家。总管爷吩咐把这选取的四十六名秀女，引入慈宁宫，听候复选，当夜就在宫中歇宿。

　　次日，慈宁宫眷佟奶奶奉皇太后懿旨，来此复选。那佟奶奶精神极好，把四十六名秀女分作了五排，一排一排挨着验看。评头品足，细腻非凡。选了大半天，才选中了十名。红裳女子恰在其中。佟奶奶喜道："你们好福气，快随我来。那三十六名都派在外面当差呢。一般是选进来的秀女，你们就得近着皇太后了。"于是把十名秀女引到别室，教导宫中各种仪注，跪拜起伏进退周旋，练习了三日，都已纯熟。佟奶奶回明皇太后，太后下旨召见新选秀女。

　　红裳女子随众人入觐，皇太后把这十个秀女唤到面前，细细地瞧皮肤、头发、眉毛、眼睛、口鼻、指臂，没一处不验到。却就挑中了红裳女子与一个姓牛的。遂命补了消愁、补恨两人的缺，作为贴身宫人。其余八人，派在寝宫外当差。红裳女子是有挟而来的，慈宁宫中平添了这么一个宫人，宛如天宫里突来个孙大圣，如何还有安静日子？

　　欲知怎地翻江倒海，怎地起浪兴波，请暂时休息，二集书开，再行宣布。

第 二 集

张个侬

自　序

　　《飞行剑侠》一书，初集原为青浦陆士谔先生所著。自刊行之后，颇受读者欢迎，顾神龙见首，读者来函每引以为憾。百新公司主人徐鹤龄君以陆公现正悬壶海上，诊务粟六，日夕无稍暇晷，登报谓"每日门诊以十号为限，十号以外，恕不应诊"，盖恐精神不济，有误病家也。仁术仁人，至可景仰。执是之由，徐君以为续集之撰至不可缓。商之陆公，遂以续貂之责，托由潘丈鸿裁转委于不佞。不佞谢辞不获，乃于停笔之余，为之谨慎成之。良以陆公原著意旨高远，诚恐遗蛇狗之诮也。书成自视，尚堪一读。虽有五十百步之差，窃幸小巫能得大巫之类用。志其编撰经过如此，以弁书首。

　　　　民元十八双十节　丹徒张竹识于个侬编辑室

135

第二十一回

以李代桃红裳侠用计
欲擒故纵睿亲王设谋

话说本书前集写到红裳女侠袁淑英，因欲救离京二十里郑家庄大庄主郑海天的大女儿被挑选入宫做秀女之难，和白莲庵住持尼黑衣女僧熊婉华商议良策，被黑衣女僧用佛入地狱的一句释典点醒了，遂毅然决然地采用李代桃僵之计，冒了郑大小姐的名，跟着太监进京应选。经过总管太监和慈宁宫宫眷佟奶奶的初选复选之后，又由皇太后召见，结果竟将红裳女子和一个姓牛的姑娘，派充慈宁宫宫人，补了消愁、补恨两宫女的缺。红裳女子本系有挟而来，慈宁宫中平添了这么一位宫人，正如天宫里突来了一位齐天大圣，如何还有安静日子……

前集写到此处，即戛然而止。究竟红裳女侠自冒名顶替做了宫人以后，在宫中做了些什么事业，怎样惊天动地，如何旋乾转坤，现在不佞应书肆主人之请，不自藏拙，续貂前文。二集书开，自应将红裳女侠、黑衣女僧、白猿老人和乃师剑道人四位剑侠的生平作为，详细向读者宣布。毕竟情事如何，请读者静心往下瞧吧。

且说红裳女子怀着身剑合一的绝技，抱着济世救厄的宏愿，自入宫以后，朝夕思维，应从何处着手，方才可以上震主子大臣，下安闾阎百姓，做一回惊天动地、翻江倒海的伟大事业，以为一劳永逸之计。从来说得好，有志者事竟成。红裳女子既抱有伟大志愿，早晚思忖，时刻留心，自然不久即有了机会。正应着前人说话，叫作"天下无难事，但怕有心人"。

看官们，你道是什么机会？说来可关于清朝开国时宫闱秽史。原来皇太后是当时大清第一美人，嫁与清太宗为后。后因欲劝降明朝的经略大臣洪承畴为进图中原的谋主，故清太宗竭尽智谋，指挥兵将，大破明师，将洪经略大臣生擒活捉了去，恩威并用，意欲劝降洪承畴。无如洪承畴矢志忠贞，心坚金石，无论清太宗如何诱劝，清朝文武怎样关说，情愿学饿死首阳山的孤竹国伯夷叔齐，始终不肯吃清营的粒米。更以宋末忠臣信国公文丞相文天祥自比，绝对不肯降清。清太宗见洪经略不肯投降，看看将要饿死，急得在宫中长吁短叹，搔耳挠腮。被皇后见着，请问其故。清太宗将缘由说了，并涨红着脸说道："现在尚有一计，只是难于出口。但是除去此计以外，要想洪承畴归顺我朝，除非是梦中了。"说罢，望着皇后一声不响。

皇后已是明白皇上的心意，遂说："主子要收伏洪承畴，乃是为的国家大计。现在洪承畴不肯降顺，尚有一法未行，莫非要用着臣妾么？臣妾身受国恩，自应为国家尽忠，解主子的忧虑。但请主子将计策说出来，臣妾虽粉身碎骨，亦所不辞。"说罢，目视皇上，等候谕示。

清太宗遂将本意欲请皇后使用美人计，去劝降洪承畴的心思说了，皇后毫不迟疑地一口应诺。太宗大喜，跪下地去谢慰，慌得皇后亦跪地答礼。当即定好计策，由皇后亲自出马，竭尽美媚之能力，果然将一位文武全才的明朝经略大臣洪承畴劝得服服帖

137

帖地顺了清朝，做了军机大臣。清国自从得了洪承畴这么一位才子助理军机，果然军事政治无不措施得宜。

太宗崩后，顺治皇帝即位，年在冲幼，朝政由皇叔睿亲王多尔衮以摄政王名义治理，皇后升位为皇太后。青年寡居，难甘寂寞。既无顾忌，自然与洪承畴加倍绸缪，同时皇叔摄政王多尔衮亦与皇太后有了关系。自从吴三桂引狼入室，借兵报仇，清兵入关定鼎中原、统一华夏以后，一切政令都由摄政王专主，朝中满汉王公文武大臣为迎合摄政王意旨起见，竟上书陈辞，闹出皇太后下嫁摄政王的把戏来。皇太后虽下嫁，然而不过挂了个名儿，实际上只居王邸一月，即又过回宫中居住。其时摄政王因暗与洪承畴闹着些酸溜溜的意见，但又因畏惧皇太后袒护和洪大学士在中国的政治势力，不敢怎样明目张胆地伤害，亦不敢用暗箭伤人的手段侵害洪承畴，于是想出一条调虎离山的计策禀承太后，申述江南地方重要，为国家人文荟萃及经济财赋之区，非有国家亲信的心腹大臣坐镇，不足以扫除反动，增富国家财源。臣奴意欲调军机大臣洪承畴外任两江总督，不敢擅专，特来请太后的示。

皇太后虽系女流，然而谋国忠忱，却比任何人为切，绝对不愿以私害公，所以便即首肯。于是军机大臣大学士洪承畴遂被特命，任为两江总督。洪承畴亦因恐遭物议，正苦无计脱身，得此外任，却不胜欣喜，遂即陛辞赴任。摄政王自从洪承畴去后，遂得畅所欲为，毫无顾忌。因此红裳女子遂从摄政王身上着眼，即在宫中乘机做出惊天动地的大事来。

原来有一天是三月初三日，正当上巳节日，摄政王因进宫与皇太后商议军国大事，并叙叔嫂夫妇之情，故此这夜并未曾出宫。即至次晨起身，穿朝衣戴朝冠，发觉那顶戴花翎、朝珠玉带忽然不翼而飞。慈宁宫不比得别的所在，平时从未丢过微细的物件，何况是当今皇叔摄政王的花翎顶戴朝珠重大物件呢？摄政王这一惊非同小可，不由大发雷霆，立刻传谕慈宁宫的各内监宫女以及总督太监和佟奶奶等人，齐到面前，大加呵斥，限令即日查复。并询明这夜值班宿卫的侍卫以及轮值的内监宫女，一齐交内务府看管，严令追查。

皇太后因本宫从未失过窃，此番忽然发生意外，因此遂疑心到新选进宫的四十六名秀女身上。都是汉女，尤其是本宫的十名，更处于嫌疑地位。那牛姑娘和冒名郑小姐的红裳女子，因为贴身服侍的缘故，遂又更格外的嫌疑重大。故此皇太后带怒吩咐内务总管，对她二人须加倍地留心侦察。

内务总管正同着一班内监侍卫宫女等慌忙叩头答应，却又忽见睿王府内监崔七匆匆地跑进宫来，叩见太后摄政王。先向太后请过圣安，然后向摄政王叩头请安，回话说："王爷不好了，昨夜三更时分，府里忽然来了飞贼，将新侧福晋郑夫人的珍宝首饰以及王爷的玺印完全劫去了。那飞贼的胆子可真不小，将王爷的玺印、郑夫人的珍宝盗去不算，还敢在王爷的书案上留下字条，用一把明晃晃的纯钢七寸小匕首插着。奴婢们不敢大胆擅动，深恐乱了痕迹，所以由奴婢现在将那字条上的原文，照抄了一张，带来恭呈王爷过目。"说罢，从怀中取出一张白纸黑字的字条来，爬上两步，双手呈递给摄政王。

王爷正当顶戴花翎朝珠被盗之后，心中吃惊，猛可里又听得王邸发生意外，惊上加惊。毕竟他是位总理万机、上马治军、下马治民的英雄摄政王，不比得清末时那个孱弱无能的摄政王。所以他心中虽惊，面上却能处之安定，丝毫不露出来。将字条接过来看时，只见上写：

摄政王多尔衮鉴：

尔身居摄政，宜如何体国恭忠，励精求治，不图乃多行不义，既奸占寡嫂，公然宣淫深宫。弗恤人言，罔顾纲常廉耻，遗爱新觉罗氏之羞，置当今皇帝之颜面于不顾。又复奸谋易妇，强占诰命于王邸。似此倒行逆施，早应枭首乾清门，以为目无法纪、跋扈不羁者戒。姑念尔本夷族，罔知礼义，即彰天讨，似等不教而诛。故特借尔玺印，颁发文告，将窝藏逃人、强圈民地等事，一律豁免严禁，并禁汉民投旗，以作根本解免奸民投旗之后之纠纷。文告已发，尔须恪遵，不得否认，作收回成命之谬举。尔如胆敢故违，试看予之匕首锋利如何，绝不尔恕。又玺印原为皇上之物，有太后在，自应归诸太后，以专责任。现在皇上渐已长成，尔亟应奏请归政，以示尔心无他。为尔计，苟不如此，亦殊昧于明哲保身之道也，否则皇上虽冲幼可欺，天道却不可恕。凡此忠告，望尔凛之慎之。则是之由，予故将尔的顶戴花翎朝珠等自宫中送至王邸，并将玺印符绶等宝器送还宫中，略示天道民瘼。至于取尔侧室珍宝，一以示薄惩，二以示儆奸，三以示助善。如欲追求者，予固替天行道，无丝毫存心，且不畏尔也。切切此谕，尔宜凛遵毋违。

红谕

摄政王看罢，心中虽十分震惊，面上却丝毫不露，冷笑着鼻孔中哼了一声道："好大的胆子！竟敢这么狂妄！对本藩尚敢这么威吓，可知他平时对于百姓是十二分的横行不法了。俺真不知京城内外和各省各地的官员，平素管的些什么？竟让一个飞贼猖獗到恁般地步！哼哼，还了得吗？"说着，将字条儿也不递给皇太后观看，即已塞到自己衣袋内去。遂吩咐慈宁宫宫监察查本宫内各处，可曾发现玉玺印绶等宝器。一面问崔七："府里可曾发现本藩的顶戴花翎？"

崔七叩头回道："回王爷话，奴婢因智者匆促慌乱之间，竟不曾来得及回禀。府里今儿一早，在大福晋的房中，桌上曾见有王爷的顶戴等物。其时大家都以为是隔夜大意，不曾收起。大福晋虽然心疑，但因失去印玺符绶，关系重大，遂将这事搁起。如不是飞贼字条儿上写得明白，还仍旧一时不得明白呢。"

摄政王听说在大福晋房中发现顶戴等事，字条儿上的话已应了一件，想来玉玺在宫中的话，谅来亦绝不致虚假。正是思忖，猛抬头，忽见梁上悬系着一个黄绸包袱，不由惊呼道："咦，这上面悬系着的包袱，莫非就是玉玺吧？"

摄政王望着上面这一嚷间，早将各宫监侍卫等都吓得仰视屋梁，遂由一个侍卫卖弄本领，从盘龙的庭柱上盘将上去，将包袱解下，从柱上顺溜着滑下来，跪献给王爷。打开看时，一只镶玉嵌金、雕龙刻凤的玲珑枛木匣子，金锁虽扭落了，但仍在金制的拳头鼻眼上，兀那不是贮藏玉玺的匣子是什么呢？揭开匣子看时，里面贮藏着天子大小玺印，完全不缺。摄政王大喜，几乎跳起身来，立刻验看明白，仍旧放好盖上，命宫嫔递给太后，请太后验过收好加锁保管了。传谕宫监们不必再在宫中寻觅，一面命内务总管将一切看管的人犯释放了。当即向太后请过圣安，领着崔七等退出宫外。

先到便殿更换过朝衣朝冠，后到朝堂会集群臣，当殿并不宣布出这件事来。群臣有的当时并不知晓，因见各军机大臣及刑部

141

尚书侍郎等大臣因连夜接奉诏书，着将窝藏逃人的罪犯一律释放，所有已充军到宁古塔去的，也一齐放回，并查明冤抑，发还资财。另外赔给各人相当的损失。并将窝藏逃人的新律，即日废止了。同时内务府及户部等衙门，亦接到上谕，着禁止圈地及汉民投旗。并将此事着用文书分别通告各王公贝子贝勒等府邸及各处八旗官署，又严禁各地皇粮庄头仗势欺压平民。各大臣因诏旨都系在半夜接奉的，多已连夜饬属赶办。但在上朝时尚未能办齐。所以先后陆续当殿复奏，申述缘由，请予办妥后再行复旨。

摄政王只如办寻常事件一般批答，这一来群臣不知的，方才知有夤夜传旨的一件事，但都怀疑这些事并非十分紧要军国秘密、重大事件，如何要连夜传旨赶办。等到散朝后，互相暗中刺探，方才知有这件事。但因摄政王不曾宣布之故，只好大家装作不知，不好冒昧到睿王府中去请安道惊。

同时京城各文武衙门，如九门提督、顺天府、大兴宛平两县等等，因闻王爷曾说各官署平素管的何事之言，不由一齐着惊，深恐因此获罪丢官。所以在暗中探索缉访飞贼外号叫红字的，非常紧急严密。不待摄政王的教令钧旨，已是自己加紧。

看官，摄政王因何将宫中府中的这件大事，秘而不宣呢？皆因那红裳女侠留下的字条上有指摘他娶寡嫂和强易郑氏两件最不正大的事，宣布出来，实与自己的地位上有诸多不美，所以才隐忍下了。看官们，果然摄政王便老这么隐忍下去，永远不追究吗？哈哈，果真如此，那还成得个开国元勋睿亲王多尔衮么？因为他要追究，所以不久遂又生出第二件骇人的事来了。

究竟如何，请待下回分解。

第二十二回

恶狠狠亲王杀福晋
光闪闪侍卫惊剑侠

话说睿亲王多尔衮当时从朝堂退回王邸，先到书房里换了便衣，察看过情形，即命崔七将匕首字条一齐收好，随即到大福晋房中探视。问过情形，吩咐将桌上顶戴等物收好，王爷妃子互问好道惊，说了几句宫中的事，即走到郑福晋的房内去。

原来多尔衮因为丧偶，所以群臣才凑他的趣，请他娶皇太后为续弦。皇太后纡尊降贵，将皇太后的身份，做了睿亲王的福晋，但他不能久住王邸，所以满月才过，即又迁回内宫。睿亲王除去皇太后是他的正福晋以外，另又册立了好几个侧福晋，一个个都是十全的美貌才情，真都可称为国色天香。这大福晋便是他第一个侧福晋，原来欲册立为正妃的，只因有了皇太后，将嫡位占了去，所以只得屈她做了侧福晋。这位侧福晋为人极其贤淑，端庄贞静，颇得多尔衮的信任，所以府中一切家事，多尔衮都命她全权处理。因此她在名义上虽然是庶，实际上却和嫡一般无异。毕竟多尔衮是位大英雄，所以治家治国，都极有条理。他虽宠幸郑福晋，然而因郑福晋是汉女，又系由通政司蒋溶手中夺来的，硬将一个二品诰命夫人改作了自己的侧室，所以他宠幸尽管宠幸，防闲却颇防闲。郑福晋在王邸正如鸟居樊笼，虽然强颜欢笑，但是心中忧郁，思念故夫的心，却始终不渝。不过因屈于威势，无可如何罢了。正所谓：

　　侯门一入深如海，从此萧郎是路人。

　　当时多尔衮到她房中，郑福晋接见请过安，并慰问过丢失顶戴，曾否受惊等事。多尔衮也笑回问了她曾否受惊，并失去珍宝等事的经过情形。郑福晋被王爷这一问，忽然流泪，忍不住掩面呜咽起来。王爷问她因何啼哭，郑福晋起初不肯说，后被逼问得紧，没奈何才将夜间情形说出来道："臣妾正当睡眼蒙眬之时，忽然听得窗槅一响，一阵冷风过处，灯烛光下，陡现一道红光。一个红衣少女仗剑立在臣妾床前，用剑揭起臣妾帐门，指着臣妾低声喝骂了一声：'不顾廉耻，甘心下贱，弃正就庶的贱妇，本当杀了你，但恐污了我的宝剑。所以只取你头上臂上几样珍宝首饰，拿去变钱，作救济贫寒的用需。你不用害怕，亦不许嚷，嚷出来便立刻送你残生。'当时臣妾被她吓得魂飞魄散，晕厥在床。及至天明，才被侍婢叫唤苏醒过来，才知失去许多首饰珍宝。从天明直到此刻，臣妾胸头兀自怦怦跳个不住呢。"说罢，引王爷的手去摸自己的胸口。

　　多尔衮一面安慰，一面思忖。他是个深心人，见郑氏哭得如此伤心，听说夜来经过的情形，猜测郑氏的心事，是被红裳女子詈骂甘心下贱、弃正就庶的几句话，骂伤了心，所以才这么悲苦的。因此用话探她道："俺平时常见你两眼泪痕，今儿又这般伤心，本已早猜透你的心事，莫非是仍旧不忘故夫么？"

　　一句话打动了郑氏的心，不由得竟大哭起来。多尔衮劝慰道："这个也难怪你，本系本藩的错处。如今仍旧将你送回，和蒋通政去团叙，可好么？"

郑氏势成骑虎，只得叩头请罪，并述愿往。多尔衮笑了一笑，即命她赶速收拾衣服首饰，准定今晚派人用青衣小轿将她抬送回蒋公馆去。郑氏大喜，含泪叩谢。多尔衮即传命崔七进来，吩咐他去措办。

崔七奉命退出后，心中一惊，思忖不好，王爷可真太糊涂了，怎么好这样出尔反尔地做事呢？欲待陈说劝阻，但又明知王爷心中有事，进言必碰钉子。想来想去，不得主意。等到傍晚时分，见王爷独坐在书房里，披览各省来文，无人在旁的机会，遂进书房去伺应，顺便叩头请示说："奉命送郑福晋到蒋通政家去，除了青衣小轿以外，可还用何人何物？"

王爷望着他，瞪了一眼道："好蠢笨的奴才，俺命你送她家去，好好儿地去办，还要再来请示干么？滚下去吧。"

崔七被喝，叩头退下。究竟他为人聪明乖觉，已知王爷的意思，遂去唤自己的舅爷现充王府侍卫的宋明，到自己房里，悄悄地吩咐他护送郑福晋回去，可送到城外僻静去处，将郑氏结果了性命，回来见王爷自有重赏。做事须要秘密，不可泄露消息，至要至要。宋明接受了这个重大使命，即去预备兵器。

一会儿天黑了，崔七命轿夫将一乘小轿抬到里面去，请郑福晋上轿。郑福晋含着两眶眼泪，别过各福晋，到书房叩别过王爷，即行上轿。抬出王府，宋明领着四名校尉，全身武装，前后护卫着。宋明当先引导，引着轿子径往城外僻道上走去。郑氏在轿中留神看着外面，见出了城，心中大疑，即高唤道："你们走错了路了！怎么出城呢？快走回去。"

轿夫只当不听见，宋明回头笑着道："福晋放心，奴婢们是不会错的。"边说边走着，渐从市街胡同走到荒僻小路上去了。初三四的月亮，原不怎么明亮，现得一现，即已不见了。郑氏在轿内看走的小路，朦胧的月色下面，荒野地方越显得阴惨惨的怕人，不由格外动疑，急问："你们这班奴才，怎么不将俺送到蒋通政家去，却抬到这里来呢？"

宋明听得，忽然道："到了。"轿夫将轿子歇下，宋明喝令动手，四名校尉一拥上前，将郑氏从轿内拖将出来，先将她头上首饰、身上衣服一齐取脱下来。郑氏吓得大叫大骂："该死的奴才，胆敢谋害主子！"

宋明冷笑道："好个主子，死到临头还不知呢。俺们奉王爷的命令，教送你回去，是送你往生的路上去啊！明年今天，即是你的周年。俺们奉上差遣，你可休要在阴世里怨恨俺们。"

郑氏方才明白，吓得打战，只大叫了一声"好狠心的主子"，即已晕厥在地，人事不知，听凭宋明等人摆布。哪知睁眼醒来，偏不曾死，依然活着，平安无事地睡在床上。面前一个尼姑同一个姑娘立在面前。那尼姑周身黑衣，姑娘浑身红衣，一黑一红，正指着自己说话。

只听那姑娘道："大师，这个人我即交付你了，该怎样办法，全仗大师的法力无边，我就此告辞，再见吧。"只见她一扭身形，从窗口飞出去，立刻不见了。

那尼姑见郑氏醒了，即说："女菩萨，你现已遇救，不用多疑。你今即到此地，亦是你我的缘法。"

郑氏恍惚之间，惊魂未定，泪眼未干，起身请问尼僧自己缘何得到此地。尼姑微笑将她得到此地的原因说给她听，道："女菩萨，是方才这位姑娘救你来的。你不认识她吗？她已和你两次见面了。"

郑氏被这一提，忽然想起姑娘正是昨夜来吓自己，盗去珍宝首饰的少女。正在忖度，尼僧已接着将她被救到此地的情形说将出来道："方才这位姑娘，即是昨夜到过睿府的女子。因她事后想着，料定摄政王回去，恐怕对你另有后文，所以特到王府打听。刚才到得屋上，恰巧见你向王爷叩辞，遂一路尾随着走来，因此在荒地上将你救着。那几名校尉和一个侍卫，都被她打败吓跑了，轿夫也丢下轿子逃走无踪。她守大众去远，才将你驮着飞行送到小庵来的。将你放在床上，才将缘由告诉我。你已苏醒了，现在你已到此，我给你想，你要回蒋通政家去，虽然你们老夫少妻感情甚好，但是他已另有诰命，那个诰命补你缺的人，本是王府的人，她岂肯善意让你？你回去定然不妙。不如回娘家去，但你如回转娘家，又恐你娘家的父母兄弟惧祸，反又生事。依我看，你不如与佛结缘，即削发修行，修个来世吧。"

郑氏闻言，泪流满面，起身下床，向着女尼便拜，口尊："师父，信女情愿削发修行，忏悔已往的罪孽。即拜恳师父，收信女为徒，情愿青磬红鱼，随侍师父诵经念佛。"

女尼道："好，你既愿意出家，我即给你剃度吧。"于是命她起来，掌烛前行。命她随着到佛堂里去，即刻命佛婆在观音大士面前点起香烛，命郑氏拜过大士，跪在拜垫上，女尼给她念经，念过两卷经，才用剪子剃刀将她的头发剪下剃去。命她叩头，又念了两卷经，即付给她一串一百八粒的牟尼珠并一身法衣、一只钵盂，命她饮过法水，宣过誓，传给她戒律，赐法名明因。郑氏哭了一场，换过法衣，跪拜过大士，再拜谢师父。

女尼道："我在此住持，原非久计，实乃暂时。况又收了你这么一个花朵儿也似的徒弟，此处越难久留了。我如今传给你些佛家仪注以及各种经卷，你快些学会了，我送你到一所安全的地方去修持。"

于是连夜将各种仪注经卷都传给了她。次日一早，即命佛婆去雇了辆骡车，师徒俩共乘着往南口而去。临行吩咐佛婆："本师两日即回，如红裳女子来时，可将本师的言语告诉她。"

过了两天，女尼果然回来了，来时还同着一位猴形的白发老头子同来。那老人坐谈了一会儿，即告辞去了。佛婆回禀住持师："昨儿红裳女子曾经来过，因师父不在，坐也不曾坐，即已走了。"尼姑点了点头，即命佛婆关好庵门，自己到佛堂里去沐手焚香，照常诵经。

话分两头，却说当晚宋明正喝令动手，忽然从旁飞也似来了一个女子，只觉得眼前红光一晃，已到了面前，手中略一挥动，已将宋明等跌出丈外。宋明及四名校尉爬起身各拔出腰刀，奔向那女子动手。被女子将手一扬，放出道白光来，耀得五人张眼不开。忽觉咔嚓呛啷一响，各人手中的刀忽然都被那白光一绕，断折在地，各人手中只拿着刀柄。吓了一跳，正待吆喝上前，忽又被那女子挥动，纷纷跌了开去。大家知道不是事，赶紧爬起身，一声吆喝，抢先向来时原路上逃去。耳边听得那女子娇声狂笑，仿佛从后追来，吓得头也不敢回，拼命飞奔，直跑到街市有人的地方，方才敢回头，不由又失声笑将出来。原来后面跟着追来的不是那个手弹白光、能断兵器的红衣女子，却是王府的两名轿夫。大家立定，向后细望，并不见有人追来，遂凑着胆子，又回到那块荒地上去看时，只见那顶青衣小轿仍旧停在原处，挂在轿上的王府的灯笼，依旧点着，并未熄灭。草地上还有大家跌倒时丢落下的红缨帽，四下里在着，只是不见了那个女子和郑福晋。至于被劫夺下的衣服首饰，因适才和女子交手时，遗失了一两件，这时大家用灯笼在草地上拨草细寻，那些首饰都是赤金白金和镶嵌珠宝的东西，灯光一照，宝光反射出来，颇易寻着。因此大家一件不缺地寻觅到手，由宋明要过来，拿在手内。一转念即坐入轿内，命轿夫抬轿，径行进城。

回转王府，先到下房将衣服首饰收好，才进到里边去叩见王爷回话。说郑福晋被一个穿红衣的女子救去，所有衣服首饰都被劫去，大众仅以身免。幸赖王爷的福，大家仅跌破些皮肉，扯破点衣裳，不曾受得重伤。但因此人已被救，财物受损，特来见王爷请罪。摄政王闻言惊讶，只得将手一摆，吩咐退去，仅骂了声"好无能的奴才，吃饭管的什么事"。

宋明连忙叩头退了出来，心中大喜，即将收好的衣服首饰，悄悄拿回家去。崔七得到信息，忙去寻着宋明，要求分肥。宋明怕他在王爷面前泄露，只得答应，分了两样首饰给他。

第二天下午，崔七在书房里服侍王爷，王爷见无别人，忽然在桌上拿过几封写好的亲笔钧旨，吩咐崔七按着信封上的官署，立刻亲自送去。又低声吩咐他在暗中密查那个红裳女子是谁，得到消息，即来回复。崔七领命退出，即将王谕送到各官署去。

各官接读钧旨，原来是密令捉拿红裳女子，严嘱不可泄露消息于外。各官署本来已加紧限缉，既得到钧旨密追，可就格外的比限的认真，且又各对吏役捕快，悬下重赏。从来说得好，只要不做，不怕不破。因此不多时，红裳女子的踪迹竟被顺天府的捕快祝成功哨探着了。

毕竟祝捕头如何得到确信，请待下回分解。

第二十三回

明察暗访名捕头缉案
善因恶果大庄主蒙祸

话说顺天府衙捕快头目祝成功因连夜受着限比，拿一个飞贼名唤红字的。初时不知这飞贼的性别是男是女，年貌如何。后来王爷的谕旨到来，说明飞贼是个红衣女子，年纪正在青春，因此祝捕头遂得到相当的缉访办法，遂于领限后，分派手下差役伙计等人，分头往各处去密访，有无一个如王谕所说的少女飞贼，一面亲自出外哨探。

这祝成功当初原系绿林出身，因为为人精细正直，有绿林中颇有威望。当李闯作乱的时候，祝成功曾因绿林中朋友的拉拢，投在李闯部下做一名将官。后来李闯败走，被吴三桂穷追，部属散亡或投降清兵的很多，祝成功亦是投降清兵的一个。后来因长官的满人要他投旗，改为汉军旗籍，祝成功因不愿做奴才，遂辞事不干。要做买卖又系外行，恰巧有位朋友在顺天府衙门当差，充当捕头。遇着了彼此谈起，那朋友素知祝成功的才干在己之上，乘他闲着，遂力请他帮自己的忙，到府衙当差。祝成功因念已洗了手再做绿林，未免太自菲薄，当差帮朋友的忙，却也未为不可，于是遂答应了。由那朋友吸引，即到府衙当差。当差未久，即速破了两起近畿的重大盗案，因此极得知府的信任。不多时，他那位朋友因奉差往江南去，被洪承畴看中了，留他在总督衙门里当差，派人行文，知照顺天府。知府遂将祝成功补升了捕快总头领，专缉重要盗案。

祝成功往年当绿林时，和绿林中人的感情极好，所以自从他当差以后，各绿林在顺天府属辖境以内地方，从不做重大案件，故此杀人越货之事极少。祝成功承各绿林的交情，很为感激。故此对于各绿林，时常往来，以表好感。各绿林因为李桐叔接纳豪杰，郑海天会集群英，因此除不洗手的走向远方去以后，差不多部分投到李郑两家去，另有几个便做了镖师，给人家充当看家护院或镖局中的达官。祝成功和大家虽不每天会面，然而逢时过节，亦颇常相往来。在慈宁宫睿王府两处的事未曾发生以前，祝成功曾在投奔郑海天的朋友口中听见过有位女子在郑家庄和各处著名拳师比武，连获胜利，末后只用一方红手帕抵敌众人的兵器等情。当时祝成功只不过听了热闹，并不曾急忙。又遇着投奔李三的人，无意中也说起红裳女子拜寿偷女宾的首饰和夜闹英王府，杀李福五、范阿九等事，祝成功遂渐渐注意。但因这些事都不曾报案，本官亦不曾吩咐查拿，乐得置之不问，不必自寻苦恼。及至此番皇宫王府两处的事发生，本官密令访拿，已估料着是这个红裳女子所为。但因此人非比寻常，不易对付，且恐拿错了人，错着了他自讨苦吃，故此仍率手下往另处打听，再作道理。及至要受比了，王谕又到，说明是红衣少女，所以才大胆领限。因恐机谋不密，特仍命手下分头往各处访查，自己却亲往郑家庄去探访消息。

第二天上午，祝成功即到得郑家庄，寻着位在郑海天家当宾客的朋友，将他请到城外街头上酒店里吃酒。从来酒少话多，祝

151

成功是有心，那朋友是无意，祝成功敬酒奉菜，一边吃一边和那朋友有天没日信口言谈，渐从练把式有本领的人，说到郑家庄现在还有几个英雄上去，那朋友回说："因上回郑大爷的庄田有被英王府圈去的消息，大家都散了。及至安然无事，大家复又回来，郑大爷却不比先前那么好客了。待遇的礼貌比前差了许多，因此众宾客不好意思再留，都陆续散了。现在庄上简直没什么宾客，哪还有什么英雄呢？"

祝成功又道："前时我曾听得他们家有一位女客，本领十分了得，好几位有名英雄都不是她的对手。现在可还在庄上么？"

那朋友道："那姑娘果然厉害，但是近来已好久不见她的面了。往常我因想偷学她的本领，所以常躲在暗地里偷看她晚间在后面院内练习武艺，但是近些时竟不见了。我先疑心她走了，但在后槽上又见她所骑乘的黑骡仍然在着，怎么竟不见她练本领呢。我遂疑心她有病，向内宅的老妈子一打听，原来那姑娘真胆大。你我是知己朋友，告诉你不要紧，如告诉别人，可就……"说到此，忽然自悔失言，改口说道："可笑话了。"

祝成功察言观色，知道其中定有缘故，忙追问道："老哥，那姑娘既不曾走，又不曾生病，怎么会不见了呢？"一边说，一边又筛酒。

那朋友道："原来她……她在内院忙着赶做郑大小姐的陪嫁衣服呢。如告诉别人，可不好笑吗？"

祝成功道："女孩儿家做出阁针线，乃是常事，也没甚可笑。"格外腹中生疑，遂又问道："郑大爷家中共有多少人口？郑大小姐是许字何家，喜期已择定何日呢？想必日期近了，所以才赶速地做针线了。"

那朋友被这一问，才知说错了，忙又改口道："郑大小姐已

152

被选进宫做秀女，出阁的乃是二小姐，我才说错了。许字何家，却不明白。"遂又说："郑大爷家中人口除他夫妻俩以外，只有两位少爷和两位小姐，共计六人，其余便都是本家。"

祝成功听说大小姐被选进宫做秀女，心中略一沉思，即已雪亮，暗忖原来如此，遂笑说道："老哥，你我多年交情了，怎么说话还要瞒我呢？我听人说郑大小姐并不曾进宫，进宫的乃是那位女客，冒名顶替着去的。如今老哥对我说她帮着郑大小姐做嫁衣裳，这分明不对啊。老哥方才明明说告诉别人，怕有不妙，所以在'可就'两字之下，改口说'可要好笑了'，其实我已明白，老哥就说实话又有何妨呢？我又不在宫里当太监，也不做侍卫，除去站堂当差以外，别事一概不问。老哥就告诉我，我还敢多事，将此事告诉别人吗？"

那朋友被他一诈，果然说出其情来道："祝兄说得不错，果是那姑娘冒名顶替，应选进宫。此事关系欺君大罪，郑大爷平时待遇我颇好，泄露真情，岂非对不起他？好在祝兄不是外人，想来绝不致无意中向人说起的。"

祝成功笑说："那我绝不会，你放心。"又添酒要菜，奉请那朋友。另说了些闲话，酒有八成，即便停杯用饭。饭罢，祝成功会过账，同那朋友出酒店分手。

回转府衙，叩见本官，低言悄语地将这话回了。知府大喜，立即传唤门子，先取十两银子，赏了祝成功，吩咐他去歇息，等到此案办妥，再领赏格。祝成功谢过退出，知府即刻乘轿，亲到摄政王府去叩见王爷。

可巧王爷在宫里议事，不曾回来，只得预备晚间再来，随即回府，到衙办事。恰巧接到大兴县详文，解来一起人命重案。媳妇谋死婆婆，请求复审。因这案情重大，关系逆伦，不容忽视。

153

立即升堂审理，直审到晚饭时分，尚不能审完，只得于晚饭后继续开审。审毕，已到二鼓时分。知府忖念此刻往王府去，时候太晚了，怕门上不通报。但因事关紧急机密，怕红裳女子逃去，再要访拿，即十二分为难。因此传命，又坐轿到睿府。门上仍回说王爷在宫中未回。知府思忖如夤夜进宫，事情虽然重大，非比紧急军情和关系国本的大事，深夜进宫，一则易使人起疑，转因此要机密而反为不机密，二则怕触怒太后和摄政王，反而不讨好。只得留下手本，打轿回衙。

次日上午，因早堂事多，不能抽身，下午才能有暇，到睿府谒见摄政王。王爷在内花厅接见，知府请王爷屏退左右，将祝成功访悉红裳女子冒郑女之名，应选进宫，现在宫中的话说了。摄政王闻言讶异，即说："贵府昨日来过两次，本藩因在宫中议事未回，所以才未能接见。现在贵府既已探知详细，事关机密，贵府很可便宜行事，不必请求，即可派遣差役，先到郑家庄去，将郑海天全家捉拿细审，然后再来禀知本藩，即于宫内将红裳女子捉获正法。现在贵府请即回衙，派全班捕快，到郑家庄去捉人，并将地保等一并带回审讯。本藩即进宫去见太后。"

于是知府打躬应是，告退回衙。立命门子传全班捕快到来，签发朱票，到郑家庄捉郑海天全家及地保保伙，火速回来，不得迟误。

祝成功领了本官的示，带着全班捕快，退到班房里，大家商议。有一个马快名唤鞠礼的发言道："郑海天在郑家庄，设立济众堂，专一救济被圈地的民众，乃是近畿一带著名的善士。他的武艺人所皆知，本领非比寻常。他又好客，有外号名称小孟尝，家中宾客极多。那些宾客颇闻都是些江湖英雄，难保其中没有如红裳女子一般的人物。我们许多弟兄，如单对付郑海天还可以对

154

付，如要再顾到众宾客，绝不能应手，那时反而打草惊蛇。最好须得有官兵协助，切不可造次行事。"

大众闻言，齐说："不差，我们只拿郑海天一人，已难讨便宜，何况又要防他的宾客呢？"

祝成功点了点头，即又回到内衙，见本官回话，将众捕快之言回禀过本官。知府立命书办办了文书，即着成功到提督衙门投递，请派兵协助。祝成功领了文书，退到班房里，对众人说知，吩咐稍等。说罢即乘马到提督衙门去投文请兵。提督接文，立即派一名守备，两名把总，率一百多名精壮步兵，火速到郑家庄协助拿人。吩咐祝成功回去，率领通班捕快，到城外街头上等候会齐。

祝成功领示出来，心想昨儿那朋友告知我这消息，我此刻率伙伴兵丁去捉人，当然连他在内。似此举动，我祝某岂非卖友？不如乘着官兵未齐，伙伴们都未曾出发以前，我先到郑家庄去通个信，也显得我义气，反正无人知晓。因此带转马头，走出城外。出得街头，快马加鞭，绝尘飞驰。奔到郑家庄，迎面正见那朋友立在庄门外面闲眺。跳下马去，望着那朋友拱了拱手，即附着他的耳朵，低言道："现在红裳女子的事发了。因为郑大爷的窝家，又有欺君之罪，摄政王钧旨已下，派遣兵将，来捉他的全家。我方才得到消息，和你多年的好友，怕你受着连累，所以特意赶来，送信给你。你可飞速逃走，不可迟延。要紧要紧。"说罢，即跃身上马，说声再见，带转马头，夹紧马腹，打上几鞭，那马四蹄飞腾，如飞奔回城内。跑到府衙，下马到班房里率领全体捕快，各执兵器，带铁链手铐，同到城外街头等候。不一会儿，守备已率兵来到，合在一起，浩浩荡荡，杀奔郑家庄来。

其时那朋友因得信，吓了一跳，呆若木鸡，立在庄外，看着

155

祝成功的马走得远了，方才惊醒，不由感激祝成功的交情义气，几乎落泪。心忖郑海天平时待遇自己，不比平常，如今我不过送他个信息，未免太忍心。因此急回身，一口气跑到庄内郑海天家中，问奴仆知道大官人在内宅看小姐下棋，遂不待通报，亦不避嫌疑，匆匆跑到内宅堂前，见郑海天正含着旱烟管，手指着棋盘说话，说"这一子下得大错"。遂高呼道："郑大哥好闲暇！大祸临头，快些收拾细软，逃命要紧。"气喘喘跑到郑海天面前。吓得两位小姐丢下棋盘，躲到房内去。

郑海天惊问何故，那朋友便将祝成功来送信的情形说知，郑海天大惊，两位小姐和夫人及两位少爷在两边房内听得，吓得齐声大哭。

究竟如何，请待下回分解。

第二十四回

倐忽不见人去也
惊喜交集燕归来

　　话说郑海天见说官兵就要来查拿全家，为的是红裳女子。囫囵吞枣，不知是为红裳女子行侠作义的事，还是为冒名应选的事，如系为了前者，自己合家的罪名还轻些，如系为的后者，那可就是欺君，这罪名可就非常重大。毕竟郑海天是个豪杰，能够临难不乱。当即高声止住夫人小姐，不要啼哭。即同着那朋友跑到前面，会集众宾客，说不能因郑某累诸位受害，请急速逃走，免被株连。又命奴仆们飞速动身，不可自误。说罢又飞跑到里面，取出家中所有的现银，到外面散给宾客奴仆，令大家各散。然后回到里面，火速命大小姐的奶妈带着大小姐和两个儿子，到她家暂居，躲避风头，等到平定后，再行回来。一时无有现银，命夫人将一切首饰打好一个小包袱，另外大小姐和两个儿子的衣服，也打了个包袱，交给奶妈，即刻领少爷小姐出去。大小姐和大少爷、二少爷都惊慌哭泣，夫人和二小姐亦伤心号哭。

　　郑海天亦不禁落泪，只急得跺足道："这是哭的事么？快些逃走，免得因你一人害了全家。只要官厅查不出第二个大小姐来，便可以无事。只要欺君的罪名没有，其余都可以商量。"

大小姐被逼无奈，只得跟随奶妈，到奶妈家中去。奶妈领大小姐去后，一家男女无不纷乱忧急，宾客奴仆一齐匆促带了自己所有的物件，往别处去了。只剩下郑海天夫妻及二小姐在家中泪眼相看，哭不成声。

郑海天忍泪道："现在不是哭的时候了，官兵捕快马上就要到了，我们如哭，被他们看出破绽，定要追查谁走了风，那时反将祝成功捕快头儿害了，怎对得起人？况且红裳女子既答应救我们在前，此番如果因她受累，绝不会坐视不救。如果她也被擒，自身也不保，我们一家可算是天数如此。但我想绝不至如此，别说那姑娘是位剑侠，能来去无踪，就是我自己，生平从未做过恶事，当亦不至遭此恶报。你母女切莫痛哭。"

夫人、小姐闻言，只得强止住泪，静候官兵捕快来捉。哪知等了半天，并不曾见官兵捕快到来，却反见那位红裳女子笑嘻嘻地跑将来了。大家还疑是心理作用，一时幻象，及至定神细看，红裳女子来到面前，开口说话，方才不疑，转忧为喜。问红裳女子从何处来，可曾知有官兵来捉的事。

红裳女子笑道："我还当你们不曾知道呢，原来已经知道了。既然你们全都已经知道，为何不走？难道都当真在家等死吗？"

郑海天道："姑娘的话虽不错，但一时既不明其事真假，又因听说是摄政王的命令，又说是为姑娘的事发作，果真是摄政王的旨意，我们都是钦犯了，匆促之间，休说逃不及，即我逃得脱身，谁家能容钦犯？即人家肯留，但我郑某又何能去害累别人呢？我因怕坐实姑娘是冒名的，所以已打发大小女、大小儿、二小儿都躲避到大小女从小哺乳的乳媪家内去。现在姑娘既已先知其事，至此探视，究竟所为何事？姑娘叫我们走，怎么反而自己不走呢？"

红裳女子见他一家三口都面现恐惧惊异之色，双睛都红肿着像胡桃一般，郑海天说话时那副忧急神情，从镇定中流露出来，不由呵呵笑道："郑大爷，你方才不是说此回是钦犯吗？人家不敢容留，就要逃也逃脱不了啊。现在我告诉你们吧，尽管胆大放心，从容收拾布置，慢慢地动身，或许不至要紧。"

郑海天一家闻言，一齐惊喜问道："怎么又不要紧了呢？"

红裳女子笑道："我不说，你们当然不能知道，此番的事可算得是数罪俱发。因为我先前做的几件事，此刻都已暴露。在进宫以后，我又做了件震惊文武臣工、太后亲王的大事，吓得各大臣都遵照我的话，将圈地逃人等虐政，都一笔勾销。"说着，将夜盗玺印及顶戴花翎、救活郑氏等事，经过情形说了，又道："只因这两件事，都是对付的摄政王。摄政王果然不比别人容易对付，他在事情发现后，居然处之若定，不动声色。哪知他在暗中却非常缜密严紧地查访，限令各衙门破案，捉拿红裳女子。因此便由顺天府衙门的捕快总头目祝成功，将我的案子破了。也亏他能干，不但知道我住在郑家庄，连我冒名应选入宫的事，都被他探得明明白白。他回去禀了顺天府，知府去禀知摄政王，摄政王立即命知府调兵遣将地来捉人，一面亲自进宫，来拿我审讯。我当做了盗印救人等事之后，身居宫中，原是十二分的小心，提防着有何变卦。越是见摄政王若无其事地不动声色，越是留心他暗算。果然今日被我料着了。"

郑海天道："照此讲，姑娘今日受惊了。"

红裳女子道："这本在我意料之中，所以我丝毫不曾惊惧。"于是将摄政王进宫之事，说了出来……

原来摄政王在慈宁宫失去顶戴花翎，据崔七禀报，王府失窃并抄录红裳女子的留条呈览，摄政王心中虽十分惊怒，但在表面上丝毫不曾露出。他当即命内务府将内监宫女侍卫等放回时，照例内监宫女侍卫等应到太后摄政王面前谢恩，摄政王即于此时，很注意地看了这些宫女内监侍卫等人一眼。他因那留条上署名"红"字，即估定是个女子，所以对于新选进宫内的四十六名宫女，又格外地注意。看了一遍，口中虽不曾说什么，但是心中却已生疑，疑心红裳女子或许即在这四十六名秀女之内。毕竟他的目光锐利，一眼见郑宫女的两只凤目，光闪如电，即觉她比其余四十五名不同。当时不曾开口，即出宫到朝堂处理国政。

退朝回转王府，因为郑福晋啼哭，生了疑心，用话试出她的心思，遂命崔七派人送她回去，乘此下手，将郑福晋杀掉。不料宋明回话，说郑福晋被一个红衣女子救去，正与郑福晋的话相同，亦正与自己所料不差。当晚思忖了一会儿，得了主意。第二日传唤宋明进来，细问他红衣女子的面容身段。宋明回禀说因在晚间，惊异之时，不曾看得出面容如何，只觉得很为美丽，身段极其瘦小。摄政王摆手宋明退出后，即定下手谕，崔七分送各官署缉拿红衣女子，一面进宫谒见太后，悄问郑宫女昨晚可曾离开。皇太后道："昨晚俺不知如何，忽然觉得很疲倦，打了一会儿瞌睡，不知郑宫女离开不曾。"

摄政王格外生疑，遂将那姓牛的宫女传到面前，吩咐她不许泄露，问她郑宫女昨晚可曾离开。牛宫女回禀："郑宫女昨晚曾离开过一会儿，因为奴婢见太后睡了，时候甚早，想找她学一些绣花针线。寻她不见，所以才晓得她曾离开过一会儿的。但见了她时，太后已醒了，呼唤奴婢，因此奴婢也不曾能向她叨学，亦不曾问她。"

摄政王心中已有了一半明了，即说："你不必再问她了，以后你须留意，她如忽然离开了，你须得奏知太后或本藩知道，自有重赏。"说罢一摆手，牛宫女叩头退去。

摄政王即对太后道："本朝法度是不许汉女进宫的，禁止满汉婚姻的。现在太后因将消愁、补恨赠嫁，遂挑选了四十六名秀女，其实很可从自己奴才家里去挑选，不应忘了法度，挑选汉女。现在果然生出这许多怪异事情，虽未能确定是汉女所为，然而亦实在可疑呢。依奴才意见，可即命内务府往各奴才家去挑选，将这班汉女一齐驱逐出宫。"

太后被摄政王说得红涨了脸。果然本朝定制，是绝对不容许汉女进宫的，这原是自己一时之错，自应遵照摄政王的话办，因即点头准奏，传命内务府，挑选满籍秀女，在新秀女未选妥以前，仍暂维现状。一俟新秀女进宫，即将汉女一齐加恩送回。

此旨下后，各汉籍秀女得到信息，无不喜出望外。红裳女子虽然给各秀女欢喜，但却因此提防摄政王暗算自己的心，格外留神了些。果然不出所料，第二日摄政王下午进宫后，悄悄和太后说了些话，即见太后怒目望着自己，命别个宫女唤内监进来，命那内监传旨出去，召乾清门值班的各侍卫武装进宫候旨。清宫定制，每逢宫中有人犯法，该当斩首时，才召乾清门的班值侍卫进宫听旨，此外有事即召内宫的各侍卫当差。当时宫监领旨退出后，太后仍旧不时地怒目望着郑宫女。红裳女子是聪明不过的人，见此情形，岂有不知之理，当时虽觉一惊，但是胸中早有成竹，即亦毫不畏惧，反而像丝毫不知，没事人一般，仍旧侍立着。

一会儿，内监将乾清门值班守卫的四名六品带刀侍卫召进来，叩见太后、摄政王，请过圣安，跪伏在地，听候懿旨。太后喝命侍卫等将郑宫女拿了，说着伸玉手向红裳女子一指，四名侍卫一声领旨，爬起身来，如虎狼一般，跑到红裳女子面前，将红裳女子倒剪两臂，提到太后面前，用脚一点红裳女子腿弯，喝声跪下。红裳女子跪倒在太后面前，口称："奴婢请皇太后、摄政王圣安，奴婢自进宫以来，忠心勤慎，并无罪过，皇太后为何传懿旨将奴婢拿了？"

皇太后冷笑道："好利口！你胆敢冒名顶替，应选混进内宫，如此欺君罔上，已是死罪，何况你又依仗本领，黉夜偷盗摄政王的顶戴花翎，串通睿王侧福晋郑氏，偷盗玺印珍宝，胆大妄为，不法已极，还敢假作不知吗？侍卫们，将这婢子推出宫外去斩了。"

侍卫等应声领是，簇拥着曳起红裳女子往外就走。红裳女子喝声："且慢，我有话说。"回头望着太后道："本朝法令，不许汉女进宫，太后竟首先弁髦法令，挑选汉女入宫当差。纵令太监宫女骚扰良民，闹得哭声遍野，可谓毫无心肝。至于以嫂通叔，以叔通嫂，不恤人言，罔顾廉耻，居然厚颜下嫁。太后已身不正，何能正人？民女此次冒名进宫，乃系因不忍郑海天一家生离，才仗义顶替。进宫以来，因欲纠正摄政王乃太后的错误，所以才略施小技。不料皇太后偏听摄政王之言，欲加害民女。民女果真无能，也不敢进宫来了。既然能来，自然能去。"说罢，只一使劲，反剪着的两手已从侍卫手中挣脱，略一挥手，四名侍卫已四下跌倒。手指一弹，放出一道白光，飞向摄政王的头上。只听得咻咻咻一阵响，摄政王的耳鬓发、口边须已都被那白光剃削下来。四名侍卫爬起，拔出佩刀，奔赴红裳女子时，只听得一声："太后、王爷请不必惊慌，民女失陪，就此告辞。"忽觉飚一声风响，红裳女子已跃身从宫门出去。侍卫等追出看时，只见一条影子在日光下一闪，已不见了。只得回进宫内，碰头请安，叩求恕罪。

毕竟红裳女子逃出宫后如何情形，请待下回分解。

第二十五回

红裳侠神剑退官兵
黑衣尼奇术魇太后

话说红裳女子在慈宁宫中这么一捣乱，皇太后又惊又气，面容变色，半晌说不出话来。摄政王正待开口，却不料一道白光飞来，冷森森一阵寒气，逼往面门，禁不住打了两个寒噤。那白光照耀得两眼张开不得，只听得哧哧哧一阵响，寒气和暖，白光退去，才能睁眼观看，郑宫女已失去所在，只见四名侍卫跪在地下请罪，才知红裳女子已经逃走。看太后时，坐在宝椅上，玉容失色，一句也不开口。慌忙跪下去请安，喝令宫女们快献参汤，捶腿按摩，忙乱了一会儿，太后方才缓过气来，指着四名侍卫喝骂道："好没用的蠢笨奴才，人已捉住了，还被她逃跑，这么无能，还能给国家办事吗？"吓得四名侍卫忙摘去顶子，取下帽子，碰着响头，求太后宽恕。太后带怒吩咐退去，四名侍卫才叩头谢恩，退出宫外。自己知趣，即到宗人府去呈报，上折子自请撤职，不再当差。

摄政王给太后请过安，慌迫间连自己须发被剑光削去，都不曾知道。还是太后看出，问他怎么会弄成这个样儿，方才知道。吓得真魂出窍，稍停才回奏太后："怪不得适才奴才觉得白光耀眼，寒气砭骨，原来是被冒名郑宫人的飞贼所欺。老佛爷且请息怒，奴才回去定要设法将她捉到正法，以儆奸宄。"

皇太后参汤用下，心神已定，细看摄政王这般神情，忍不住又笑将出来道："你这个样儿，还不快去剃头整容呢。"

摄政王应声是，叩头退回王府，却已见顺天府和提督军门的轿马停在门口，门官叩接王驾，回禀道："九门提督大人和顺天府知府大人，齐到此禀见王爷，现在正在里面恭候呢。"

摄政王一摆手，门官退立一旁。摄政王走进里面，果见提督和知府正对坐在大厅上，同时两位官已见王爷回府，一齐立起，躬身迎接。王爷走到厅上，摆手让二位坐下，问道："二位先后到此，有何事故？"

提督先躬身回道："回王爷话，卑职因接知府大人的文书，立派守备一员，率步兵百名，会同顺天府衙通班捕快，行至城外，离郑家庄约有七里地方，不料遇见一名女子，穿着宫装，自称为红裳女子，阻住兵捕，不准前进。守备即督兵捕拿。不料被那女子放出一道白光来，将各人手上兵器一齐削断，并指着路旁两株大柏树和一个大石人，对守备等道：'你们赶速回去，禀报上峰，如果他们的脑袋比这两株柏树的枝干及石人结实，就派兵来拿郑家庄的人。如没有这么结实，教他们从此死了这条心，免得自讨苦吃。'又说：'如果惹恼了我，我飞剑取无论何人的首级，均如探囊取物。倘或你们不信时，可去问摄政王的须发是怎样丢了的。'只见那白光一绕，两株大树的枝干已被砍落下来，石人的脑袋也滚落在地。吓得众兵将捕快逃回报告，请示办法。卑职因据守备报告，知道这女贼是个精通剑术之人，非兵将所能拿获，所以特来晋谒王爷请示，并请王爷恕罪。"

知府也躬身回话，照着提督的言语大同小异地回禀了一番。

摄政王心中惊讶，即说："贵军门贵府且请回去，访请能人，慢慢地捉拿。现在且先派人到郑家庄去探听消息，回报本藩，再作道理。"二官领谕，随即告退，各回本署去了。

摄政王回到里面更衣后，先传待诏进去，梳剃过头发，然后唤崔七到面前，命他去郑福晋的娘家打听，郑海天是否和她家是一家，并探访红裳女子的来历和同党，速来回报。如设法聘请得着能人，能将红裳女子捉住正法，重重有赏。该能人并可立赏他个总兵前程。崔七领命退出，自去打听。

原来红裳女子从慈宁宫逃出后，急急往城外郑家庄而行。因恐摄政王去捉拿郑海天全家，他一家受惊事小，恐官兵奉王命格杀不论，或是就地正法，那可就事情大了。因此飞速赶到城外。远见前面有大队官兵，全身武装，同着捕快差人，刀枪耀日，如临大敌。不问已知他们是往郑家庄去的。遂腾身飞行，追到他们前面，回身拦住去路，喝问道："你们可是到郑家庄捉拿红裳女子去的么？不劳费心再远行了，我就是红裳女子。知道你们奉命去捉我，特地从皇宫里赶到这里来迎接你们，好让你们去交差。你们来拿我吧。"

守备同着祝成功走在前面，见红裳女子穿着宫装，自承是红裳女子，说是从宫里来的，岂肯错过不拿呢，因此一声吆喝，大家一拥而上，满望将她手到擒来，哪知绝不能这样容易。大家吆喝着拥上去时，哪知竟扑了个空，红裳女子已腾身而走，飞跃到众人圈子外面，向着大众狂笑，手指一弹，白光飞出。众人正欲拥上去时，手中兵器忽然都被那白光一绕，咔嚓咔嚓呛啷呛啷断折下来，成为两截。大家被那剑光的寒气逼着，各打了一个冷战，再看兵器断了，无不惊骇失色。又被红裳女子指着调侃了几句诙谐的话，才说："你们这班兵役，只好去对付寻常的良民，

165

施用吓诈手段，如欲到郑家庄上去，简直是自寻死路。休说你们，就是摄政王我也能不费吹灰之力，将他结果性命。你们可回报上峰，叫他们死了这条心。如再调兵遣将，惹恼了我时，可都留神着脑袋搬家。方才我在慈宁宫如不是手下留情，摄政王的头颅早就砍了下来。只削去他的鬓发短须，不过是我给他个警诫信息罢了。他如不怕，再要来惹我，我索性到北京城里，杀他一个尸山血海，大做他一回，看他又怎生奈何我？你们看着这路旁坟院地上的几株大柏树和石人石马等，是何等的结实，我如今先做个榜样给你们看看。"一边说着，指挥剑气，白光向树上一绕，两株大柏树的枝干已断折，倒撞下来，一个石人的斗大的头颅也滚落在地上。

红裳女子复又指着对众人道："你们如敢回去再引兵将到郑家庄来寻事，大家都以此为例。休说是摄政王，便是当今皇上，我也敢弹指取他的首级。"说罢，指挥着剑光，又向众人飞去。逼得官兵差役魂不附体，回身舍命飞逃，自相碰撞跌倒践踏受伤的，何止二三十名。

红裳女子哈哈大笑，将剑光收了，回身飞奔到郑家庄上。走进去见前面正忙得乌乱，家人奴婢以及宾客都纷纷乱乱地打包袱行李逃散。走到后面，见郑海天夫妻同二小姐正在那里泪眼相看，长吁短叹。当时见了面，将以上情形告知，郑海天夫妻女儿一齐大喜。但因此格外惊忧，深恐官兵大队到来，断难应付。且因此格外坐实了反叛的罪名，不但要诛九族，简直连祖宗的坟墓都要被掘了。遂急问："姑娘，该当如何善后呢？"

红裳女子道："事已至此，急亦无用。不如且大胆宽心地等候城里的消息。料想城里的满汉马步兵将绝不会马上就来，便要来也得至晚间起更以后。现在可以从容尽量地收拾行李，预备动身往别处去逃难。容我再回到城里去，探访消息，看是如何。"

郑海天急道："姑娘现在案情重大，罪同反叛，我一家人口，该逃到何处去才能躲避呢？"

红裳女子笑道："大爷真是急昏了，难道连个大丈夫四海为家的话也不知道了吗？天南海北，何处不可以安身立命？大爷且收拾行装，预备动身。我此刻更换了衣服，一路迎进城去，如遇着兵将，自能将他们退去。如无动静，我马上回来，再作道理。我既然能闯下大祸，必能设法消灭，断不至就此罢休。你放心，我去请我的朋友去。"

郑海天忙问请谁，红裳女子笑道："大爷别问，随后便知。"就走进房内，急忙换了本装。但因避人耳目，将红衣不穿，穿了淡雅衣服。走出房门，赶速到后槽上去，牵了黑骡，纵骡进北京城去。

一路并不曾遇见兵将差弁，知道一时尚可无妨，遂到摄政王府处探访，并无调兵遣将和开会议的模样。再到九门提督衙门，亦毫无举动，急切中想不出谁人可以打听消息，坐在骡背上寻思办法。说也凑巧，恰好迎面遇着一个宫监，匆匆走来，认识他正是睿府的内侍崔七。素知此人乃是睿王的心腹内侍，前儿到宫中报信的正是他。不由大喜，遂从骡背上跳下来，迎着崔七轻轻伸手一点，点了他的穴道，低声问道："七爷，你认识我么？"

崔七偶被一个女子迎面一点，觉得浑身麻木，立着不能动弹，可煞作怪。要开口嚷叫，哪知使足气力，竟嚷不出声。见问只得勉强将头摇了摇。红裳女子见他不能认识自己，遂一手牵骡，一手扯了崔七，快步到左近的僻静小巷内，看后面无人跟来，即将崔七的穴道点活了，望着他冷笑一声道："崔七，你不认识我么？我就是红裳女子啊。"

崔七吓得浑身抖颤，身不由己地跪将下去道："姑娘，我与你素无仇怨，求姑娘饶恕我一条性命吧。我家中还有老母呢。"

红裳女子笑道："好个孝子。我绝不害你的性命，你且起来。"

崔七哪敢起来呢，只说："姑娘将我唤到这里，有何事故呢？"

红裳女子道："我问你的话，不许说谎。如说半字虚言，立刻送你的狗命。你此刻是往哪里去的？"

崔七将奉命探访郑福晋娘家的话说了，并说刚从王府出来，还不曾打听呢。红裳女子道："王爷怎么不派你到郑家庄去打听呢？莫非另调大兵去吗？"

崔七欲待扯谎，抬头见红裳女侠那副威严气象，早已吓得实说道："王爷已吩咐、提督知府两位大人，暂时且慢捉郑家庄的人和姑娘，叫缓几天再讲呢。"

红裳女子道："此言果真吗？你如虚言，留心你的脑袋。即借你的口，转告王爷，如何他真要办我的事，我绝不躲避。只教他能保全一家老婆的性命就是了。我救郑福晋，并非因为和郑海天是一家的关系，乃是要警诫王爷，不该如此不顾羞耻。王爷叫你打听是否本家，在我看真正毫无意识。你回去快叫王爷死了这条心。如今我将你先做个样子给他看。"一边说着，手指一弹，放出剑光来，将崔七的左耳割下。崔七哎呀一声，痛倒在地，昏厥过去。

红裳女子跨上骡背，赶急出城，一径到白莲庵去，敲门拜访黑衣女僧，佛婆将女僧之言说了，红裳女子见女僧不在，遂回转郑家庄，将城中毫无动静的话说了，安了他一家的心。又说朋友动身出门，不曾会见，明儿才能回来。

郑海天又问："姑娘，从不曾听见你说过本地有何朋友，现在危难之时，怎么反有了朋友呢?"

红裳女子笑道："我这朋友不比寻常人，所以我不曾说起。而且我住在此地，她也从未来访过我。我和她乃是师兄弟，实言相告，她此次动向，亦是为着你郑家的事。"说着，将夜救郑氏到白莲庵托黑衣女僧的情形说了，又笑道："郑大爷，朋友不在乎多，贵乎能共患难。像大爷平时朋友极多，一到圈地消息传来，即四散了。现今的难处，比前更加十倍，当然无有一人啦。我们当剑侠的，如果也和他们一样，还成什么剑侠呢?"几句话说得郑海天惭愧万分，忙抱拳代郑氏族妹道谢。

当夜无事，次日红裳侠又改装进城去察看动静，见果真没有消息，遂回庄告知郑海天，安心等候。饭后遂又到白莲庵去访问，恰值黑衣女僧已经回来，在佛堂里念经呢。彼此见着，红裳女子将近日各事说了，恳求师兄帮忙，设法代郑海天一家消灭此难。

黑衣女僧沉吟了一会儿，对红裳女子道："女菩萨，你此番出马，辛苦了多日，总算你的志愿都已达到目的。如今事情闹得太大了，要想解救，颇非容易。我现在想有一法，可以解救，保能使郑家庄太平无事，即女菩萨亦可从此无妨。不过这个法子行使起来，极其不易罢了。"

红裳侠忙问大师用何方法，能救此难。黑衣女僧道："我从下峨眉山后，云游各处，曾在湖南遇着一个狐仙，蒙他传授我一种魇魔奇术，能使人神魂颠倒，医药无能，并能使人于梦中受种种示兆。此术我学会后，曾在黑龙江魇魔过一个都统，使他不敢妄为。现在可用此术魇魔皇太后，使她受兆，从此可以永保郑家庄太平。女菩萨以为如何?"

红裳女子闻言大喜道："得大师法力援救此难，乃是郑家庄的福星，真无殊使我感同身受。"

黑衣女僧连忙逊谢，红裳女子当即回转郑家庄，将此言告之郑海天夫妻。郑海天夫妻大喜，于是安心静待消息。果然过了几天，忽然消息传来，太后已下懿旨，将红裳女子在宫中闹事一案及查拿郑家人口等事，完全取消了。一场轩然大波，就此宣告平息。郑海天夫妻一家知道全仗黑衣女僧的法术，遂央请红裳女子领导，同到白莲庵中去拜谢黑衣女僧。

究竟黑衣女僧如何用法术魇魔，请待下回分解。

第二十六回

逢凶竟化吉全仗法力无边
逃祸偏遭难真乃命运多舛

话说黑衣女僧当日送红裳女子走后，即在庵中预备魇魔的手续。命佛婆到后面去取一把稻草，扎起个草人来，在即将草人放在自己禅房里，供在桌上。在草人肚内，安放了七粒豆和七粒米，用白纸写上"当今皇太后"五个字，搓成团儿，放在草人肚内。在草人前后，共安放下七盏灯，灯盏里各放七根灯草，共计四十九根。草人前面供着七杯无根水，然后点起香烛，在草人面前念动咒语，叩拜四十九次，每次拜一个头，念一遍咒，化一道符，喷一回法水。如此施行魇魔法术，前后行了三天。

那夜皇太后在宫中忽然觉得心神忐忑不宁，睡不安枕。真到半夜，陡觉头痛身热，立命传太医院御医进宫诊脉用药。慌得王公大臣齐到宫门外叩请圣安，宫内及各王邸妃嫔福晋格格等，先后赶赴慈宁宫，叩请圣安。忙到天将黎明时，太后蒙眬睡了，只觉自身忽然率领顺治天子到西山白云庵内观音大士莲座前拈香。大士忽然指着自己谕示道："现在清兵初定中原，应该多行德政，以收民心。不应凡事暴虐，大失民意，以干天和。所以现在将你唤到座下，善意谕告你的。乃是为的清室江山，你如不信，可随善财童子到太庙去见你家列祖列宗。"说罢，即恍恍惚惚由善财童子引导着，到太庙里来。

只见太祖太宗都坐在上面，还有许多宗室王公，分列在两旁。太祖太宗上面还坐着不少人，但都不大认识。慌忙跪拜行礼，即听得太宗开言道："朕去世未久，你即借酬功为名，下嫁摄政王，虽系为的邦国大计，究竟不可为训。我朝定制，不准汉女入宫，你竟首先违犯。现在初定基业，你们已如此胡为，岂是守成之道？现在宫中又闹红裳女子一事。那红裳女子乃是当代剑侠，剑侠乃是国家的祯祥，并非乱民。你们不怪自己的政令不好，反而要责怪剑侠，岂非大谬？你回去须速降旨，命摄政王豫亲王、英亲王等，会同满汉文武臣工，从此忠心国事，宵旰勤劳，不可文恬武嬉，多拂民意，并当将现在要拿办红衣女子一案，立即取消，以免造成巨祸。红衣女子乃是偶尔住居郑家庄，她生平所为与郑海天一家并无何等关系。朕弟摄政王不应迁怒于他一家，欲将他全家拿办。如你回去，不遵朕旨意办理，忘却列祖列宗的缔造艰难，你的病症绝非药石所能愈。速宜悔祸，钦此钦遵。"

太后听罢纶音，正欲和先皇叙话，忽见太祖怒目望着自己道："你如不依着办，须留心你将来不能够入太庙。快些回去！"

太后连被责斥，心中大惊，不由放声大哭。忽听耳边有人呼唤，睁眼看时，原来是当今顺治皇帝立在床边侍疾，因听见哭声，吓了一跳，所以低声呼唤。见太后张眼，忙跪下叩头请安。皇太后想着梦境，不由又大哭起来。看时天光已是大亮，皇上忙叩头劝慰，请问何故。皇太后不便将梦境说出，只含糊说梦中会见先皇，忽然离别，所以大哭，醒来才知是梦。

一会儿摄政王进宫请安，太后将梦中之事，悄悄告知王爷。

172

王爷吓得毛骨悚然，忙叩头请太后保养千金之体，不可伤悲，一面命太医院细心诊治。这一天，太后的病竟因一梦之故，加重了许多。到了晚间，忽然又恍恍惚惚地来到太庙，又被太祖太宗呵斥，问她因何回去不曾照办，又于梦中哭醒过来。天明后，摄政王进宫请安，太后又将梦境说明，立命传下懿旨，将红裳女子一案特旨赦免，并将圈地、逃人、挑选汉女三事，重申禁令。又传旨告诫各宗室王公贝子贝勒，须勤心国政，不得恬嬉暴虐。又传命宗人府对于宗室王公须严加约束检点，并谕令英亲王、豫亲王、睿亲王会同各王贝子贝勒与满汉各文武大臣，精勤王事，蠲免被兵水旱灾各省赋税，又择定明天皇太后扶病亲率宗室各王，谒见太庙，并召喇嘛至太庙诵经。说也奇怪，太后自懿旨下后，病势忽然减轻。次日朝过太庙之后，身体竟大好了。

这消息传到郑家庄，郑海天夫妻忙央求红裳女侠引导，同到白莲庵去，叩见黑衣女僧，拜谢她救援之恩。其时，黑衣女僧已将草人焚化，所有施法的迹象已都泯灭了。当时黑衣女僧留着郑海天夫妇及红裳女子在庵中待茶，并留用斋，欢叙到晚，方才送三人出庵。

三人回到郑家庄，郑海天因此次逢凶化吉，全仗菩萨之力，决计大兴土木，修建白莲庵。不敢造次，特托红裳女子次日先去探黑衣女僧的意思，又命人到乳媪家中去唤乳媪同小姐、少爷回来，并召回已散去的奴仆。因为当日现银都散给宾客庄汉奴仆，现在家中现款支绌，特地亲自改装进城，到往来的钱铺银号里支用存款。在城中用过中饭，方才回家。

到得家中，正见安人同二小姐在那里痛哭，红裳女子在旁劝慰着。忙问何事。安人见丈夫回来了，格外哭得伤心。红裳女子却代答道："不为别的，只因差人去寻乳媪，不料奶妈竟全家搬得不知去向。去的人回来，说出缘故，故此她母女痛哭。"

郑海天闻言大惊，忍不住也流下泪来道："咳，我姓郑的怎竟如此不幸！近来竟这么晦气，真是一波未平，一波又起。才以为可以从此遇难呈祥，哪知竟又因避难得祸。并非我太儿女情长，实因大女儿近已许字给城内方秀才为室，已是人家的人了。我偌大年纪，仅生二子，二房里又无后，三房里那个祥和侄儿又不成材。现在三房只共有三个后人，正是独子单传。如被奶妈拐卖出外，或有三长两短，岂不叫我郑家绝后吗？"

郑海天说到伤心之处，不由竟大哭起来。他这一哭，引得安人母女一齐又格外恸哭。红裳女子见他一家三口哭得伤心，也陪着流了不少眼泪。劝止不住，急得她跺足道："我真不解，你们这班人怎么这样糊涂？难道哭得凶，便能将儿子女儿哭回来吗？郑大爷是以英雄自命的人，也这么大哭，哭肿了眼睛又有何益呢？难道不想法就行了吗？"

郑海天夫妻及二小姐被她这几句斩钉截铁的话说得忍住了悲哀，止了眼泪，拭泪道："请问姑娘，有何良法？"

红裳女子道："你们只顾哭，人家就有好方法也被你们哭乱了心绪，想不出来了。现在我问你们，那奶妈是本地人还是外路人？她家中共有多少人口？住在何处？大千金同着两位令郎交她领去时，可曾带些什么？这奶妈被雇在府上已有若干年月，平时为人如何？你们先说出来，给我忖度忖度，再作道理。"

郑海天略定定神，才从身边将在钱铺银号里支取回来的银子如数取出来，交给他浑家，一面对红裳女子道："这奶妈雇在舍间，前后共三次，计算已有十七年了。第一次共雇她一年，大小姐断乳后，她遂被城内王善事家雇去做乳母。第二次是大小儿诞生后，因为乳少，遂又将她雇了来，共雇她一年多。接着养二小儿，也是吃她的乳。以后她即常被雇在舍间，因为她年纪已大，没有乳了，不能再到人家去做乳母，所以就永被雇在舍间，专司保姆之职。现在大小女已十七岁，前后搭头，总算已雇她十七年了。不过中间曾有几年，她受别人雇去罢了。她丈夫姓易，名唤易逢春，是做厨房的，平常也受雇在舍间做厨师。今年因为易逢春常闹病，自己辞了事，在家养息，我家才另外雇人。她娘家姓毛，易逢春是本地人，她父亲是大名府人，但她母亲是在本地娶的，她是从小在本地长大的，也总可算是完全的本地人了。易逢春只有一个儿子，在家耕田，现在可算是我家的佃户。她家住在离此三十里，地名鱼村。她儿子名唤易瑞祥，现已娶亲，那媳妇是自幼童养的，去年夏天才圆的房。她媳妇的娘家姓于，娘家已没有人了。讲到她夫妻平日为人，却都很老成，就是她儿女媳妇小夫妻两口子也都很好，平时常到我家来的。姑娘，如果她不老成，我夫妻还能放心她，将儿女三人托她领去吗？当时匆促间，也没有理得多少东西，只将她母女们所的有首饰以及他姐弟们应穿换的衣服带去，此外并无他物。"

红裳女子道："那些首饰能值多少银子呢？可是完全都带去的么？"

郑海天道："正是她母女的首饰，完全带去的。论价值却也很可观呢。金银价值还有限，有许多珠宝翡翠，其价极大。乃是我当前明崇祯末年闯王兵破北京，宫中太监偷盗出来的宝货卖给我的，简直可称作无价之宝。现在要我计算总共的价值，我也计算不清啊。"

红裳女子道："既然价值不菲，也许他夫妻儿媳一家子见财起意，忽然变了心，亦未可知。现在急亦无益，不如分派多人往各处去寻访。只要将易逢春夫妻寻到，便可迎刃而解。但是在你们的目光中看来，易家夫妻儿媳四口子会不会变心呢？"

郑海天道："姑娘，如果我们要以为他夫妻会变心时，也不将子女托他了。但是目下情事不明之前，虽不能说他夫妻一定变心，亦不能说他夫妻仍可靠得住。"

红裳女子笑道："你这话说了和不说亦是一样。我生平最恨的刁奴卖主，最爱的是义仆尽忠。那毛氏在府上内宅出入惯了的，我也常见面，觉得她为人还很不错，你们将子女托她，虽不算是所托得人，然而也还不能就说是所托非人。但她丈夫易逢春及儿子媳妇，我都不曾见过面，究竟如何不能臆断。或许就在这三口子身上，发生了歹心，亦未可知。白莲庵的黑衣女僧的大六壬课极其灵验，而且她能推算得出吉凶以及去的方向，大爷可索性再跑一趟，去求黑衣女僧起课推算推算吧，不然不知他们去的方向，知道往哪里去寻访是好呢。"

郑海天夫妻此刻方寸已乱，哪有什么好法子，听说自然都只得急来抱佛脚，极端地赞成这个迷信主张了。当即央请红裳女子陪他夫妻同去问卦。红裳女子见他一家三口急得可怜，遂说："不用你二位去了，就是我独自代你二位再跑一趟吧。"

说罢即是回身往外走。郑海天忽然想起一事，请问红裳女子。

究竟想起何事，请待下回分解。

第二十七回

黑衣尼神卜断吉凶
白脸狼诡计赚子女

话说红裳女子说罢，回身要走，郑海天忽然想起一事，道："请问姑娘，征求黑衣女僧的意见大兴土木，修建白莲庵的事，女僧之意如何？"

女子道："她说白莲庵本是荒庙，原无什么香火，所以老是门虽设而常关。自她住持以来，牵萝补屋，无非因陋就简地修葺修葺，不过暂顾目前，并不为着久计。现在郑居士既发宏愿，欲大兴土木，修建庙宇，这原是善意，做些无上功德，但有一层，并非好拂人善性，故意孤僻，只因念现今正当兵乱以后，人祸才算粗安，大灾又复流行，各地水旱灾荒颇多，郑居士既愿出资修建庙宇，不如移此款救济灾民。常言救人一命，胜造七级浮屠，即是此意。叫我将此意转达，请你量力赈济灾民，兴建庙宇一事，可以随后再议。"

郑海天闻言，即说："郑某领会得，准定依着黑衣女僧的意思，推广我的济众堂的慈善事业。姑娘为了郑某的事，来往劳驾，实使郑某全家长幼不安。"说着便向红裳女子打躬奉揖。

红裳女子答了个万福道："不能救人之急、解人之忧的，还能算得侠义之士吗？大爷在这方圆几百里地方，疏财仗义，博施济众，理应得福，偏偏连遇不幸。虽系年灾月晦，命中应有的磨折，但是我们为剑侠的人，本有替天行道的责任，自应为大爷分忧。奔赴来往，算得点儿什么呢？真正不足挂齿。"说罢，举步向外而行，倏忽已是不见。

郑海天夫妻及二小姐因红裳女子答应帮忙，心中立刻安定了许多，静心等候她回来报告吉凶，好分派人到外面去寻找。于是夫妻们且自己宽慰自己，忙着照旧处理家事。同时那些已散的奴仆，有的已得到无事的消息，自动地回来，有的得到着人召集的话头，也欢天喜地地跑来。所以在这天竟先后陆续齐集了不少，先后到内宅来叩见请安。郑海天吩咐他们各依原职，照旧办事。接着散去的宾客走不曾远的，听得平安无事的消息，也先后跑回来探访拜望，慰问道谢。郑海天感念交情，仍将他们留住在家，帮着处理济众堂各事。并将济众堂重整旗鼓，遵着黑衣女僧的意旨，大加扩充。

郑海天夫妻一家正怀着忧惧，勉强料理各事，红裳女子已从外面回来了。夫妻俩急问："姑娘，神课如何？"

红裳女子道："贤夫妻放心，不要紧，不久自然有人将令爱、令郎送回。不过现在稍有灾难。"

夫妻俩及二小姐听得"不要紧"三字，胸口一块石头仿佛已落下去了，遂问详细的情形。红裳女子道："我到白莲庵，黑衣女僧问我为何匆匆地去而复返，莫非又有甚变故不成，我将来意说知，黑衣女僧当即点起香烛，命我代你在大士驾前叩头祷告毕，即取过签筒，命我先求一签。我即依言跪摇出一支签来，乃是第六十八签，中上。如今我带在身边呢，大爷请看。"说着，即从身边摸出一张黄纸木板黑印的狭长小签条来，交给郑海天。

178

郑海天接过看时，上面横写着"观音大士灵签"，下面第一行印着"第六十八签，中上，伍员过昭关之象"，中间刻印着四句七言道：

昭关虽危并不危，自有人济莫须畏。

目下虽然多厄难，前途光明去复回。

签句后又刻着解道："凡求得此签者，目下虽有不利，结果终必大吉。疾病痊，家宅安，牟利遂，功名成，行人回，各事无不顺遂。但先难后易，危而后安耳。"

郑海天看着，又听红裳女子继续说道："女僧将此签查出，交给我后对我道：'签句佳吉，词意分明，简直可以不必再求卦了。不过现在要问去的方向以及究竟，所以还须求课。'于是给我布起卦来，占得乾之二九，乃是困于群小之象。又为我卜一课，对我道：'乾为天为火，火为丙丁，属于南方。现在他们的去向是往南方。今日日建甲子，属木，木能生火，火太旺，主有难星。卦象是潜龙勿用，困于群小，正与课合。依卦课而断，应主有难，已属显明。此刻是酉时，属金，金能克木，又能生水。水能灭火。金星为太白，太白乃老人，故主有救。救者乃系一位年老之人。依五行生克推算，应在癸亥日安然回来。现在虽然有难，不久自可回家。你回去转告郑大爷，如要寻访，可到正南方去。但亦可大胆放心，不必去寻。因为照课卦签句，都很吉利呢。'我听罢黑衣女僧的话，很给你们喜欢，即刻跑回来报告。你们很可以放心了。"

郑海天夫妻、二女儿听罢，都各大喜。郑海天沉思了一会儿道："大士灵签及课卦的话，当然不会错的。不过那是天意，寻找是尽人事。我想还得再着人去仔细访寻才好。"

红裳女子见他夫妻儿女情长，关系骨肉，自己不便劝阻他们不派人去寻，但代他们着想，派人去访寻，正南方地方不止一处，如何寻法？就是一个极精细的人也难于决定，何况他们分派去访的人，又都是些平常人呢？忖念自己久居此地，亦非善法，不如借此往南方去走走，或能顺便寻着。一则全人骨肉，是无上功德，二则免闷居枯寂。因说："郑大爷，你要派人去寻，这件难事还是我去走遭吧。我如沿途打听不着，到癸亥日为止，寻访不见，准定回来。好在我行路不比别人，来去原是极快的。"

说罢，即去房里收拾自己的衣服银钱，打叠起一个小包袱，回身出来，即欲告辞动身。郑海天夫妻感激涕零，深抱不安，情不自禁地一齐拜倒在地，叩谢姑娘大德。慌得红裳女子回礼不迭，说："你们快休如此。如此重礼，反而使我心中不自在。"说罢，走出外面，将包袱背在背上，牵骡出门。郑海天一家齐送出庄外，红裳女子跨上骡背，说声再见，即将缰绳一提，双腿一夹，用鞭在骡背上击了两下，那黑骡四脚一起，风驰电掣般去了。郑海天夫妻女儿直待看不见红裳侠的影子，方才回转内宅，姑且抱守迷信，专等癸亥日，以验应否。

看官，你道易毛氏将小姐少爷领去，如何忽然全家搬迁，不知去向了呢？真是说来话长。正应着"福无双至，祸不单行"的俗谚。原来易毛氏并不曾要变心，易逢春亦不曾要生歹意，却是被郑三房的那个媳妇马氏娘家的嫡堂兄弟，外号叫作白脸狼的诡计所赚，怂恿着他夫妻儿媳，做出件离奇不测的谋财又拐卖郑小姐姐弟的事来，才至有此意外。

究竟白脸狼是谁，请待下回分解。

第二十八回

探消息乳媪被赚
用计策堂舅设辞

话说易毛氏当时奉了主人、主母之命，将大小姐和两位小少爷带领回转鱼村家中，易逢春病才好，身体尚未复原，正在家忙着烧煮饮食，预备儿子、媳妇从田里干活回来吃喝。见老婆领着小姐、少爷到来，忙欢喜迎接，询问主人可曾来。易毛氏悄悄将缘由告诉他，教他不要声张，深恐消息泄露出去，非常凶险。易逢春听说主人家忽然遭此横祸，心中也给主人忧急，不禁叹气道："我每常说老天爷没生眼，好人不得好报。如今又是一件事，使我格外相信鬼神报应完全是些虚言假话了。"

易毛氏忙道："阿弥陀佛，你说这些话不怕罪过么？"说着话，易瑞祥和他媳妇于氏各背着锄头从田里回来了，见了父母请过安，又向小姐、少爷问过好，问是什么风吹来的。易毛氏又悄悄将官兵来拿郑海天全家的话，告诉他小两口子，吩咐不许向外人说。当晚在家杀鸡做菜，款待小姐、少爷。收拾干净床铺，服侍他们姐弟安睡。

第二天，郑小姐央请奶妈去打听消息。奶妈想叫丈夫去，看看当家的病才好，来回走上几十里地，实有些不能，打发儿子、媳妇去吧，又怕他们年轻口不稳，露出风声，因此只得亲自去打听。但又不敢到郑大爷家去，怕被官兵皂卒守捉，自投罗网。进城吧，路更远，怕走不动，因此想出条终南捷径来，离家径到郑家庄郑三房，去见三主母马氏和三小主郑祥和同三少奶杏姑，请过安后，就便打听大房里消息。

原来郑家庄地方颇大，分两个庄子，郑海天一房住在东庄庄东头，三房却住在西庄庄西头，两下相离约有十里远近，所以易毛氏到三房里打听大房的消息。其时三房里已得到信，知道大房忽然遭受横祸，那起祸根苗就是红裳女子。别人不说，心中最暗暗痛快的，就是马氏和李杏姑婆媳。隔夜婆媳俩已说笑了一夜，说大房也是活该。

第二天，易毛氏到他家中探信时，正值马氏娘家嫡堂的兄弟马强从山东济南府回来，特意来探视堂姐。这马强在济南做珠宝生意，为人极其刁促。人家因他面上有块白记，所以给他取个绰号，唤他作白脸狼，乃是暗说他心比狼狠之意。日子久了，反而将他的本名马强埋没了。人家当面背后都是说白脸狼如何如何，叫他本名的简直极少极少。这时他正坐在马氏房中，和马氏谈论家常。见奶妈来问信，顺口借话问话，探知郑海天两子一女都在奶妈家中。马强心中一动，忽生一计，遂悄悄望着马氏，丢了个眼色，先用话将奶妈稳住了，说你在此等着，马上派人到东庄去打听。即将马氏唤到外面，悄悄说道："姐姐方才告诉我说因恐大爷反对，所以不能令祥和兼祧二房。现在大爷的两子一女都避难在外，听奶妈口气，所带的首饰珍宝甚多，都是极值钱的东西。我现有一计，可以稳使祥和兼祧二房，二房的产业稳使姐姐到手，并可得到许多珍宝。"

马氏大喜，忙问何计。马强道："奶妈夫妻一家，都是些乡愚，能知道些什么？只要用几句一吓，立刻可以将他们吓倒。就说现在大爷全家都已被顺天府捉下，下在牢里，正四下里访拿在逃的两子一女。你家窝留他姐弟，正是自讨苦吃。不如赶紧全家收拾动身，跟我逃避到济南府去。所有珍宝首饰，可交我保存，免得在路上被歹人算计，发生危险。我乘此再用几句话煽动她，使她变心。世间无人不爱财，岂有见现成的财帛不要的？只要她一变心即好办了。大姑娘长得颇俊，极易出手，带到济南，路过天津即可以将她卖掉。至于两个男孩子，乳臭未干，能知什么？或是半路上将他弟兄卖去，或是把他弟兄抛弃在荒野地方。大房里如果真被捉，查他的子女，即可将两子一女送官请赏，否则即照计行事。两子一去，桃二房便如顺水推舟，那还成什么问题呢？"

马氏闻言大喜，立刻回到房里和奶妈谈心。等了一会儿，由马强进房报告，说到东庄打听的人已经回来，因在路上碰见大房的邻居，所以回来得快。说起大爷一家，已于昨日被捉到顺天府狱内，当堂即定了死罪。现在正访拿他在逃的两子一女。又说红裳女子昨日已在宫中被侍卫斩了。

奶妈闻言大惊，忙道："三娘，怎么好？该当如何办法呢？"

马氏道："依我看，你家中收藏我侄儿、侄女，非常危险。你不过是他们的乳母，何苦来担受这么大的罪名？大爷一家被捉，既已定罪，眼见就要遭逢不幸了。依我之见，你夫妻一家最好领带他们姐弟动身往外路去躲避躲避，免得在本乡本地的耳目近，假使露出风声，岂不要连累你一家子都受罪么？"

奶妈被这一吓，果然乱了主意，说："三娘，现在如果躲避，该躲到何处去好呢？"

马氏道："要躲避，须得出省。路远些的地方，方才可以无

183

人料得到，寻得着。也要有些兼亲带故的人家好投奔，方才能有照应。你想可有地方人家可投奔么？不过这不是儿戏的事，关系自己的性命，须得那人家胆大有义气，方才可以去，否则反为不妙。"

奶妈道："我们是做下人的，哪有什么好亲戚故旧在远方呢？况且那些人家都是乡下人，哪会有什么胆子？三娘，你想想看，可有何好躲避的人家可投奔么？"

马氏见说，心中暗喜，面上却不露出，故意装作为难的神情，寻思了一会儿，道："有了，就是我堂兄弟家中，可以去躲避几时。一则他为人机智权变，有义气胆量，二则他家现住在济南府，地方远，又和大房里有交情，而且来往甚稀，无论何人，定想不到投奔他家，万无一失。现在我堂兄弟本人在此，可以当面问他。他如肯担认，这事便容易了。"说着，指着马强道："兄弟，你是受过我大伯好处的人，平时做事极其义气有胆，现在你亲自见我们大房里有难，可肯冒一冒这风火么？"

马强听罢，拍着胸道："这个别人不敢，我如也不敢，还算得什么朋友亲戚呢？别说有姐姐的托，就单讲郑大爷和我往日的交情，也义不可辞。我往时如无有大爷，济南的铺子哪能开得了，早就关门了。现在不用迟疑，奶妈，你可作速回去收拾动身，我准定马上到你们家来，连夜一齐起行，往济南府我家中去。可命大姑娘和两个外甥一齐改口，呼你夫妻为爹娘，免得一路遭人疑惑。就是你儿子、媳妇，也叫他们同行。因为大房里既遭凶，大房的产业当然查抄入官。你们种的本是大房里的田，根本已摇，已毫无可恋。三间草屋，还值几何？带有首饰珍宝，沿途可以变钱。到得济南，尽可以安身立命，置产业，开铺子，保可无有危险。凡事都有我照应，绝不会有错失的。"

奶妈闻言大喜，即刻与马强议定，在家等候。马上告别，匆匆回去。

马强笑对马氏道："姐姐，你看我这条计如何？他们带的珍宝首饰，我只要带些假珠宝首饰去，暗地悄悄地将真货换了，姐姐马上可以得到若干极有价值的宝贝，又可得到二房里家私。如大房无事，他已无子，所有产业还不也是祥和的么？姐姐，你好不福气。不过，姐姐可将来怎么谢我呢？"

马氏笑道："兄弟，我是靠你的福。将来如果成功，定然将所有珍宝和你平分。"

姐弟俩笑笑说说，十分乐意。马强忽然想起一事，说："姐姐且慢开心，还须先自己提防呢。"马氏忙问何事。

究竟马强想起何事，请待下回续写。

第二十九回

易珍宝偷天换日
贩人口丧心病狂

话说马强道："姐姐且慢开心，现在大房里的事究竟案情如何，还不曾明白，万一官厅追究得紧，二三两房都非常危险，姐姐最好先自己防着，收拾细软，往别处去躲避。打听无事再行回来，免得事急抱佛脚。"

一句话将马氏提醒了，恍如兜头浇了一勺冷水，立刻将一团高兴，从沸点降到冰点。回说："兄弟之言有理，我们和大房是近房，万一官厅打官话，查究得紧，亦不能脱累。"当时唤过杏姑，命她帮着收拾，决计到她家中去暂避。

马强出了郑三房，即回到自己家中，收拾了几件衣服，带上许多假珠宝首饰，打好包袱，即赶到鱼村去。马强初时主意，是想得到财帛，和马氏平分，且几件假首饰杂在其内，搪塞马氏的。这时一路走着一路盘算，忽又改变了心肠，决计独吞，不但回来全用假的分与马氏，将马氏欺骗，即连易逢春夫妻一家四口，也用计诱骗，使他们一家吓得抛弃郑家姐弟，不敢顾问。自己却装作好人，给他一家些银钱，算是救济他们，使他们感激自己。自己再用方法，将郑大小姐变卖，连两个男孩子也都卖去，料想易逢春一家都是些无知乡愚，还不是听由自己摆布吗？

　　马强走着想着，越想越开心，心中一乐，那足下速率顷刻大增，不知不觉地已赶到鱼村。寻问到易逢春家中，其时郑大小姐和两个兄弟因奶妈回来说过信，吓得痛哭。小孩子家能有什么主意呢？见说要带他姐弟逃避到济南府去，当然只得依从。马强到时，易家夫妻儿媳四口子，正忙着收拾，也都有些舍不得这样，丢不下那样，只因事机紧急，没奈何只得忍痛割舍。收拾收拾，打起包袱行李，领着郑家姐弟，出门动身。悄悄将门反锁上了，也不和邻舍说，即上路远行。

　　在路上雇了骡车，易毛氏婆媳同着郑大小姐姐弟五人同乘一辆，易逢春父子及马强同乘一辆，当时赶了一程，天晚投镇市上客店投宿。次日一早又走，赶到天津，投店住下。马强推说自己出去，给郑家打听消息，却暗去寻找熟人，意欲出脱郑家姐弟。一想不妙，此处离京城太近，还是再往南行才好。因此于这晚回店，说不曾探着消息，须明儿白天打听。大家程途劳顿，睡下后，各人都沉睡不醒。马强是有心人，乘此机会，于半夜起来，悄悄将郑家姐弟的包袱打开，将自己也打开，用自己带来的假珠宝首饰，将郑家姐弟的真珠宝首饰换了，照旧打好，放在原处。将自己的包袱却放在易于拿去的地方。第二天绝早即已动身，乘大家不留心，悄悄将自己的包袱拿出店去，到左近别家客栈里住了店，安放下包袱，然后匆匆跑回，将易逢春父子悄悄拉到房外，对他们说道："大事不妙，现在京中来了公文，本地各官署都已接到，分派官兵差役，到各处路口把守盘查，并派人分往各大小客栈搜查。据闻京中已将郑海天夫妻女儿捉了，现正加紧捉拿大姑娘姐弟三人呢。我才从天津县衙门一位朋友那里探得这消息，千真万确。又亲眼见河北胡同一带两家客栈被官厅派差役搜查。现在既这么紧急，我们要走走不成，一行人多，最易惹人疑。我看你夫妻全家不如狠了心，将他们姐弟带着的东西悄悄拿了，逃避到他乡外路去。有那许多东西，还怕不能过活吗？如你们不肯狠心，我自顾要紧，可也就顾你们不得了，只好我独自逃生。须知你们不顾他姐弟，或许他姐弟还可以得活，一顾他姐弟，不但难保全他们，连自己也成了个泥菩萨过江。何去何从，任凭你们自己决断。"

易逢春新病初愈，走远路出门本不情愿。易瑞祥在初见郑家姐弟时，即也起了歹心，想将那些珍宝首饰吞没。此时见说，不待他父亲做主，即先说道："马爷的话乃是好意，我们如再顾他们姐弟，或许竟连自己一家的性命都顾不了，不如丢下他们姐弟走他娘。"

易逢春被儿子一说，活动了心思，即走进去，将老婆、儿媳唤出来，告诉她们外面风声紧急，现在父子们意思，决计丢下不顾。易于氏本无定见，自然无话。易毛氏却不肯这样狠心，主张要走一齐走，不可如此。怎奈丈夫、儿子、媳妇都主张不管，又被马强催促着，哪能坚持得住呢？当然只得依允，遂说："行李包袱都在这里，怎能拿了去呢？要重新置办，可不都是要钱？"

因此马强又给他们想法，说自己可以作用调虎离山计，将他姐弟哄骗出店，你们即可速离此店，如果怕无钱，我先借给你们十两银子，将来你们将首饰变了钱，再还我。那时我们可仍在鱼村碰头。等些时风声平定，你们一家仍可回家，岂不比这么给人家提心吊胆地冒风火、担罪名强胜得多。易逢春一家四口都说马爷究竟是读过书的人，所以有计较，见识比我们大。于是收了十两银子，即请马强进去用计。

五人走进房，郑大小姐即问："为何你们这样鬼鬼祟祟的？"

马强假作惊慌道："你姐弟身临危险的地方，还不知道呢。现在各衙门派官兵捕快搜查各客店，将要查到这条街上了，所以我跑回来报信。现在如一齐马上就走，定遭人疑，所以我们暗暗计较，主张将你姐弟暂时跟我出去，避上一避，守官兵捕快查过了这一条街，我再同你们回来，然后结账动身。"

郑大小姐不知是计，当即要带着包袱跟随马强走。马强道："立刻就要回来的，何苦提上包袱，使人注意呢?"

郑大小姐依言将包袱丢下，遂领了两个兄弟，跟着马强走出店去。易逢春一家四口立刻结算店账，匆匆携带行李，往天津府属的静海县地方去了。因为易逢春学厨师的，有个师弟是静海县人，在静海县家中开着包办酒席的酒席房，颇为发达，所以去投奔他。意欲守过一两个月，风声已松，即全家回到天津，也开酒席房，做包办酒席的买卖。

马强将郑大小姐姐弟领到店外，绕着偏街僻巷，到一家小茶坊里坐下。马强推说去探消息，离了茶坊，回到自己住的客店，安闲自在地吃过点心，寻思出脱他姐弟的计策。想了一会儿，忽然转念道："有了有了。"遂匆匆出店，寻访着一位朋友。这朋友姓吴名辛干，乃是天津码头上有名大流氓。平素包庇私娼，窝藏盗贼，开设赌场，贩卖人口，可称无恶不作。和马强乃是圈子里的同参弟兄，彼此极有交情。

马强当时找到他，说有两子一女，乃是自己的堂外甥男女，姑娘生得颇俊，年龄正在妙龄，现在某茶坊里第几副座头上喝茶，你可先去偷看，看过论价。这是我自己的事，请老弟务必帮帮忙。

吴辛干正因近日有一个汉军旗人，转言相托，说他们的上司镶白旗正都统想买个汉女做小，只要是人品俊，不曾做过买卖的，确含苞未放，肯不惜善价。心中正为难一时无处可以觅得到这样的妙龄真正清水货女子，见马强说有这么一个姑娘，不由大喜，立刻命马强引导，悄悄跑到那小茶坊去偷看。马强在小茶坊外老远地立着，由吴辛干独自进去。吴辛干到里面假作寻人，仔细将郑大小姐姐弟看过，见郑大小姐真够十分人才，心中大悦。回身走出，寻见马强到家议定三人身价，共为二百两银子，只要马强将人送到自己家中，立刻人银两交，并要马强写立字据。

究竟马强写否，请待下回分解。

第三十回

施奸诈鬼话连篇
遇侠义神奇不测

话说马强说道："你我自己兄弟，难道我还用条子（江湖切口，贩卖人口谓之贩条子）来欺骗你老弟不成？这不比别的事，我写张字据不妨，可是真姓名却不写出。"

吴辛干笑道："真姓名假姓名都没甚关系，只要是张字据，预备好过了门罢了。"

马强道："好。"当即先在吴家将字据写好，字据上姓名乃是郑某某，口气是自己因家贫急用，无可为活，不能再养子女，不得已才卖长女及长次两子。无论女为婢妾或女媳，儿为书童奴仆及养子，均听凭做主。当收银若干，恐后无凭，立此为据。写好画过字，放在自己袋内，预备交银后再给吴辛干。

约坐一会儿，随即别了吴辛干，跑回小茶坊里，悄悄对郑大小姐姐弟道："真正祸事不小，幸亏走得快，不然竟被捉住了。方才我到客店里去，在街头上即远远见几名差人，押解着易逢春一家四口，迎面而来。吓得我忙向旁边躲闪，隐身在一家铺子里，假推买东西，搭讪了半天，等那押解易家四口的一起差人过去后，走得远了，方才敢绕路回跑到这里来。姑娘，你姐弟现在正可称作'屋漏偏遭连夜雨，行船又遇顶头风'，这可怎么弄呢？"

马强几句话，吓得郑大小姐面无人色，连称"舅父，该怎生办法呢？"马强故作疑难地想了一想，才道："大姑娘，现在事机紧急，你姐弟索性且将姓名改了，算作我的嫡亲甥女，我领你到本地我的一个朋友家去，暂时躲避。我如不是受了你婶娘的托和得过你父亲的好处，现在这个绝大的风火，绝对不敢冒险承当。你可说是姓王名凤英，两个弟弟名大虎、二虎，我即刻领你们前去。然后我动身赶回郑家庄，到你婶娘那里，向她设法弄些银钱来给你姐弟使用，并暗到方秀才家去通个消息，叫他家想法，早点将姑娘娶去，免得老居在人家不便。我再到京城里去打听你父母的消息，只要能太平无事便好。现在事情危急，非如此不可的。"

郑大小姐此时心慌意乱，十几岁未出阁的女子，哪能有什么主见呢？见马强如此热心，哪能再存疑忌？遂说："舅父，改名就是，姓可不必改得的。"

马强心忖，字据上原写的姓郑，不改姓正中下怀，遂说："也好，免得记错了弄不清楚。"于是给过茶钱，即引着郑家姐弟，同到吴辛干家去。当面拜吴辛干为寄父，吴辛干的浑家为干娘，认了亲戚，以便久住。吴辛干的浑家引郑大小姐到房内去，那两个男孩子能懂得些什么忧愁，只要有吃有玩，别项一概不管。

马强暗中向吴辛干收了二百两银子，交过字据，即刻匆匆回到自己住的客店房间里。心中说不出的快活，忖念姜维一计害三贤，自己这一计却比姜维的计策更高呢。心中快活之余，不由得去提过包袱，打开来察看那包袱内换来的珍宝首饰，估量该值多少银子。思忖自己从济南动身时，山东总督的姨太太曾命心腹到自己店里，嘱托代办极好的珍珠宝石、穿珠花及珍珠项圈、镶宝石戒指、纽子、耳环等物，只要东西好，不惜巨万银钱。到家后，在京城珠宝铺里遇见英王府内监的李老大，也托自己留心好宝石首饰，说是王爷新娶的侧福晋极其得宠，要王爷给她置首饰，王爷才命他出来设法采办，只要东西好，价钱再大都是要的。他也想从中弄点油水。自己受了这两处的托，正愁没有好东西卖钱，现在这个机会不但可使我发财，或许因此一来巴结上总督的姨太太和英王的侧福晋，请托请托，竟可以立刻高官得做，骏马得骑，或许将来差不多的官员，见了我还要打躬下千儿请安。将来自己摆手命退，端茶送客，都从这回上发迹呢。

马强越想越快活，越快活越要将珍宝首饰取出来细看。因为早间用偷天换日的手段，用假珍宝将真珠宝换来的，略一看过，但觉那些精圆光润的大珍珠每粒很可值百两银子，其余的翡翠玛瑙金刚钻，无不是顶好的宝贝，讲价值真何止数十万？但匆匆不曾细看，究竟能不能值这许多。现在人已卖去，易逢春夫妻一家四口已被骗得远行逃走，回去只要用几样假货搪塞堂姐一下，便算事情完毕。自己这白脸狼的妙计，真正再高明也没有了。

急急忙忙将包袱打开看时，不由惊得面无人色，立刻将方才的高兴完全抛向九霄云外。望着那打开的包袱发呆，目不转睛呆望着，半晌不能透气。良久良久，才叹了口气道："咳，任凭使尽千般诈，谁知结果一场空。"

看官们，你道因何？原来马强打开包袱看时，里面除去几件衣服外，只有些碎瓷破瓦，哪有一件珍珠宝石、古玩首饰呢？马强这一惊，几乎将真魂出窍，呆了半天，方才高声将店小二唤进来，问他可曾开门进来过，曾否见有何人到房里来。指着包袱问他，为何自己包袱内的珠宝首饰忽然都不见了，变作了碎瓷瓦砾。

　　店小二慌道："客人不在房内，俺们怎敢大胆来开房门，乱动客人的东西？休说俺们同伴的绝对不曾有何人开房门进来过，并且亦绝对不曾有何人来访过客人。客人是今儿早起才来住店的，出去未久，即又回来，出了这件异事，我们店里绝不能担负这个责任。因为客人来住店时，既携带贵重东西，照例应该交明柜上。既不曾交明柜上，店里照例不能负责。因为客人不曾交明，仅凭着客人一面的言辞，焉知真假？客人不见气的话，像这样的事，贤愚不等，实也真多。往往有许多翻戏党，用这种手段讹诈，所以也不能怪我们店里人不负责任。客人是场面上人，在外走道，是位老出门的老客人，当然这些事也是老早知道，不用说得的。今儿客人失去珍宝，只好算客人的年灾月晦，自不小心，不能怪人。况且也极其令人生疑，既然有人来偷，一则门不开户不开，怎生能够出入？二则客店不比住家，白天不比黑夜，耳目极其众多，怎能毫无人见？三则贼既来偷，岂有不连包袱偷去，而又慢慢地用碎瓷破瓦更换的道理？有这三层可疑，并非我说得罪客人的话，客人丢失珠宝，实在不能令人无疑。如说得好听些，是客人忘乱了，在别处被歹人用东西掉换去了，说得不好听，简直要说客人希图讹诈。我告诉客人吧，如果客人起洋盘心想吃天鹅肉，那么客人还是老和尚看嫁妆，叫作今生休想，快些死了这条心吧。倘或客人是真正丢失了珠宝，那是客人自不小心，与人无干。"

　　马强不想只问了几句，即被小二抢白教训了一顿，竟说是希图讹诈，不由大怒，喝骂起来。小二见他不认晦气，出口骂人，遂亦恶声相报，痛骂他不要脸，想讹诈。彼此嚷骂的声音，惊动

194

了全客栈的执事人员。上自掌柜，下至茶房，以及各房的旅客来宾，都闻声走来，查问何事。

小二将情形说了，指着包袱告诉大众。大众见了，旅客来宾未曾开口，那店内执事人等已齐声怒骂，说形迹可疑。你这人要想讹诈也该从睡梦中想想清楚，太扯淡不要脸，且将他送到保甲局去，问他个索诈罪名，以儆将来。旅客来宾中有好事的人也多话道："委实不能令人无疑，你既带贵重物品，就该交柜。不交柜只好自认晦气。"

众人中有一个眼快的，忽然见包袱内有张白纸条儿，压在瓦砾下面，伸手抽出看时，只见上写着字道：

马强：

你既敢用假东西偷换人家的真宝物，我所以也用瓦砾换你用假货换来的东西。这叫作一报还一报，乃是眼前报应，略示警戒。你如不知儆惧，再敢生别项枝节，欺骗易氏一家，而加害郑家姐弟时，俺必进一步而取你的脑袋。

猿示

那人见了，忍不住拿着对大众道："别多嚷骂争闹了，这位客人的珠宝原来有些来历不明，所以才被人偷去。大家看这纸条儿上，不是写得明明白白的吗？"

大家被这一说，目光各注射到纸条儿上去。同时马强听得，忙从那人手中将纸条儿拿过来看。看罢，不由吓得魂不附体，倒抽了一口冷气。

究竟后来如何，请待下回分解。

195

第三十一回

造伪言急智脱身
抱不平神技示儆

话说马强看罢纸条儿上的字句，登时吓得面如纸灰，倒抽冷气。众人中有眼快的，已经看完字句，有的尚未能看毕，更有几个不识字的，也挤在前面，问字条儿上说些什么。那站在人后面的，更都踮起脚，伸长脖颈，瞧看那张字条儿。早有店中管事的人开言道："原来这厮是用倒脱靴的手段，将人家的东西换来的，被人偷了去，乃是天理循环，报应昭彰。自己做贼，还敢查问，真也胆大极了。诸位客人都在此地，可愿做证，一同将这厮押送到保甲局去么？先办他偷换人家东西的盗窃落脚点，再办他希图索诈的欺骗罪。"

众客人中有一位做刑名师爷的道："盗窃罪是已成立了。因为他丢失东西，向小二追查，自己承认有东西不见了，有这张纸条儿为证，简直无可抵赖。至于索诈罪却不能成立，因他并非索诈，曾开口要你们店里赔偿多少，况又系委实丢失物件呢。"

另有两个年长的客人道："算了吧，积些德吧。他损人不曾能够利得己，总算他已有报应。顾念好生之德，饶放他吧。"更有人追问马强道："究竟怎么回事，你自己总该明白。"

马强这时惊魂稍定，因见店中人口口声声要将自己送保甲局，心中一急，忽然生智，转笑着自语道："哦，原来是他和我开玩笑，几乎使我错疑心，得罪别人。"说罢，向众人道："诸位，现在有这张字条儿，我才能明白。我如早些细察包袱内，看见这张字条儿时，也可不至生此无谓的口舌了。不瞒诸位说，这张字条儿原来是我的一位朋友的笔迹。他姓袁，生得像个猢狲，所以朋友都唤他作老猿。老猿也不以为忤，自认为老猿。写信给人，竟常常用一个'猿'字。他生性喜欢滑稽，为人极诙谐，专爱和朋友开玩笑。他昨儿晚间同我住在一起的，今早两下分手。临别时他笑着对我道：'我在京城里铁狮子胡同头条王源兴珠宝铺内等你，你进京可到那里找我。'我点头答应，遂到此落店。落店后匆匆到外面去接洽生意。因有人要看货，所以回来取货，才发现东西不见。查问小二，小二说我想欺诈，开口即骂我。我可不曾要他们店里赔偿，在礼他们不应该骂人，这是他们错了。条儿上说的话，乃是老猿和我开玩笑，怪不得他临行和我约在王源兴会。现在我已经明白，就动身赶到北京去找他。东西绝不会少，不过他这回玩笑闹得太厉害了些。"说着，遂又向店中管事的人道："我又不曾做贼，你要送我到保甲局，有何赃证？你快取出来，我和你同去。你可知道，毁坏人家的名誉，是应该受国法处分的。"

大众见他说是自己朋友开玩笑，出门人谁愿多事？况又不关己，当然劝解，说彼此误会，何苦争执呢？大家省两句吧。店中管事的人说要送保甲局究办，原是句顺口话，见有人劝解，当然不再开口。马强心究竟又有些虚怯，被人劝解，乐得收场。于是有人将店中执事人员扯出房外，大家陆续也散了。马强即刻将包袱内瓦砾等抖落在地，将包袱包好，命小二算了账，装作要进京寻老猿要东西的样子,立刻离了客店。

走到街上,心中懊丧已极。寻思此番自己用尽心机,满望能发笔大财,虽然贩卖人口是犯法的事,但是郑海天一家遭难,无人能出来理问,卖去三个孩子,绝对不会要紧。至于珠宝首饰,那更是我稳取到手的财爻,不料枉费心机,结果偷鸡不成蚀把米,真珠宝首饰不曾弄到手,反将自己的假珠宝首饰丢了。易逢春、毛氏虽不曾得到巨大的利益,然而那些假珠宝首饰,也可以变卖到几两银子。又有我给他们的十两银子,却也不能算少。反是自己白忙了一阵,担着贩条子的罪名,只到手二百两银子,真有些太不值得。但不知那个猿是谁,他怎么能知道我的秘密恁般详细?不知他究竟用的什么手段,换取许多巨价的珠宝?他如果将珠宝偷到手,即刻出卖,本地的几个珠宝商都和自己相识,不妨去查问查问。

因此提着包袱,一径到天津几家珠宝商铺去查问,可曾有人来卖过巨价的珠宝。几家问过,并不曾有人来卖过,且连拿东西来估价的都不曾有过。马强心忖,这个贼定然不在本地脱手了。但仍不死心,复又到各家当铺去查问,也不曾有过。马强转念,此贼既不在本地脱手,定必到京求售,即使自己追去追着了,东西原不是自己的,并没有记认,也无可奈何。他只得叹了几口气,算自己倒霉,不再追寻了。

但这一番查问,经过了许多时辰,腹中已饿,遂到饭馆里去用中饭。心中懊丧,只要了一样汤,胡乱吃了两碗饭,即付账出门。寻思得济南去,又不曾带得货物,此次回家耽搁不曾几天,还有许多家事未曾办好,不如仍旧回家走遭,就便到京城里去会几个做珠宝掮客的朋友,向他们打听,弄几件好珠宝,去应付英府的主顾,将赚的利收买几件好货,带到济南府去,卖给总督的姨太太。这两笔交易，也很可以挣钱。大财发不成，这笔小财却是稳了的。因这一想，马强的懊丧心绪又似觉稍微好了些。因此遂在街头上雇了牲口，往来时的路上赶去，回转家去。

刚走不到五七里地，忽听背后銮铃响，有人高唤道："马强，你往哪里去？难道那么许多宝贝丢了，就此不要了吗？"

马强闻言回视，只见后面来了匹黄骠马，马背上坐着一个须发雪白的老人。那马足力极速，转瞬已到了面前。只见那老人生得异相，形容酷肖一个猢狲精。心中不由一动，暗念那字条上署名的猿字，莫非就是此人吧？再看时，果见他马鞍子判官头上，系着个花布，心疑所有的珠宝莫非就放在这花布包袱内？因笑应道："老丈尊姓贵讳？何以能知贱名？更何以得知小可被窃？莫非就是老丈和小可开的玩笑么？"

老人笑道："马强，你要问老夫的姓名吗？我没有名姓，人家因见我生得像齐天大圣，皮肤白皙，须发皆白，随口取笑，都唤老夫为白猿老人。老夫觉得这个名字却很别致新颖，因此遂用了这个名字。你也就尊称老夫为白猿老人吧。你问老夫怎么能知你的名字并知道你丢失珠宝？哈哈，马强，你难道连'若要人不知，除非己莫为'的两句老古话也不知道吗？实不相瞒，老夫即因你所为不正，路见不平，所以才略施小技，警诫警诫你。你胆敢大言不惭，自称失窃？试问你被窃的东西，可是你自己的东西吗？好小子，老夫特意追赶你，不为别事，要向你索还郑海天的两子一女，给你卖到何处去了？你如不能将郑家姐弟交出来，哈哈，你的性命可就休想活着。"

马强闻言，大惊失色。究竟如何，请待下回分解。

199

第三十二回

侠士飞剑惊奸宄
流氓藤条打闺秀

话说马强见白猿老人自承是换取珠宝首饰的人，并查问自己将郑家姐弟卖与谁家，不由大惊失色。他本是个鬼灵精，计多星，惊急之下，忽又生智，遂对老丈道："老丈，你将珠宝首饰用法术换取了去，也就罢了，那注财仛总算是由我手中取了去的，也可说是由我让给你的。你得到这笔大财，也就够了，何苦又要来追问郑海天的儿女，难道想一网打尽，要一个独吞么？现在你不来追我也罢了，既来追我，老实说，我们官了私了，都听你的便。那些珍珠宝石首饰等件，都是我郑家甥女随身带出来的东西，我是她的母舅，当然有保管及处分外甥的财产权，外人是不容过问的。你现在应该将东西还我才是。"

白猿老人哈哈笑道："好张利口。小子，你骗取珠宝，贩卖人口，无法无天地胡为，居然敢自称为母舅保管财产么？你这王八羔子，好大胆量！老夫用法术换取珠宝首饰，原是给你一个信，使你知道警诫，死了这条欺骗乡愚和卖郑家姐弟的心，不料你竟悍然不顾，仍旧照计行事。易家四口刁奴欺主，为善不终，老夫已追上，使他四口受了惩创。现在来追你，不为别的，你如

200

悔过，赶速将卖郑家姐弟的二百两银子交将出来，自己漂亮些，伸手把自己二十下嘴巴，跪下来叩四方头，对天发誓，以后不再丧心病狂地做伤天害理之事，老夫就饶放你这条狗命。如不然，看老夫的法宝。"

说罢，将手指一弹，飞出一道白光来，映射在日光下面，恍如一道白虹，回翔盘旋，夭矫直上。唰一声飞到道旁树林边，只听咔嚓一声，一枝树干已断折倒撞下来。白猿老人指着对马强道："小子，你自问脑袋如比这碗来粗的树干牢实坚固，便不遵老夫的示，否则你就得谨遵台命。"说罢，又指挥着白光，直逼到马强的面门上来。

马强被这一吓，格外吓得魂不附体，哪还敢倔强呢？只得从驴背上跳下来，乖乖巧巧地跪倒在大路当中，朝着白猿老人纳头便拜。拜了四拜，依言叩了四方头，对天立誓，以后如再丧心病狂地损人利己，便如何如何，立誓起来，战战兢兢地从身边取出二百两银子，原封不动地交给了白猿老人。白猿老人接过银子，揣在怀内，才将白光收了，指着马强道："小子，你听着，老夫今儿不用飞剑杀你，乃是你天大的造化。你从此须革心向善，否则天菩萨纵不教你应誓，老夫亦必使你应誓。你既将郑家姐弟自告奋勇带到天津来，就该好好地保护，不该欺心昧己地卖了。如今你已认罪，老夫亦不深究，但是解铃还须系铃人，是你将他姐弟卖给吴辛干家去的，现在你应得仍去赎回来。"

马强叩头道："老祖宗可又将难题目给我做了。照例收了银子，要将人赎回，须要罚双倍。现在要我拿四百两银子去赎人，一时哪能拿得出？即或拿得出，吴辛干是天津码头上响当当的人物，不是普通的小青皮光棍，容易对付。他如不肯让我赎，便有银钱也没用，何况又一时拿不出银子来呢。"

白猿老人笑道:"好个蠢笨无用的小子,你只能卖不能赎吗?吴辛干的势力再大些,本领再高些,有老夫给你做后盾,还怕他不让你赎吗?"

马强无奈,只得硬了头皮,答应说去。"但有一层,老祖宗得原谅,须待我回去想法筹二百两银子来。"

白猿老人笑道:"蠢奴才,老夫既做你的后盾,还有不给你想法的吗?休说二百两,再多些也有俺啦。快上驴背,俺们回转天津去。"

马强被逼着,立起身来,上了驴背。驴夫赶驴后随,见了这番举动,又奇突又惊诧,骇得暗暗咋舌,不知道这白猿老人是谁,那道白光是何物,何以能使树枝断折下来。初见马强跳下驴背,便上前捏住缰绳,等到此刻,见马强上驴,遂又跟在驴后。白猿老人命马强拨回驴头,从原路回天津城市,在前先行。马强胆战心惊地依言带回驴头,超过白猿老人,向前走去。白猿老人也带转黄骠马,跟在后面。五七里地,顷刻便到。到得街头上,驴夫拉住牲口,马强下驴,给了钱,在前引导,白猿老人跨马后随,径到吴辛干家来。

一会儿来到吴家门口,白猿老人跳下马,将马拴在吴家门外一棵榆树上,并将花布包袱解下,背在身上,命马强敲门。里面开门出问是谁,彼此相见,正是吴辛干自己。吴辛干让二人进内,到旁边小厢房内坐下。那小厢房是吴辛干的会客谈话之所,与正屋是隔绝的。此刻所以引二人到小厢房的原因,乃系因恐马强被郑家两个男孩子看见,多有不便。

皆因方才马强走后,吴辛干即到里面去对郑大小姐说明,是买了下来的。如果李七爷到来,看对了,马上就要用轿子来接,你立刻就是现任都统的姨太太了。郑大小姐这一惊非小,立刻放声大哭。吴辛干望着她一声冷笑,吩咐一声拿来,即有个老妈递过一根藤条。吴辛干接过，在桌上一拍道："你老子好好地和你说，你不听，莫非要尝尝这个滋味么？老实告诉你，你依也是这么办，不依也是这么办。老子花雪白的银子，将你买了下来，是为了什么呢？难道老子怕你哭吗？停会儿李七爷到此，看你不中，你的命可就苦了，只得打扮得妖模怪样，学唱曲子，陪酒接客，给老子做买卖挣钱。将来如遇有好客人，给你赎身，做大做小，那也只好碰你的造化。你如不听俺的话，老子定叫你看，哼哼，这藤条不过是起码刑法呢。"说罢，即喝令住哭。

郑大小姐至此危急关头，竟成为忧患余生了，哪还能强忍得住，不由狂呼救命，格外地哭嚷得厉害了。吴辛干是个大流氓，平素杀人且若无其事，何况责打几下呢？见她大哭大嚷，不禁大怒，扬起藤条便照着郑大小姐的臀部打去。刚打得一下，老妈已上前阻住，劝道："大爷且息怒，这姑娘初来，不知道规矩厉害，且饶她初犯一遭儿，容我们好好劝说她，使她遵依规矩。"

吴辛干因为买下郑大小姐，本想靠她挣一笔财爻的，原无打伤她的意思，见老妈劝阻，遂即住手喝道："小贱婢，你如敢违拗老子，早晚叫你抽筋剥皮，死在老子手里。"说犹未完，郑家两个小少爷听得姐姐的哭声，已都飞跑了进来。小孩子虽不懂什么，但因见姐姐哭喊救命，也不由哭将起来，指着吴辛干辱骂。吴辛干骂声"小杂种，胆敢目无尊长地骂老子"，伸手过去，啪啪各打了两下巴掌，直打得两个孩子口吐鲜血，跌倒在地。郑大小姐看见兄弟被打，痛断肝肠，骂声："亡命贼，青天白日敢打我兄弟，贩卖人口，逼良为娼，我和你拼了命吧。"说着，即奔向吴辛干一头撞去。吴辛干一让，郑大小姐扑了个空。要不是老妈使劲上前扯得快，几乎跌倒。郑大小姐一阵心痛，晕厥过去。

究竟性命如何，请看下回分解。

第三十三回

贩条子斤斤论价
施剑术飕飕作响

话说郑大小姐一阵心痛，哭绝跌倒在地，老妈忙着呼唤伴当们用开水灌救。吴辛干也怕这小妮子吃不起苦楚惊吓，真个死了事小，自己想在她身上发财，死了变为人财两空，那可就大了。因此指着两个打跌在地的男孩子发狠骂道："小孽畜，你们如敢违忤老子，老子定然揭去你们的皮。早晚有广东人来，便将你们卖给广东人家去做儿子，那就是你们两个畜生的造化。否则卖给满洲人家去当奴隶，苦死你们这两个小畜生。"

骂着回身走到前面去，命手下人去寻李老七，就请他来看人，说已遵他所说的话，弄到了一个闺女，年龄既在妙龄，品貌又极美丽，又是个清白女儿身，真乃十全十美，再好再巧也没有。手下人应命去了。

不一刻，已将李老七请了来，吴辛干引他到后面去看郑大小姐。其时郑大小姐已苏醒过来，正在那里哭泣。两个兄弟口中吐血，原是牙齿各被打落一个，所以吐出血来，这时也都哭着。姐弟三人一见吴辛干同着一个男子进来，只道又来威逼责打，吓得同声惨呼救命。

吴辛干指着对李老七道："你看，人品够多么俊，真是你们都统老爷的好福气。这小妮子是今儿才到的，我因你七爷的事要紧，所以不曾去知照别个，先请你老来看。看不中了，再去知会别人。七爷，不是我说，像这样的美丽姑娘，实在很少呢。现在穿着便衣已如此标致，如打扮起来，真够十二分人才。"

李老七将郑大小姐从头到脚仔细看了半晌，点头道："好却很好，不知是否真正的全清女儿身。如已不是处女，可就徒有其表了。"

吴辛干笑道："这个七爷不消虑得，我敢担保。七爷既看对了，俺们到前面去讲价吧。"说着将李老七让到外面。

李老七问道："老吴，这姑娘人是长得很不错，但不知价目如何？"

吴辛干道："这是我乡下一门穷亲戚的孙女，因家穷无法，方才割爱，将孙女出场，讨价颇大，至少须三千两银子，方才肯卖，少一丝一毫也不行。七爷是明人，她家既至少要三千，我因是七爷事，不好多叨光，只是白当差，也有些为难。因手下靠着吃饭的人多，完全白当差，未免使众弟兄不快活，所以只加上两成，算是三千六百两身价银子吧。如系别位时，我定要索价一万呢。"

李老七点头笑道："老吴，论这雏儿的色，三千六百两银子并不多。只是俺们大家自己弟兄，以后照应的事情很多，如此番便宜了我兄弟，将来你们就有甚事，都可以由我兄弟帮忙。老吴，你也是明人，不用多说。我兄弟也想在这上头加上个帽子，叨点儿光。这么吧，身价就算了两千吧，我回去报告都统，就说是两千二百两，你们这边的回扣我也不要了，算是奉送给你们众弟兄喝杯酒。老吴你看如何？"

吴辛干道："不行，相差太远，本还不够呢。冲着七爷的面子，我兄弟不能过于要叨光多少，就算三千四百两吧。"

李老七笑道："老吴，你我自己弟兄，什么事照应不到？斤斤论价，俺也难为情。这样吧，算了两千五百两吧。"

于是两下互让，此增彼减，结果两千八百两银子成交。李老七无回扣，仅由吴辛干送二十两银子作谢仪。回去报账多少，由李老七自己酌量，不与吴辛干相干。两下讲定后，李老七伸手在腰内摸出四锭五十两的银子来，交给吴辛干，算是定银。约定晚间来娶，要吴辛干出了收条。吴辛干当即写了收据，交给李老七。李老七走后，吴辛干欢欢喜喜地将二百两银子拿到后面去，交给老婆收好，并笑着对郑大小姐道："恭喜你，你真造化，李七爷一看便中了意，今晚就来接你去，送给都统老爷做二夫人了。以后做了姨太太，可别见了我这穷干爷便搭起架子来不认亲，须要饮水思源，记得我请李七爷给你做媒的好处。"说罢，笑嘻嘻地走出去了。

郑大小姐听说将自己卖给都统做姨太，心中一惊，不由破口大骂。骂了一会儿，忽然定了主见，都因为自己命苦，才连累父母兄弟，并连累红裳女子代替应选进宫。自己逃出来，万不料如此出乖露丑，真是前世冤孽。我如今已许配方家，生为方家人，死为方家鬼，岂可自污清白，玷辱祖宗？不如拼却一死，倒也干净些。因这一想，遂将心横了，专等晚间坐到轿内再寻死。因有了主见，遂止泪不哭，反而给两个兄弟拭泪，揉着嘴巴红肿处，劝他俩放乖巧些听话，再三叮嘱，只要谨记自己姓名生日年月以及父母名氏和家居地方，便不愁将来无回家希望。

那时吴辛干走到外面，一团高兴，忖念不费吹灰之力，居然稳稳挣到两千八百两银子。众弟兄酬劳些欢喜钱，自己足可净得两千五百两光景。正在心中快活，猛听敲门声甚急，自己走去开门看时，见马强又来了，同着一位老者齐来，遂让到小厢房客座里坐地。

先请问白猿老人的姓名，后问马强的来意。马强哭丧着脸，将来意说了。刚说到一半，吴辛干即笑回道："住口。老大哥是在外面混世的人，出乎尔反乎尔，顷刻变卦，天下哪有这么容易的事？我兄弟即肯答应，规例却不可破。再退一步讲，你我的交情可以通融，银钱也可以通融，无如事实已不能通融，亦只有方命。因为现在已将这姑娘转卖给本城的现任都统了。定银已收过二百两，约定今晚就要来娶人。我如答应了你老大哥，晚间叫我自己怎好应付都统的心腹李七爷呢？这可不成了。"说罢，望着二人微笑。

马强闻言，吓得面如死灰，望着白猿老人道："老祖宗，这可怎么办？"

白猿老人大怒，喝骂吴辛干："狗娘养的王八羔子，毫无心肝，你真名副其实了。老夫不杀你，不能儆江湖上一班窝盗分赃、包赌庇娼的恶青皮光棍，不能给天津地方的良民除害。瞧着，老夫的飞剑来了。"说罢手指一弹，白光飞出。飕飕风响，光亮亮冷森森，耀得小厢房内如同闪电。一团寒气砭骨，直逼到吴辛干的面上。吴辛干久站码头，老在江湖，素知有剑侠一流人，是最最可敬畏的，不过从未见过罢了。不料此刻亲自遇着，这一惊，吓得回身就跑，不防慌促间足被门槛一绊，扑通一声栽倒在地。

究竟性命如何，请看下回分解。

第三十四回

报应昭彰土豪殒命
因果循环恶人断臂

话说吴辛干被门槛一绊，跌倒在地，欲待爬起再逃时，白猿老人喝声："哪里走？"只见白光在吴辛干的脖项内一绕，登时一颗肥大的脑袋滴溜溜滚下台阶，直滚到天井正中，方才停止。同时吴辛干的颈内鲜血直冒，只见他手足颤动了两下，即已死在血泊中了。吓得马强跪倒在地，向着白猿老人不住地叩响头，哀求饶了自己一条狗命。

白猿老人看着又好气又好笑，骂道："狗奴才，老夫要杀你早就杀你了，还留你活到此刻吗？快些起来，同老夫到后面去救郑家姐弟三人出去要紧。"

马强闻言，恍如死囚逢大赦，忙又叩谢老祖宗饶命不杀之恩。拜罢起来，飞步出小厢房，向后进正宅就走。其时一阵响动，已将吴辛干的羽党惊动，忙跑来探视。忽见首领死了，不由惊得狂呼："不好了！头儿被人害了！伙伴们，快些来呀！"说着向后进便跑。后面的人闻声忙向前跑来看望，彼此在屏门边迎头一撞，撞得头昏眼花，火星直冒。正要说话，马强已到了他们面前，接着白猿老人亦到，贼党只觉得一阵寒气，一道白光直逼到面前，不由各打了一个寒噤。还未曾看得清楚，已被白猿老人伸手将各人点住了穴道，不能转动。这才收回剑光，同马强来到后面。

郑大小姐一见马强来了，不由高声大骂，骂得马强哑口无言，只得下跪求恕。一面早又惊动了吴辛干的老婆和家下男女人等以及羽党伙伴，纷纷奔来，有的还不知情由，空手奔到，有的已听到声息，抄了家伙赶来。见马强跪伏在地，顺手一刀，向马强砍去。马强慌忙伸右手一挡，格的一声响，一只右手已被斩断。马强哎呀一声，痛死在地。那几个拿着兵器的贼党便一齐扑奔白猿老人。白猿老人手指一弹，白光飞出，迎着各人的兵器，呛啷啷叮叮当一阵响，各人的兵器早已都被削断，落在地上。接着白光飞向各人手臂腿脚上去一绕，各人先后断手折臂、折腿断脚地跌倒在地，哎呀连呼，鲜血直流，一齐痛得在地上乱滚，顷刻痛绝过去。那几个空手的贼党见不是事，慌忙急促地夺路逃跑。哪能逃得了，早已被白光追到，照样也是断手折腿地哎呀倒地。各青皮光棍既已重伤半死，那些女流氓哪还能移得半步？早吓得浑身抖颤，牙齿在嘴内捉对厮杀，口中不住地呼唤"老太爷饶命"，声音凄惨尖锐，恍如蜀道啼鹃、深谷猿鸣。白猿老人不由一阵心酸，立刻将手软了，只问："谁是吴辛干的老婆？"

那女流氓怎敢答应呢？早跪在地上，扑通扑通叩着响头，哀求饶命，道："一切不关小妇人的事，都是这班天杀的奴才，平时怂恿着丈夫所为。恳求老太爷顾怜我上有老，下有小，饶放一命，没齿不忘大德。"

白猿老人将她一看，见她打扮得妖模怪样，眉毛睫毛都画着黑，头发上也涂着松烟，乌黑光亮，脸上擦着一面孔死粉，恍如涂着一层石灰，再擦上一层红脂，嘴唇上又涂着鲜红胭脂，恍如喷血。穿的夹衣，却是时式花样的雪湖湖绉，紧身窄袖，装束非常时髦。那样儿教人看了，真要连隔年的守岁酒都呕吐出来。这么一个活妖怪，哪能看得入眼？再看她当此存亡呼吸的危急时候，居然能大胆求饶，捏造上有老下有小的话哀求，足证她是个与丈夫同恶相济的女流氓。似这等一个十恶不赦的妇人，何能容得她再生存人世，流毒社会呢？因此喝骂一声："贱泼妇，你还想活吗？死尚不足蔽辜呢！"就用手一指，白光立刻将吴辛干的老婆身首异处。那些妇人胆小的，竟有因此吓得昏厥过去的。

反是郑大小姐因早已抱定一个死的念头，所以此时却很能安之若素，毫不畏惧。既不叩求活命，亦不开口痛骂了，只张眼望着白猿老人，看他如何对待自己。只见白猿老人望着自己道："大姑娘，我和红裳女子、黑衣女僧是同门，因为路见不平，特意警戒易逢春夫妻一家及马强，同到此地来救你姐弟，好护送你姐弟回去。你不必疑心，现在你的两个兄弟呢？"

郑大小姐闻言，证以适才亲目所见，相信老人是来救自己姐弟的恩人，那泪珠儿不由夺眶而出，情不自禁地跪拜下去，口呼恩公道："两个弟弟因被吴贼打了，面上浮肿着，方才还在堂前的，大约是因见大家厮杀起来，吓得躲到房内去了。"

白猿老人忙说道："姑娘请起来，此刻不是客气的时候，且快去寻着你的两位兄弟，一同走路是正经。"

郑大小姐闻言，起身走向房内去。白猿老人也跟着进内，果然郑家小弟兄俩都藏躲在房内，一见姐姐，遂都哇地哭将出来。郑大小姐忙道："休哭，好了，我们可以有救星了。这位老伯来救我们，送我们回去呢。"

说话间，白猿老人已毫不客气地使用飞剑将箱笼柜橱一齐劈开，收了剑光，用一个包袱，将现银首饰等收拾了一大包袱，提

210

在手内，命郑家姐弟等待，到门外守候，一面自己后随，走过众女流面前，喝令大家起来。那些女子原来都被吓昏了，始终跪在地上，不曾敢稍为移动。见喝恍如逢赦，才敢起来。两腿酸麻，一时竟不能动弹。

白猿老人道："你们停会儿各自收拾散了吧，这地方是匪窝，你们犯不着在此等吃官司。"说着看马强时，已痛醒过来了，正睡在地上呻吟呢。白猿老人将他扶起，道："孽障，这是你作恶的报应，现已成为残废了，老夫如不念已答应不杀你的话，此刻绝不救你。"说着，从身边摸出一个药瓶，倒出些药粉来，给他将右手伤口敷上，立刻止血定痛，命他将外面有血的衣服脱下，跟着自己一同出外。到得门外，白猿老人就先到巷口雇了辆车子，到门口来令郑家姐弟上了车，即将方才收拾的包袱和背上的花布包袱统交给郑大小姐，然后将吴家的两扇大门带上，去解了黄骠马，命马强骑了，自己押着车马，径到自己住的下处来。

究竟如何，请待下回分解。

第三十五回

风吹浮萍散复聚
人送车马去又回

话说白猿老人押着车马，同到自己住的下处里来，其时天已近晚，街上行人已稀，故此断臂骑坐在马上，无人注意得到。白猿老人住的下处，原来也是家客栈。白猿老人命马强下马，唤小二将马牵到后槽上去喂料，一面从车内接过两个包袱，令郑家姐弟下车，白猿老人付过车钱，引着马强、郑大小姐等四人，同到后面上房里去。进得房内，房内已先坐卧着男女四人，并非别个，正是那清早动身，想往静海县去的易逢春一家四口。此刻见郑大小姐姐弟到来，吓得汗流浃背，面红过耳，局促不安，只得老着面皮，上前请安问好。

马强看时，只见易家四口走路都有些不便，腿脚像似受了伤的，心知定是被白猿老人所创，但不敢询问。郑大小姐此时才知马强所说奶妈一家被捉的话完全是诈，不由又动了悲怒，冷笑问马强道："你说他们一家被捉，为何又都安然在此呢?"又问奶妈："你们四口究竟怎么才到此地?"

两下里被问，只慌得叩头求恕，一齐不打自招，将一切经过和盘托出。郑大小姐怒恨已极，指着马强骂道："我如不看在你已成了残废的分上，断不轻轻饶恕你。"又望着奶妈夫妻叹口气道："我家待你们一家老小，可称不薄。你们不感恩图报，反而落井下石，真正太无心肝。如被别人知道，断不能容你们再苟活在人世。幸亏遇着这位白猿老人，是位仁慈长者。"说罢又向白猿老人行礼叩谢。

白猿老人笑道："大姑娘请起，你不需谢老夫，只需谢你父亲。因令尊平素为人多行善事，所以能逢凶化吉，遇难呈祥。他平时疏财仗义，济困扶危，做的功德极大，理应得获善报。但看马强，老夫已许他不杀了，偏偏他恶贯满盈，天理不肯饶放他，却借手流氓将他的右臂砍下，从此成为残疾。所以说'善恶到头终有报，只争来早与来迟'，这就是最大的凭据。"

郑大小姐谢罢起身，白猿老人又唤小二，将隔壁的上房设法也包赁下来，当将男女人等分作两起安住，以免不便。随即命小二开夜饭来，大家用了，好早些安息。

晚饭后，白猿老人又在身边取出药瓶，倒出药粉给马强、易逢春、毛氏、易瑞祥、于氏、郑大小姐姐弟三人等，各将伤处敷了，命大家安息。大家安睡了一夜。

次日早起，白猿老人对郑大小姐道："恭喜姑娘，令尊令堂大人和敝同门红裳女子现在已平安无事，姑娘不久即可以安稳回去了。"

郑大小姐即问："老伯伯何以能知其详？"

白猿老人道："老夫昨夜卜占一卦，甚为吉利。又亲到京城去走过一次，所以能知详细。"

大家听了，都有些诧异，唯有易毛氏同郑大小姐听了，深信不疑。因为已常见过红裳女子倏忽不见的事，非止一次了。于是都很欢喜地住在客栈里，并候消息。各人也乘便将息伤处。

如此过了几天，那日白猿老人对郑大小姐道："大姑娘，现在可以动身回去了。再不回去，可要将你父母妹妹在家急坏了。"遂又指着马强、易毛氏道："都是你们想发财，才弄出这许多事来。"

　　郑大小姐即道："请问老伯伯，现在已太平了吗？"

　　白猿老人道："老夫昨夜又进京去过，探知太后降懿旨，将红裳女子冒名应选入宫及令尊的欺君等罪一齐赦免了，并将圈地、逃人等事禁止，又重申禁令，不许汉女入宫，所以已选的汉人秀女一齐放回。（按：清制选秀女例由满人应选，在乾隆前，此制曾未稍弛。当顺治时，其禁尤严。观于其时洪承畴进献董小宛与顺治帝，为太后所悉，特书懿旨悬于宫门，即乾清宫门外，严申不准汉女入宫之禁，并幽禁董氏于西山。凡稍知清初掌故者，鲜不知之。当时懿旨曾有凡以小脚女子进宫者斩之语。前集作者陆士谔先生，因为笔墨渲染，情节曲折玄奇起见，曾有红裳女子冒名应选秀女一事，以作收束前集之波澜。故不佞于本集即再三申言禁汉女入宫，将前集之笔墨游戏处正误，良以陆君曾与不佞合编明清通俗演义一部，系由江东书局发行，现此书底稿尚在抄写影印中，大约明年可以出版。明史演义由不佞编，清史演义即由陆君编，足证陆君于前集收尾时，特为行文之波谲云诡，游戏笔墨，以炫读者之目，并非忘却清初有此禁令也。附志于此，以免读者误会。）又严禁汉人投旗，仗势胡行。并谕各王公大臣勤理政事。这都是老夫亲自打听来的，怎么还说不曾完全太平无事了呢？"

　　郑大小姐闻言大喜，复又万福称谢。白猿老人当即对大众说知，准定明日动身。于是大家收拾整齐，当晚即由白猿老人主持着会了店账，连明早的饮食等项都一齐算过，并另赏了小二等的酒钱。次日清早起身，白猿老人命小二去雇了两乘骡车、三匹牲口。郑大小姐姐弟、易毛氏婆媳，分乘了两辆骡车，易逢春父子、马强分乘了牲口，白猿老人仍乘了自己的黄骠马，各人的行李包袱都各自照管携带了，白猿老人仍带着花布包及另一个包袱，一路缓缓而行。那日到达郑家庄，说也凑巧，果然正是癸亥日。

究竟郑海天一家团聚后如何情形，请待下回分解。

第三十六回

悲喜交集一家欣团叙
灾害忽至三侠急会议

话说白猿老人护送着郑家姐弟，并督着易家四口和马强等一行人众，离了天津，回到郑家庄。那日才到庄外，早有庄汉们见着，抢先飞报到庄主家内。郑海天夫妻人等听得这个消息，一齐咋舌称奇，惊喜欢跃，忙一齐跑到庄门口来迎接。

看官们，你道郑海天一家上下人等因何称奇咋舌？原来事有凑巧，这天日建果然是癸亥日，正应了黑衣女僧的卦。及至到门外迎着，见护送的果然是位老者，这一来更显得黑衣女僧的神课卦，大有先见之明了。郑海天夫妻腹中暗忖，圣人云，至诚之道，可以先知，莫非就是这回女僧起课的铁板注脚吧。

郑大小姐姐弟下了车，一见了父母，忍不住放声痛哭。郑海天夫妻也哭泣起来。他们一家哭，马强和易逢春一家四口可就格外觉得如芒刺在背了。当即上前给郑海天夫妻请安，并劝慰住泪。郑海天也因白猿老人护送到此，礼应接待，不是一哭即算不慢客的。因此止悲，命庄汉们忙着接东西，搬行李，牵黄马，付力钱，一面亲让白猿老人和马强进内。

马强却乘着这个时候，故意哈腰作纳履之状，延迟不走，落在后面。守郑海天让白猿老人进去了，即偷回身飞步跑出，一径跑到西庄郑三房去。见他堂姐马氏，悄悄哭诉情形，求马氏设法，借助几十两银子，回到家内。不说是算计人家受的报应，却推说是路上遇着强盗抢劫，受的重伤，瞒哄过去。从此不敢再到郑大房去了，并安分守己地做买卖，不敢再存心算计别人，这也不在话下。

且说当时郑海天让白猿老人到内宅，一回头不见了马强，心中以为他定必马上就进来，所以也不曾问。及至到里面让座献茶后，请问白猿老人的姓名，白猿老人笑回道："老朽施惠不望报，素知身为名累，所以向不愿以名示人。人因见我生得肤发皆白，而又形似猿猴，故此都唤我为白猿老人。庄主可即也唤老朽为白猿老人罢了。"说完，从背上卸下两个包袱，将一个花布包袱递给郑海天道："庄主请过目，这里边都是庄主付托奶妈给令爱带出去的贵重珍珠首饰。只因为了这一点儿东西，几乎将令千金和令公郎的性命送却。如非遇着老朽，这一包东西已无合浦珠还之望了。内中东西如有遗失，请查问易逢春夫妻及马强，便可知道。"

郑海天忙将包袱接过，便命人到外面去请马舅老爷进来，这里请问白猿老人的经过情形。说话间，庄汉同着一人进来，来者不是马强，却是红裳女子。郑白二位见了，齐起立迎接，彼此互相请安问好。郑海天忙又给红裳女子道谢道劳，并说："姑娘真乃信人，果然于今日回来。"

红裳女子谦逊了几句，坐下身来，即问白猿老人："何时到此？莫非此地的姐弟三人，即系老师兄所为么？老师兄此番系初出手呢。正所谓快人快举的第几番了。老师兄何日离山？师尊的福体是否安康？前几时我到白莲庵拜访黑衣女僧师兄时，她曾说

217

及在路上遇见过你，并且曾邀你同到她庵中去待茶，匆匆即去了。在那天大师起课占卦时，说有一老人救送郑家大姐姐及两个兄弟回来，我就疑猜到老师兄身上，不料果被猜着。现在老师兄寓居何处？此后行迹如何呢？"

白猿老人见问，即说："师父近来福躬极其康泰，颇为悬念黑衣大师及你两人的近况，所以我拜别下山，师父特命我也到北方来，庶几好与你们二位得能会见。至于我的寓处，早已觅定在离此不远的一所福德神祠内。那神祠地方虽小，只有三间小屋，但并无人住，亦无人管。我到此后，即刻雇了一个火工道人，在里打扫收拾以及烧煮伺应，和我同住在内。我将三间屋因陋就简地用木板隔了，半间做了灶，半间做香火的卧房并堆置些杂物。又在庙后空地上搭盖了一进草房，做了我自己的住房。前面再有一间，我却隔好了念经诵佛的所在。后面客堂里作为招待客人的地方，并将后面空地用竹篱围了起来，以免有闲杂人进来。庙门亦是常关的。我才布置草定，那天路上即遇着黑衣女僧师弟。据她告诉我，是为救的女子，她送她到一个安全地方去出家，以免尘心不净。那女子姓郑，是蒋通政名溶的夫人，并被强占了去做过几时摄政王的侧福晋，不知可是么？"

红裳女子点了点头道："老师兄，正是呢。"

白猿老人又接着说道："救护这里大姑娘及两位男孩送回来的，正是我所为。我自从离峨眉山北来，在山东省内即已做过两件事，在近畿一带，也曾做过两件，此次可算得是第五次了。不过不及你所为的功德大，足以震动远近罢了。"

大家正在厅上叙话，郑大小姐姐弟亦都跑到后面去，母子们团叙。郑海天因白红二侠叙话，自己不便羼言，等白猿老人说到此时，正要请问他如何得知小女小儿被难，蒙情救援以及易毛氏夫妻儿媳怎么因财起意，忽然变心。话还不曾出口，忽见匆匆从外面进来一个尼姑，浑身穿着黑衣，认识正是黑衣女僧，忙起身迎接，白红二侠亦上前相见。

黑衣女僧道："贫衲料知二位同门定然都在此地，所以才特地赶来。现在我们三人大祸临头，贫衲所以特地来找二位，快同到我庵中去会商应付办法，说不定还须到峨眉山去朝师请示。"

白红二侠大惊，急问何事。

未知究竟，请看下回分解。

第三十七回

白猿仙风摄三岁儿
剑道人法传众徒弟

话说白猿老人红裳女侠见黑衣女僧急匆匆地跑来，说自己三人的大祸临头，忙问："大师因何惊慌？"

黑衣女僧看了看在座的，除郑海天外，别无外人，因说："二位同门有所不知，只因我三人不期而遇，都在近畿一带出现了，行侠仗义，济困扶危的事做了不少，遂致名望大了。常言人怕出名猪怕胖，出名且是惹祸的根由。何况我们又做了许多得罪当道权贵的事呢？"

红裳女侠不耐道："大师，你不必这么绕着弯儿说闲话，可直接痛快地说，究竟我们有了什么祸事？"

黑衣女僧道："女菩萨，讲到大祸临头，不为别的，就是你们两位惹下来的。首要原因却是你女菩萨呢。只因为要救郑大爷，首次惊了英王，二次又惊睿王。英王还罢了，不曾敢声张，睿王却不肯就此罢休。他便派人四下里访聘能人，恰巧请着了四位与老人为敌的剑客来。这四人的本领都比你我高强，这岂不是我们的大祸临头吗？"

白猿老人听说是与自己为敌的剑客，即接口道："大师，莫非睿王聘请的四人，就是周村的四杰么？"

黑衣女僧点头道："正是他们四个。"

白猿老人现出很惊诧的神情来道："咦！这就奇怪了。我与他们四位从未结过仇怨，怎么会与我为敌呢？"

黑衣女僧叹道："天下的事往往出于意外者多，你自己以为不曾与他们结过怨，却不知结的怨很大，不过你自己不明白罢了。贫衲说给你听，你就立刻明白了。你在未曾到此地以前，不是曾在山东境内做过两件惊人的侠义事业吗？到得本地，又在近畿地方做了两件事，真正梦想不到，天下有这么巧的巧事。你在近畿所做的那两件事中，有一件事的主人竟是和在山东做的两件事的主人有连带关系的。更有件巧事，即是你在近畿做的另一件事中的主人，是和睿王太监崔七是中表兄弟。因为他是崔七的表弟，所以才做得着皇粮庄头。他被你教训之后，即往崔七那里去诉苦。因此这四件事竟可说是一件事。现在可算是和你们两位来总结账，并且将贫衲也牵涉在内。所以能将贫衲牵涉的，即系因为有蒋通政的正室夫人，被救到小庵，由贫衲护送到安全地方的事，被睿府的人探得了，才知贫衲亦有关系。所以现在他们因打听不着你的地方，却先来找我。我料他们不久就要来此地找寻红裳女菩萨呢。此地现在已无危险，二位可即刻随我到小庵去商量办法吧。"

红裳女子道："大师说了半天，我简直一些儿也不懂。究竟睿王请的是四个什么人，大师如此惊异，说得恁般要紧？何不先在此说明了呢？"

白猿老人道："你不用急，我已明白了。可算此番的祸水是我闯出来的。好在郑大爷是有肝胆的侠义人物，不比得外人，况且和他亦不无关系，便说出来，亦不要紧。"说着，便将在山东境内及近畿所做的四件事以及周村四杰的来历说了出来。

看官们，你道白猿老人在山东及近畿一带所为何事？原来白猿老人姓袁，名唤国梁。算起来与袁崇焕却是极远的本家。论班辈比红裳女子袁淑英要长两辈，可是红裳侠的族祖。当白猿老人三岁时，他父亲从四川任上罢职回家，全家搬回原籍，打从峨眉山下经过，忽然从山上下来一个全白的老猿猴，阻住了他一家的去路，说出人言来，要求他父母将袁国梁舍给他，说这孩子和他有缘，应做他的儿子。他父母初颇吃惊，后见他口说人言，并无野蛮行为，胆子壮了，便用好言谢绝他的要求。那白猿忽然板起面孔，大声道："这个由不你不肯，我说要就得要，十年后，我自然会打发他回去，仍可使你一家团聚。"

说罢，只见他指着乳娘怀中抱着的孩子，唤声："国梁我的儿，跟着我到山上享福去吧！"说罢，忽地刮起一阵大风，直吹得树叶子从山上嗖嗖飞落下来，地上山上的尘土一齐飞起，眯得袁家上下人等闭了眼睛。一会儿风停了，大家张目一看，那老白猿猴已是不见了，奶妈却在这当儿大声呼唤梁儿起来。大家看时，她怀中抱的孩子已不知去向了。

乳娘说道："我在大风刮灰沙，眯了双目时，一手抱着孩子，一手给他护着两目，忽觉手腕一痛，手才松，风即停止。睁眼看时，小孩已不见了。"说罢竟哭起来。她这哭并非为小孩不见了伤心哭，乃是为了怕被主人责骂，连个小孩抱不牢，所以才哭。

她一哭，引得一家都流下泪来，袁国梁的父母更是伤心大哭，指着奶妈痛骂。奶妈只流泪不作声，半晌才分辩两句道："大家在此看见的，小孩是被妖怪的风刮去的，何能独责我一人不小心呢？"

袁国梁的父母闻言更怒，格外指着她责骂，骂了一会儿，被别人劝止了，说现在骂亦无用，不如分派人到山上去寻找。又有人说找亦无用，不如索性等到十年后，看那妖怪是不是着人送回来。大家你一言我一语的，总劝他夫妇俩止悲住骂。他父亲究竟是在外做官的人，比较的明理些，当时便住了口，只是伤心叹气。即劝他夫人休悲，并说："猴精既说与梁儿有父子缘分，又说十年后送回，大约不会怎样的。现在哭已没用，孩子已被他的妖风摄去了，我们也只好当着被拐子拐了去，或竟当他是矢殇了，也就罢了。你我的年纪尚轻，养育并不难，何苦来为着一个孩子伤了自己的身体。"说罢，即吩咐车马人众前进，一路上含忍悲泪地回转家乡。

他夫人因念子心切，遂生了病。当她生病时，忽然从外面门房里送进一书信来，袁国梁的父亲看信时，写着几句道："令郎乃我义子，我爱之切，故特携至山中，以了前缘。十年缘满，即当送归，绝不衍误。请夫人释念。"下面写着"老猿"二字，字迹写得非常潦草。便问门上人："送信的人可在外面？"回称"人在门房里坐着呢，乃是个雷公模样的老头子"。

袁国梁的父亲大喜，忙亲自跑到外面去看时，门房里空洞洞的，哪有个老头子呢？赶到门外望时，行人虽有，并无送信来的人。没奈何只得拿了信，回到里面去，告诉夫人，只得用此信为劝慰的根据。夫人被劝，心中安定了许多，由此病遂好了，专等十年期满。

果然过了十年，袁国梁已长得大模大样的了，只不过变成一副猢狲形状，从外面走将进来。他父母将他一看，吓了一跳，已不认识他了。问他是谁，到此何故，他却认得出父母，跪下来恭恭敬敬地向二老叩头请安，申述前情。他父母将他看了一看，半惊半喜地认了儿，惊的是儿子换了形状，喜的是果然十年回来。

袁国梁起来，说系义父亲送到此，交代门上引导进来，义父即便去了。他父亲闻言，赶到外面去，想将白猿寻着，当面道谢时，白猿早已又不知去向了。夫妇俩因儿子已回，心中虽然喜欢，却因他变成了猴形，陡然增添了厌恶的心理，因此对于他却没有未曾回来时候的热切了。

后来袁国梁的父母相继亡故，那时他年已三十光景，承继着父业，在市城里做着小京官，因为丁忧，告假在家守制。那年孝满，正拟销假视事，无意中在门口遇见了剑道人。这剑道人原和他在峨眉山上会见过的，本和老白猿是朋友。当他在山上时，曾由老白猿教给他一路猴拳，他回家后，直到现在，将近二十年从未遇过敌手，此刻与剑道人见着，便请问他义父现状如何。剑道人回称早已成了仙，现在已不知在何处。于是剑道人用几句话点醒了他，劝他跟自己到山上去学剑术，将来可以成剑仙。他本是有根基宿慧的人，当然一点即醒。因即请剑道人到家中住着，即日将家事料理，并将官职正式辞去。其时他已娶妻，又有了两位兄弟，大弟已有十八岁，能够管理家事，小弟已有十五岁，也很精明强干，故将家事完全托给两弟，托二人好好照应着嫂嫂，吩咐后，即跟着道人到山上，拜道人为师，与两位已先到山上学道的女郎同学。后来道人从山下收了两位男同学，最后又收了黑衣女僧、红裳女子二位上山。上文说过，两位女郎因修炼的时日早，故得成为剑仙，那两位男同学却因尘心不净，成了个半途而废。袁国梁却与袁熊二女成为剑侠。二女因服过道人给予的丹药，容颜得以不老，始终如一，仍是十来岁二十来岁的模样，袁国梁却因一心修道，不要容貌少年，故此遂成了老头子模样。他因此遂自己取名为白猿老人。

自从袁熊两女下山后，他在山上仍向师父请益，后来道人命他也下山走走，趁此做些侠义事业。圆满功德，了却尘缘，并回家与妻子弟侄等一家长幼团叙，将家事也料理料理，然后再回山修炼。并说："你的缘法比袁熊两女的缘法好，当然比她们容易证果。"白猿老人受命后，即便下山，因他家祖籍山东，世居潍县，故此先回到山东，在家中团叙了几天，便动身离家，意欲访寻黑红两女侠，同在北方各省做一番事业，圆满功德，好早日回山修炼成仙。那日他走到莒县地界，即亲目所睹了一件暗无天日的不平之事，因此遂开始行侠作义，做出一桩骇世骇俗的大事来。

究竟所做何事，请待下回分解。

第三十八回

舞文遭狱系讼师迁居
见色起淫心土豪设计

话说白猿老人离家出门，一路缓步行走，那日来到莒县地界，目见一件暗无天日的事。原来莒县地方，有一个土豪，名唤何小燕。初时居住省城，本以讼师著名，后来因被省城各当道知悉，深恶他包揽词讼，教唆人民打官司，实属不法已极，曾将他捉住，下在牢里。后来被他托人向各当道说情，走了许多脚路，花了许多银钱，方才将他的罪名脱卸，具结永远不代人做禀单状子，并不住省城。何小燕无奈，只好应允具结，放了出来。回到家里，剃头洗澡，更换衣服，到曾经给他设法开脱以及来慰问过的亲朋家内道谢。回转家内，和他老婆商议。他老婆原是莒县城内人氏，娘家姓武，仍住在莒县城内。因即提议搬家到莒县去住，彼此好得有照应。何小燕依了他老婆的话，即于次日动身，独自先到莒县城内赁了一所房屋，然后再回到济南来搬家。

搬到莒县之后，初时尚安本分，后来因家中无有恒产，照此坐吃山空，终不成事，因此便在莒县城内开了爿生药铺，饮片丸散俱全，开张后生意甚为兴旺。他在早年，本曾学过医道，不过未学完全，以半途而废。现在既开设生药铺，乐得再兼做大夫。

一则可使药铺内买卖好些，二则自己也可算不吃闲饭，于是即拣日悬牌应诊。他一面做药铺经理，一面做大夫，所以每日的进项已很可观。他仍不知足，特在家做押款放款的买卖。那办法即是重利的印子钱，本小利大。贫人因无法才问他借，借了去真如饮鸩止渴，好不厉害。他除放印子钱之外，不时仍旧兼营着他刀笔的买卖，因此他有钱放债，兼做刀笔，能走各官署的脚路，无形中养成了他做地方上首领的资格。他在小时，本曾学过几手拳脚，此时他因放重利关系，往往有借钱不还，与人打架，那些借钱的人无一是他的对手。因此何小燕在莒县地方，便又成了个拳术名家。因此莒县地方的一班混混儿、小青皮流氓等，既怕他的拳脚无情，又怕他通连官厅绅富的势力，更畏他有钱财，遂不得不设法来拜他的门，尊他为首领。何小燕在省城时，本也入过门槛，在圈子的辈分原也不小。此时他正欲在莒县收些徒弟，增加自己的势力。见有人要来拜他的门，当然正中下怀，来者不拒。他既开了山门收徒，不久便收了不少徒弟。他既有这许多小角色听他的命令指挥，自然如虎添翼，飞而食人了。

他的势力既一天大一天，专横不法的事，当然也一天多一天，地方上人都敢怒不敢言，无法可以惩创他。地方官吏向来是以联络本地的绅富及有势力的土豪为做官的唯一秘诀的，所以官场有几句升官的格言道："要得做官好，须与土豪劣绅同温饱；要得官阶升，切莫开罪土豪与劣绅。"试想官员有如此心理，哪会与何小燕为难呢？

有一天，合该何小燕的报应到了，恰巧碰在白猿老人的手里，活活将一条性命断送在那飞剑之下。

原来那时莒县有一个孤寡妇，生得姿容皓丽，体态轻盈。偏偏美人常伴拙夫眠，红颜女子多薄命。她于十九岁上，嫁给孙箓匠为妻。那时看见的人，谁不在背后说一声"一朵鲜花插在牛粪上"。她却丝毫不以丈夫做工匠为不满意，夫妻俩爱情非常浓厚，希望一双两好，百年偕老。哪知不到两年，孙篾匠一病死了，丢下了这位如花似玉的活美人，谁不想来吃这块天鹅肉，便央人来做媒，劝她改嫁。孙寡妇生性非常节烈，这时腹中已有了孕，哪肯再醮呢？当将来人痛骂了几句。来人被骂，无可进言，只得说句不识抬举，生来穷命，所以愿意做毫无产业的穷寡妇。回骂过这几句，便如飞相似的跑了。如此接连几个做月老的，都被孙寡妇严词拒绝，讨了一场没趣回去。因此人才知道她容貌生得艳如桃李，心性却冷如冰霜，凛然不可侵犯。大家遂都肃然起敬，死了这条心。

不多时孙寡妇生下一个遗腹子来，她因此格外心坚如铁石，无论如何情愿含辛茹苦地抚孤成人，绝不改嫁。不料她的命宫注定应有磨折，有一天在门外井边汲水，恰巧逢着何小燕到她隔壁人家去出诊，从隔壁出来上轿，一眼看见了孙寡妇，惊为天仙化人。见孙寡妇提着一桶水，进屋关门，知道她即住在此地，因于次日再到那隔壁人家出诊时，便中问起，才知就是本地第一美人孙寡妇，心中一动，暗忖，好个绝色美人，只可惜她誓死守节，不肯再醮。如果她肯改嫁，岂不是一块绝好的羊脂白玉么？

当时何小燕回到家中，仔细寻思，忽然自啐道：呸，孙寡妇虽然誓不改嫁，但这也许是她的假撇清。世间女子谁不是水性杨花？有道是十个女子九个肯，只怕男子口不稳。果直要弄她到手，只要花上几文钱，买通了她的娘婆二家，断无不成之理。因此何小燕遂吩咐门下去打听孙寡妇的娘婆二家，有何人做主。门下当日即来回报，说孙寡妇婆家只有一个远房的伯公，此人年已七十以外，向不问事，对于孙寡妇的嫁不嫁，早已有人问过他。

他说嫁要她自己情愿，守节也要她自己情愿，断不是别人可以代谋或劝告的，我绝对不管。他这么回答人，已不知有多少次了。更有人欲用金钱打动他，他说："金钱吃得光用得完的，生不带来，死不带去，为了几个钱，便去劝侄媳妇改嫁，那是禽兽行为，不是人做的事，快休用这种甘言蜜语来诱我上钩，我绝不管侄媳的守节或嫁人。"因他回得这么斩钉截铁，人家知道他不管了，都到孙寡妇的娘家去想法。她娘家姓李，只有一个哥哥，名唤李大，此外别无他人。在前也曾有人去和他说，他说："妹子嫁不嫁，是妹妹自己的事，我不好给她做主。"后来经人用金钱打动他，他正在闹着穷困，因此就改了口，说只要妹妹答应，自己总可以商量。人家见他肯，即托他去说项。他一团高兴地去对孙寡妇下说词，却不料被孙寡妇啐了一脸的唾沫，骂得他狗血喷头。他讨了没趣回来后，因为一笔到手的钱财不能到手，恨得他妹妹什么似的，背后都说他妹妹不识好人心。现在他们兄妹见面都不说话。

何小燕得了报告，想了想，即生了一计。次日一早，命手下人分头去请孙寡妇的哥哥和那远房的伯公来。这两人平常都知何小燕的名，却从未见面，交过言。见派人来请，不知所因何事，遂都如命而至。何小燕知道那李大可以利用的，便将他先邀到后面，对他说明己意，要他写妹子的年庚八字红帖，并代他妹子写一张因贫自愿改嫁的字据。答应送他三百两银子。李大是个穷极的穷汉，见有三百两银子，立即应允照写。何小燕并允于事成之后，着他去做生意。又托他向那孙家伯公疏通，即说妹子已经首肯，所以请他来画个字，免得日后反对。李大一一答应，当即在后面写了，交与何小燕。何小燕立即交付他三百两纹银。

李大收了银子，即到前面来对那伯公说："妹子愿意再醮，恐怕你老不答应，故此请你老来商议。"

那老头儿闻言大怒，站起来拔脚就走，口中说道："好不要脸的奴才，这有什么商议不商议？俺绝不能答应半个肯字。你妹子既已肯了，还要和我商议什么？等我去问问她看。"说着，就一径跑出何家门外。何小燕深恐他跑到孙寡妇家去，将事情弄僵，立刻派人追赶，将孙老儿头追着，强拽了回来。一口咬定孙老头儿欠自己的款子三百两，无钱可还，愿将侄媳作抵，再醮与自己为妾。立命手下将文据写好，强迫他画了字，又请李大也画个字。李大因要他妹妹做妾，略现出不愿的样子，何小燕早又走到他身边，拿了锭五十两的银子，向他衣袋内一塞，李大不好说什么了，即在字据上签了名。何小燕将字据收了，立命人打轿到孙寡妇家去抢亲。

究竟如何，请看下回分解。

第三十九回

抢寡妇流氓逞强
惩土豪白侠奋勇

话说何小燕派人去抢亲后，即刻命家中悬挂红彩玻灯，一面着人飞报各亲友，说本晚纳妾，请大家吃喜酒。一面又着人赶到酒席房，置备酒席。唤吹鼓手等来到奏乐。那去抢亲的人都是本地的一班青皮流氓，全是何小燕的门生徒弟。这些人知道什么国法？只晓得奉老头子的命令执行。当时他们抬着轿子，来到孙家敲门。孙寡妇问是谁，即来了将门开开。大家见着，不由分说，一拥齐上，将孙寡妇抱着向轿内一纳，抬起来就走。一径抬到何家，将孙寡妇从轿中抱出来，推推拉拉，簇拥着向里面就走。孙寡妇吓得魂不附体，本来在轿内即蹬足大哭，到此格外大呼救命。

正在此时，白猿老人从何小燕家门外经过，见一个女子身穿素服，被大众推推扯扯地向一家做喜事模样的人家门里走，口中呼唤着救命，忍不住问旁人何事，有人告诉他抢亲。白猿老人听说抢亲二字，便在众人里面向何宅门内张望。只见那穿素服的女子拼命大哭大嚷，抵死不肯向内走，被许多粗眉大眼的人，将她抬起向内飞跑。正在此时，恰巧那孙老头在里面大叫大骂的声音，也传到外面来，和孙寡妇的哭嚷声搅成一片。再加上内外喧哗声浪，再也听不清楚。只听得孙老头儿大骂"强逼寡妇再醮，该当何罪"和"救命啊！强抢寡妇做妾，逼人失节……"的声音。

白猿老人听见这几句，知道其中定有缘故，遂向同立在一起看热闹的人打听。那人回说这孙寡妇是俺们莒县第一著名的美女，她丈夫死了，谁不想将她弄到手？无如她情愿吃苦，抚养孤儿，誓死不肯失节改嫁。不知如何今被这府上的何先生看中了，听说是去抢的亲，究竟如何，却亦不得而知了。

白猿老人道："难道不怕犯法吗？"

那人笑道："你这位年老的，只知道国法可怕，却不知这位何先生更可怕呢。"

白猿老人道："奇了，怎么比国法还要可怕呢？"

那人道："何先生在本地的势力极大，说五绝不会变六。试想他这样大的势力，官厅敢奈何他吗？照常理而言，国家的法律是专为没势力的小百姓申冤理屈的，可是现在的时事不对了，法律是有势力之人的特别保护品，是专治小百姓的罪，不治有势力者之罪的东西。只要你有钱有势，有罪立刻变为无罪，无势力的，无罪亦是有罪。往往小百姓有冤屈，去到衙门里告有势力的人，结果原告反变为被告，输了官司，被下在牢里送命，或是充军到远方，或是罚款赎罪。无钱即坐牢抵款的，也不知要有多少呢。国法有什么用处呢？"

白猿老人闻言，不由大怒，心忖此言不差，国法只好治无钱无势的小百姓，不能奈何有钱有势的人。从来王子犯法与庶民同罪的话，只好说而不能行。谁曾见百姓敢和王侯打官司？更有哪个官吏不帮着有势力的人说话？有良心的，劝小百姓耐耐气，就此认晦气了结；心狠的，为讨好有势力者起见，还要加小百姓刁民诬告的罪名。白猿老人愈想愈气，忍不住向内挤进去，想看个究竟。却不防被何宅唤来照门的人用藤条排头打将下来，喝令大家退出外面去，里面做喜事，闲人不许进内。同时又有何宅的亲友络绎而来，吹鼓手奏着乐，好不热闹。当那看门的手挥藤条向看热闹的人打来，众人慌忙后退，白猿老人脚上的鞋袜被人践踏得肮脏了，正在气头上，好似火上浇油。见那看门的那副嘴脸和气概，不由格外怒火生烟。

白猿老人因这一怒，不能复耐，遂分开在前面的人，自己挤到前面，大喝一声，照着那管门的面皮上就是一个巴掌，喝骂一声："奴才，你仗着谁的势，敢这么欺人？老夫且不打你，先去找你的主家说话。"说着便向内闯。

那管门的被打得头昏眼花，向旁躲闪。大众看热闹的人见了，一片声齐说痛快，打得好，打了还要打。管门的大怒，要发话时，见白猿老人要向内走，忙赶上去扯住道："老头子，你要饭要钱，也须看看地方。有俺在此，你也好来要饭要钱吗？快滚出去候着，等一会儿自有些残肴冷饭给你，乱钻什么？"

白猿老人见他将自己当作乞丐，心中格外生气，被他扯着不放，即回身向他的手腕一点道："好个狗眼奴才，老夫是何等人，你敢当老夫是花子么？滚你娘的吧！"管门的被他一点，痛彻心肺，忍不住唤声哎呀，将手一放，倒退了几步，如非身靠在墙上，几乎痛得跌倒下去。白猿老人笑了笑，即向里面闯了进去。

正值里面贺客盈庭，灯彩红光，映射着满屋都是红霞笼罩。那些贺客都穿着袍褂套子，头戴红缨帽，脚穿靴子。有的坐着，有的立着，谈笑风生。见白猿老人进来，早有当掌礼的人上来拦阻，问他找谁，有什么事。白猿老人怒笑道："俺来找本宅的主人，问他今儿这么热闹，为的什么？"

掌礼笑回说："你快去撒尿自己照照你这副猴脸，你不配管，休多说话讨没趣，快些滚出去吧。"

白猿老人见他这么势利，出口伤人，一伸手即啪地赏了他一下巴掌，喝骂道："奴才，你也配和老夫说话吗？快叫本宅的主家出来，老夫要问他的话。清明世界，光天化日之下，居然能这么无法无天地强抢人家寡妇做妾，这是什么理由？"

那掌礼的被打了一下，哪肯甘休？便向前左手一把揪住白猿老人的衣襟，伸右手拳头向白猿老人的腰间便打。白猿老人伸手叠指向来拳一击，又向上面揪住衣襟的手腕一点，掌礼的啊呀一声，痛得松手向后便倒。这一来早将何小燕的许多门徒惊动了，欺他年老，便一齐拥上来动手，赶他出去。白猿老人见来的人多，便使用浑身的解数来，手到处打倒一个，脚着处又跌倒一个，不知怎样，几个门徒都已横七竖八地跌倒在地。

白猿老人呵呵大笑道："来啊！来啊！我们再来打一会儿，算是变一套戏法。你们这班狗王八，平时狗仗人势地欺负良善惯了，现在欺负到老夫头上来，可不是自己找死么？快叫姓何的滚出来，俺问他几句话，又不会将他吃下肚去，为何要这么像缩头乌龟一般，躲在壳里面，不敢出来。快些叫他出来便罢，否则老夫一怒，打得落花流水，伤损人命可休怨怪老夫。"

白猿老人话才说完，早由里面走出一个四十开外的汉子来，穿着一身簇崭新的衣服，打扮得像新郎模样，来到面前大喝道："你是什么东西？胆敢到此吆五喝六地胡闹！你要找俺姓何的做什么？"

白猿老人将他一看，便说："你就是姓何的么？你叫什么名字？"

那人道："俺老爷便是何小燕，你这老猢狲还不给俺滚出去！"

白猿老人这才知他叫何小燕，看他的打扮，可确定他是本宅的主人，遂说："何小燕，抢孙寡妇来结亲的可就是你么？孙寡妇是个贞节女子，你将她抢了来，是何道理？"

何小燕不待说完，即打着哈哈道："老猢狲，你敢多管俺的事吗？俺抢不抢孙寡妇，与你什么相干？你事前不曾打听明白，就到这里来啰唣。孙寡妇的伯公欠俺款子，家贫养不活寡妇侄媳，所以才一举两便，将侄媳来抵俺的债。现有她的娘家兄长在此为证。清官难断家务事，你是外路口音的人，居然要来强管人家的事，可不是逞强逞到方外来了么？"

白猿老人听他说出抵欠嫁妇和有娘家兄长为证的话来，初时一呆，继而恍然明白，这是他的鬼话，万不可信的。即伸手一把将他抓住，说道："何小燕，你且将她娘家兄长叫出来，与我当面对对看，再有她的伯公因家贫欠债，才将侄媳抵债。那伯公人呢，你也将他叫出来，我也要问问他。老实话，即她娘婆二家都已答应，孙寡妇自己不肯，亦是枉然。我才在外面见孙寡妇大叫救命，又听见里面有人大呼'逼寡妇改嫁该当何罪'，分明另有别情。"

何小燕冷笑道："孙寡妇又不是你的祖母太太，你又不是她娘家的灰孙子，要你多问些什么？"

究竟两下如何解决，请待下回分解。

第四十回

惩讼师罚锾示儆
保节妇策马前驱

话说白猿老人见说大怒，使劲一捏何小燕的手腕，何小燕痛得蹲身矬矮下去，高唤放手。白猿老人指着他的脸皮骂道："狗娘养的王八蛋，你在本地仗着势力欺人，已非一朝一夕了，你还敢不承认自己的错处？你且将孙寡妇本人及她的伯公一齐放出来，待俺当面问他们的意思怎样。如他们自己愿意，便算是老夫的错，如不愿意，你这王八须即刻将他公媳放回去，否则，哼哼，老夫认得人，老夫的拳头却不认得人，那时你的狗命可就休想得活。"

何小燕虽然痛得口唤哎呀，却是不肯就这么轻易将到口的一块肥肉就此放下不吃，遂熬着痛，使劲想挣脱了被抓着的手，哪能挣脱得了呢？反而被白猿老人一使劲，格外痛了许多。但仍咬紧牙关说："老猢狲，这不关你的事，要你问什么？孙家欠债还钱，还不出钱，没法才以寡妇做抵，无论她愿意不愿意，须知俺善财难舍。你是哪里来的野人，要逞强出头？"

白猿老人见他熬痛不肯将孙寡妇放回去，心中一怒，手中的力量又增加了几倍，即问："你说孙寡妇的哥哥在此，可以做证，你且将他唤出来，老夫问他个明白。"

何小燕被握着，痛得遍体是汗，头上的青筋一根一根暴将起来，紫涨了面皮，耐不住了，连声唤着哎哟，命人请李大出来。李大被请到来，他一见这副形状，再看那跌睡在地的人，一齐仍挣扎着爬不起来，料道这来的老头子绝不是凡人。他忽然神经过敏起来，想着妹夫姓孙，孙行者原是个猴子，来人完全是猢狲形，莫非是妹夫显灵？他因这么一吓，竟吓得浑身如筛糠般抖个不住，牙齿在口内嘚嘚抖战着，一时说不清话来。略定了定心，才说道："俺妹子愿意再醮，老先生不可将何先生为难。"

何小燕忍痛念佛道："阿弥陀佛，这就不错了。"

白猿老人疑心这个李大是何小燕随意指派的人，哪里肯信呢？因说："别人说话完全没用，老夫现在要你将孙寡妇放出来，由老夫问她。她愿意便罢，不愿意你得即刻放她回去，立誓永远不再生害她的心。你能答应么？"

何小燕低头只不作声。此时各贺客及何小燕的门人未动手的，一齐上来解劝，请白猿老人放手，说有话好讲，万一有失手之处，伤了什么地方，可不是耍处。况且今儿是吉日，耽误了时辰，也未免太煞风景。

白猿老人大怒，骂道："放屁，老夫打抱不平，你们说是煞风景。何小燕强抢寡妇成亲，反而不是煞风景，你们真是全无心肝。现在要他答应，将孙寡妇的伯公和她本人一齐放回去，便算了结。否则老夫情愿打场人命官司。"

大众被他一骂，骂得不敢再开口。有几个被骂得面红耳赤，陡生羞耻之心。有几个虽然大怒，但因见白猿老人武勇可骇，却都不敢表现出来，只得坐视何小燕与白猿老人的结果。只见何小燕仍咬牙熬痛，绝对地不作声。白猿老人怒笑道："何小燕，你以

237

为不开口即算是对付了老夫吗？真也太聪明了。走吧，跟着老夫同到里面去，看看孙寡妇和她的伯公怎么样了。"说着使劲将手一提，何小燕痛得哎哟一声，却乖乖巧巧地跟着向里面正屋内就走。

走到后面去，白猿老人喝道："姓何的，你将孙寡妇藏在哪里？快些说出来，免得受苦。"说着伸手在他背心脊梁骨上一弹，弹得何小燕痛彻心腑，又将身蹲下地去，但仍不开口。

白猿老人见他熬痛不开口，心中一怒，即用点穴法将他点倒在地，走去将堂前正中的一张枣木大八仙方桌的桌腿咯一声折断下一只来，拿在手里，乒乒乓乓哗哗啦啦一阵乱打，将堂前所有的陈设一齐打得粉碎。左手扯了何小燕，一同冲向两边房里去。见人不打，见物就摔。一把抓住一个丫头，喝问道："孙寡妇的伯公及孙寡妇现在何处？"

何小燕被点了穴，身体失却自由，被他拖着，疼痛万分。见他将堂前房内的东西摔打得不成模样，不免心疼。但好汉只得充到底，仍旧不肯开口。那丫头被白猿老人一吓，早吓得吐实道："孙寡妇在后面正宅上房里，她的伯公被人关在后面柴房里呢。"

白猿老人喝令带路，丫头战战兢兢地只得一步一抖，引着白猿老人向后面正宅上房里去。其时孙寡妇正在后面大哭大骂地不肯更换衣服，有许多老妈丫头围着她劝慰，更有个当喜娘的在旁竭力譬解。当何小燕往前面去时，曾命他先娶的两名姨太太帮着去劝，此刻两妾也在房内，以自身为例，在旁劝解。孙李氏只是哭骂不休，可怜嗓子已哭骂得哑了。

白猿老人左手拖着何小燕，右手抓住丫头，走到房外，大喝一声："孙寡妇你休要啼哭，老夫路见不平，特来救你。"

孙寡妇猛听大喝，不由一惊。只见一个丫头面无人色，被一个猢狲精相似的老头子抓着，另一个汉子即是方才第一个开口说

238

是娶自己做第三位妾夫人的人。据他适才自称名唤何小燕，也被老头子抓着，面色比丫头更难看，一同走进来。只见白猿老人将抓何小燕的手放了，何小燕哎哟一声，应手跌倒在地上，吓得众人大惊。

白猿老人对孙寡妇道："老夫特来救你，你且大胆放心，将你因何被抢到此的情节，说给老夫听。"

孙寡妇彼此胆气陡壮，即将适才被抢的情形说了，又指着何小燕道："据这厮说，俺伯公欠他的债，无款可还，因家贫才将俺抵卖给他。这句话完全是他信口胡说。俺伯公适才在外面曾见着，说他是强逼签字画押，誓不承认。只有俺哥哥贪得他的银钱，竟帮着他说话，说是俺伯公欠他的款子，竟劝俺嫁他。休说俺有一个儿子，将来还可有希望，就是没有儿子，俺亦誓死不嫁。"

白猿老人点头称赞道："好，这才不愧为贞节女子，不枉老夫一救。"说罢，即又去拉起何小燕道："狗王八，你休装死。老夫要你现在拿出两千两银子来，交给孙寡妇带回去，做你赔偿她的损失费。你如不拿出来，老夫不但杀你，且要杀得你全家鸡犬不留。你不信，老夫先给你一个榜样看看。"说着，手指一弹，放出一道剑光来，白光一闪，绕在床上，早将一张大床从床顶直至棕棚子，连那被褥帐子一齐斩为两半。白光又向那一叠四只皮箱子一绕，早又将四只皮箱劈成八半。那阵响声，惊得大众吐出舌头，半晌缩不进嘴。白猿老人又将剑光飞到何小燕面门上来，耀得何小燕双目不能睁开，觉得寒气逼人，不由连打冷战。

白猿老人道："何小燕，你不依？只要你试一试老夫的飞剑。"说着，将剑收回，立逼着他着老妈到后面柴房内去，把孙老头儿放到这里来。何小燕这时惊魂不定，又疼痛难忍，想着"量小非君子，无毒不丈夫"的两句话，遂改了口，立即应允，着一个老妈快去命看守此刻的一班徒弟们，将孙老头儿放出来。老妈应命而去，一会儿同一班人领着孙老头儿到来。孙老头子一见何小燕，即指着大骂。

白猿老人放了丫头的手，又放跌了何小燕一跤，上前劝住孙老头儿道："老先生，且请息怒。你可将情形说出来，老汉好救你公媳二位出去。"

孙老头儿看情形，知道白猿老人果是来救自己公媳的救星，即将经过情形说将出来，又说自己和何小燕从前对面不识，哪会借过他的款子？何仗着会武艺，多收着爪牙徒弟，结交本地的官吏，做刀笔，教唆人民打官司，平时仗着财力人情势力，如何恶劣等等情形，约略说出来。

白猿老人大怒，指着何小燕骂道："狗王八，依老夫的气，立刻就要将你杀死，方才给人民出气除害。因恐你手下人不敢寻我，反去寻着姓孙的生事，所以老夫今日才饶你不死。你快命人取三千两银子出来，交老夫送他公媳两位回去。你如不依，可休怪老夫无情。"

何小燕立即应允道："你老的吩咐俺怎敢不遵？"当即命两个姨太太到大太太房中去和大太太说知，立刻拿三千两银子来。大太太房中如不齐，你二人可各拿些凑上。再不足可急派人到铺子里去取。两位姨太太应声是，即移动金莲，往后到大太太房中去了。

白猿老人又道："何小燕，方才你派人用轿子将孙节妇抬了来，现在仍须抬送回去。即刻限你命人备两乘轿子，抬送他公媳两位。"何小燕亦立即答应，着人马上照办。

白猿老人又道："你家中尽多首饰，可速拿两副赤金镯、四只金戒指、一对金押发、两对金钏儿来，算是送给孙烈女的儿子，将来长成时聘娶媳妇的礼物，不得违误。"何小燕亦忍痛答应，着老妈到太太房中去要。

白猿老人道："姓何的，老夫今日路见不平，一非孙家请我，二非我和你有仇。你事后要找孙家为难，便是个狗王八的灰孙子、乌龟崽子、不值价的东西。你要报仇，可来找老夫。老夫的本名亦无人知道，告诉你也没处寻。老夫的名号即唤作白猿老人，你记得，不要乱寻别人。"

何小燕听罢，暗暗记着，亦不回言。一会儿两姨太太老妈从后面拿来银子首饰，一齐走来，交给何小燕过了目，白猿老人即去拿过来，将一千两交给孙老，首饰及两千两银子交给孙寡妇，即说道："请你们公媳两位，跟俺同到外面去上轿。"说罢，伸手将何小燕扯了，说："烦你送俺们出门。"

何小燕这时哭笑不得，疼痛难当，只得跟着白猿老人，送孙家公媳两代，一径到门外来。其时外面的贺客已先后陆续散去，那些唤来的管门人、吹鼓手、掌礼等也都自己识趣，拔脚走了，只剩那几个打跌在地上的，仍睡在地上。何小燕送三人到门口，白猿老人直等孙家公媳上了轿，才将何小燕的手放了。何小燕已跌过两次，这回到门外进，即将身体靠着点儿墙壁，以防再蹳一跤。所以白猿老人这回放手，他才不至被跌。白猿老人吩咐轿夫将两肩轿子一齐抬到孙寡妇家内去。轿夫抬起轿子，白猿老人向着何小燕说声："姓何的，你以后如再怙恶不悛，老夫定教你看俺的飞剑。"说着笑了笑道："多谢打扰，这是你自取其辱，休得怪老夫多事。"说罢，跟上轿子，一同往孙家而来。

一会儿到得孙家，下轿推门入内，里面有和孙寡妇合租此房的同居的妇人伍氏，忙从里边走来望时，见孙李氏回来，不由喜道："好了，大嫂回来了，再不回来你家儿子要饿死了哩。方才吮了我的乳，哭了一会儿睡着了。"孙李氏连忙申谢。

伍氏问："大嫂被什么人来抢去？怎么得能回来的？"

孙李氏请白猿老人上坐，守他坐定，即深深道个万福，跪拜下去。白猿老人忙起身回礼，说道："大娘子何须客气？此刻不是客气的事。乘着老夫在此，何贼不敢来啰唣，快些收拾收拾，急速预备动身。你公媳两代，即日搬到外路去居住，方才可以得享安全。否则老夫一走，又生别的风波，那时可就为祸不小了。"

孙老也忙着叩谢，被白猿老人双手阻住。他公媳两代齐以为白猿老人的话不错，即互相商议，搬到哪里去好。孙老想着自己螟蛉的儿子、媳妇都在北京城里住着，即说不如搬到北京去住，靠着儿媳，比较妥当些。白猿老人即问他儿子在北京做什么买卖，回说做穿宫花的买卖，专做的皇宫里和各王府贝勒府的买卖。白猿老人想了想道："不妥，你老人家如去北京，却是好极了。令侄媳却不大相宜。"

孙李氏却想起自己的嫡亲姨母，现居在登州府城内，姨父前五年亡故，姨母只生有一个女儿，招赘一个女婿在家，于去年女婿病故了，母女二人都做了寡妇。所幸表姐先后生了两子，现在大的已六岁，小的已四岁了。如住到那里去，却非常之好。因即说出来，与伯公及白猿老人商议。孙老想了想，认为比到北京好，白猿老人亦以为比北京清静，于是即说："孙老爹，你老人家可即刻回去，同你们老太太收拾收拾，于明日动身。令侄媳也尽今晚收拾齐备，明日动身。无论何人问起，都不可说实话。只说搬到乡下去住。"

孙老道："此言有理，老朽即便回去，明早走时，彼此可不必再碰头了。"

白猿老人道："好，你老人家可回去和你们老太太一同收拾好了，到这里来，明儿即由此一齐发脚，先往登州去，到登州城内，你老将令侄媳送到了侄媳的姨母府上后，你可再同你们老太太动身往北京去，庶几路上有照应，我也好护送你们。否则我一人照应不到两方的事。"

孙老谢道："怎好又劳你老的驾哩？"

白猿老人道："这个又有何妨呢？常言救人须救彻，救得不彻，何如不救呢。你们各自预备，我也须到下处里去收拾收拾我的东西，立刻就来。"说罢，即转身而去。

孙老将一千银子交与孙李氏，也立即回去，与他老伴儿说知，连忙收拾了。看看这样舍不得，那样也舍不得，没奈何只得哭了一场，狠狠心一齐丢下了，同乘了车子，捆载着细软物件，一齐到他侄媳孙李氏家来。到了那里，孙李氏早已将经过情形告知了同居的邻妇伍氏，伍氏惊叹不已。说话才完，孩子醒了，孙李氏抱起来撒溺吮乳，又不禁伤了回心。当请伍氏帮着自己理东西。尚未理好，孙老夫妻已一同来了。孙老头儿已七十开外，他的老伴儿是续弦的，年纪才五十多岁，所以身体甚好。当时到了，帮着侄媳料理东西。

直到晚间，并未见白猿老人到来，大家疑心他另外有事，明早或来不及走。及至次日清早，却听见白猿老人已来敲门，孙老开门迎接，见白猿老人在门外拴好一匹白马，马背上安放了包袱等物，回身到门口，彼此互请过早安，白猿老人即问孙老可曾收拾齐备。孙老应声是，不一会儿，将隔夜预先雇好的车子，已一齐唤了来，共是三辆骡车。孙老领车夫进内，即将各物一齐搬上车辆。孙老夫妻俩同乘一辆，一辆满放着东西，孙李氏怀抱孩儿，乘一辆车子。孙老夫妻的车在前，无人的一辆居中，孙李氏一辆第三。白猿老人乘马前导，护送同行。孙李氏谢别了伍氏，上车动身，一路往登州而去。

原来白猿老人隔夜前一日，本在莒县住了店，因听小二们私下闲谈，说本地的刀笔先生，要推何小燕的本领最大，势力雄厚。凡是经他手的官司，从无不赢的。他又文武全备，手下徒弟足有上千的人数，能武的很多，所以官厅都有些怕他。白猿老人心中一动，所以才住着不走，第二日即上街去闲逛，想去访问何小燕。才出店门，即见一个马贩子，牵着一匹白驹，在前面走过，插着草标儿，知道他要卖，即上前问价。从来英雄识名马，马贩子开口讨价百两，白猿老人即说很值得，并不还价，即回进店内，如数兑了银子给他。令小二将马牵到后槽去喂料，自己却上街去配了副鞍子、辔头、镫子、鞭子等物，回店后一齐命小二给马套好，才又上街，问到何家住的街巷口上来，正巧碰着抢寡妇的事。

当日从孙家回店后，将马牵到外面去试了一回，非常迅疾，十分惬意。溜了一会儿马，才回店休息。次日一早起身，结账动身，到孙家会齐，取路往登州而行。一路无事，到登州后，白猿老人却一人乘马往莱州去逛。在莱州界内，因抱不平又做了件惊人之事。

看官，只因他在莒县和莱州连做了两件事，遂引出那周村的四杰来和他作对。究竟四杰是谁，白猿老人在登州及近畿所为的两事如何，均请待后集书中再写。本集已完，编者就此搁笔。正是：

风尘三侠，二女一男。

曰红白黑，冒险犯难。

不畏强御，民赖以安。

我传此书，留际人间。

以儆奸宄，以儆贪顽。

附　录：

陆 士 谔 年 谱

（1878—1944）

田若虹

1878 年（清光绪四年　戊寅）一岁

是年，先生出生于江苏青浦珠街阁镇（今上海市青浦区朱家角镇）。先生名守先，字云翔，号士谔，别署云间龙、沁梅子、云间天赘生、儒林医隐等。

《云间珠溪陆氏世系考》曰：

> 考吾陆，自元侯通食采于齐之陆乡，始受姓为陆氏。自康公失国，宗人逼于田氏，南奔楚，始为楚人。入汉而后，代有名贤，遂为江东大族。自元侯通六十三传而文伯卜居松江郡城德丰里，吾宗始为松人。自文伯九传而笏田公避明末乱，迁居青浦珠街阁镇，而吾族始有珠街阁支。

清代诗人蔡珑《珠街阁散步》述曰：

> 行过长桥复短桥，爱寻曲径避尘嚣。
>
> 隔堤一叶轻如驶，人指吴船趁早潮。
>
> 胜地曾经几度过，千家烟火酿熙和。

朱家角古镇水木清华，文儒辈出。仅在清代，就出了举人、进士三十余名。文人雅士创作的诗词、编著的文集，及专家撰写的医书、农书等各类著作达一百二十余种，名医、名儒、名家，层出不穷。

祖父传：寿铤（1815—1878），字仁生，号稼夫，捐附贡生，直隶候补，府经历敕受修。生嘉庆乙亥十一月初四申时，殁光绪戊寅十一月二十二日午时，享年六十四岁。葬青县十一图，月字圩长春河人和里主穴。配沈氏，子三：世淮、世湘、世沣。

祖母传：沈氏（1814—1889），享年七十六岁。

《云间珠溪陆氏谱牒》曰：

> 洪杨乱起，遍地兵氛分，相挈仓皇避乱。乱事定而故居半成瓦砾，于是艰苦经营，省衣节食，以维持家业，及今已逾二代尤未复归。观然守先等得以有今日，则沈儒人维持之力也。

父传：世沣（1854—1913），字景平，号兰垞，邑廪生，生咸丰甲寅十一月二十日寅时，殁民癸丑二月二十七日戌时，享年六十岁。配徐氏，子三：守先（嗣世淮）、守经、守坚。《云间珠溪谱牒·世系考》记曰："吾父兰垞公讳世沣，字景平，号兰垞，邑廪生。聘温氏，生咸丰甲寅十一月二十四日寅时，殁同治癸酉六月十三日。配徐氏，生咸丰乙卯八月三十日。"

守先谨按：徐孺人系名医山涛徐公之女。性温恭，行勤俭，兰垞公家贫力学，仰事俯育悉孺人是赖，得以无内顾之忧。一志于学，成一邑名儒，寒窗宵静，公之读声与孺人之牙尺、剪声，每相呼应，往往鸡唱始息。今年逾七十，勤俭不异少时。常戒子孙毋习时尚，染奢侈俗，可法也。

兰垞公生子三人：守先居长；次即大弟守经，字达权；三即小弟守坚，字保权。

守先谨按：公性孝友，事母敬兄家庭温暖如春。母沈孺人病，亲侍汤药，衣不解带，旬日未尝有惰；容兄竹君公殁，出私财经纪其丧，抚其子如己子。艰苦力学，文名著一邑。于制艺尤精。应课书院，辄冠其曹而屡困。秋闱荐而未售，新学乍兴，科会犹未罢，即命儿辈入校肄业，其见识之明达如此。其次子，守先之弟守经，清华学堂毕业，留学美国政治学博士，司法部主事、厦门公审会堂堂长、江苏地方审判厅厅长、淞沪护军使秘书长；其幼子守坚，毕业于南洋公学铁路专科，沪杭铁路沪嘉段长。"皆驰声军政界，为世所重。"兰垞公为其后代定辈名为："世""守""清""贞"。

嗣父传：世淮（1850—1890），字同元，号清士，同治癸酉举人，大挑教谕，内阁中书。生道光庚戌七月二十一日，殁光绪庚寅十月初十日，得年四十一岁。

《陆氏谱牒·河南世系》记载："寿铨长子世淮，字同元，号清士，同治癸酉举人，大挑教渝，内阁中书。生道光庚戌七月二十一日，殁光绪庚寅十月初十日，得年四十有一。"

《青浦县续志》卷十六（人物二·文苑传）曰："钱炯福，字少怀，居珠里。为文拗折，喜学半山。同治庚午副贡。癸酉与同里陆世淮同领乡荐。世淮字清士，亦工文。"

《云间珠溪陆氏谱牒》曰：

公刚正不阿，任事不避劳怨，终身未尝二色。应礼部试，过沪江，同年某公邀公同游曲院，公秉烛危坐，观书达旦，竟无所染。角里路灯，系公所发起，行人至今便之。市河淤塞，公聚金开浚，今已越四十年，执政者无复计议及此。

嗣母传：石氏（1851—1914），生咸丰辛亥八月十一日亥时，

249

殁于民国三年旧历甲寅三月十七日卯时，享年六十四岁。子三，守仁、守义、守礼，俱殇。

1881 年（清光绪七年　辛巳）三岁

其弟守经（1881—1946）诞生。守经，字鼎生，号达权。守经曾先后赴日、美留学。后历任厦门公审会堂堂长、江苏及上海审判厅厅长等职，亦曾任清华、燕京、南京等大学教授。

1883 年（清光绪九年　癸未）五岁

其妹陆灵素（1883—1957）诞生。陆灵素，原名守民（一作秀民），字恢权，号灵素，别署繁霜。南社社友。自幼聪慧好学，喜吟咏，善儒曲。陆灵素在黄炎培所办广明师范毕业后，于光绪三十二年（1906）去安徽芜湖皖江女校任教，与同校任教的苏曼殊、陈独秀相识。宣统二年（1910）与上海华泾刘季平（刘三）结婚。季平在北京大学任教时，灵素亦在北京，与陈独秀、沈尹默等有来往；季平在南京任教时，灵素也与黄炎培、柳亚子有往返。民国二十七年（1938）秋刘季平病逝，陆灵素悉心整理遗著，辑为《黄叶楼诗稿尺牍》。寄柳亚子校正，不幸遗失于战火，直至民国三十五年（1946）才以副本油印分赠亲友。新中国成立前夕，柳亚子在北京写诗怀旧："交谊生平难说尽，人才眼底敢较量。刘三不作繁霜老，影事当年忆皖江。"[1]

陆灵素是个女诗人，擅昆曲。每逢宴客，季平吹箫，陆唱曲，人皆比之为赵明诚与李清照。1903 年，邹容从日本回国，因撰写《革命军》号召推翻满清统治，建立中华共和国，被捕入狱，于

---

[1]　参见《上海妇女志·人物》。

1905 年瘐死狱中。季平为之葬于华泾自己家宅的附近。章太炎在《邹容墓志》中云："……于是海内无不知义士刘三其人。"

1887 年（清光绪十三年　丁亥）九岁

是年，先生从朱家角名医唐纯斋学医，先后共五年。世居江苏省的青浦。

唐纯斋曾以"同学兄唐念勋纯斋氏"为之《医学南针》初集和二集写序，极力赞其"好学深思""积学富""学尤粹""每发前人所未发""青邑望族代有闻人，而以医学名世则自君始"。并赞曰："角里地灵人杰，王述庵以经著名，陈莲舫以医术行世。惜莲舫之道行未有述，述庵之学之博而未曾知医。君今以经生之笔，释仲景之书，明经络之分治，导后学以准绳，湖山增色。"

1890 年（清光绪十六年　庚寅）十二岁

10 月 10 日，嗣父世淮殁。

是年，弟守坚（1890—1950.10）诞生。守坚，字禄生，号保权。毕业于南洋公学铁路专科。毕业后，又赴美国旧金山大学留学，专攻土木学，回国后，任沪杭铁路沪嘉段段长等职。

1892 年（清光绪十八年　壬辰）十四岁

是年，先生到上海谋生：

在下十四岁到上海，十七岁回青浦，二十岁再到上海，到如今又是十多年了。①

----

① 陆士谔：《新上海》第一回。

少年时曾为典当学徒，不久辞退回里。

1894 年（清光绪二十年　甲午）十六岁

8 月 1 日，中日甲午战争爆发。这一史实，在其历史小说《孽海花续编》中作了详尽而深刻的描述：

> 却说中国国势虽然软弱，甲午以前纸老虎还没有戳破，还可虚张声势。自从甲午战败而后，无能的状态尽行宣布了出来，差不多登了个大广告，几乎野心国不免就跃跃欲试……究竟都立了约，都定了租期。我为鱼肉，人为刀俎，国势不强，真也无可奈何的事。①

1895 年（清光绪二十一年　乙未）十七岁

4 月，本县始有机动船航班，载运客货通往外埠。

是年，先生回青浦。在青浦行医的同时，亦在家阅读了大量的稗官野史和医书。

1898 年（清光绪二十四年　戊戌）二十岁

是年，先生再次来到上海。先是以默默无闻的穷小子悬壶做医生。弃医改业图书出租，"收入尚还不差"，继而又潜心钻研小说，渐悟其中要领。大胆投稿，竟获刊登，由短篇而中篇，由中篇而长篇。那时还有几家书局收购了他好几种小说稿刊成单行本，风行一时。先生走上小说创作道路，与孙玉声先生很有关

---

① 陆士谔：《孽海花续编》第三十六回。

系。陆士谔来上海后认识了世界书局的经理沈知方，以及孙玉声。孙玉声这时在福州路麦家圈口开设上海图书馆，知道陆士谔学过医，就劝他一方面写小说，一方面行医，且允许他在上海图书馆设一诊所。在创作小说的同时，先生亦从事租书业务。

是年，青浦青龙镇十九世中医陈秉钧（莲舫），经两广总督刘坤一等保荐，从是年起，先后五次受召进京为光绪帝、孝钦后治病。

1899 年（清光绪二十五年　己亥）二十一岁

娶浙江镇海茶叶商人之女李友琴为妻。夫妻感情甚笃。李友琴曾多次为其小说写序、跋及总评，如《新孽海花》《新上海》《新水浒》《新野叟曝言》等。

《云间珠溪陆氏谱牒》记载：先生配李氏，镇海李兰孙次女；继李氏，泗泾李凤楼长女。

1900 年（清光绪二十六年　庚子）二十二岁

是年，先生长女敏吟（1900—1991）诞生。其与丈夫张远斋一起创办了华龙小学和山河书店。张远斋任校长，敏吟任教员。

1902 年（清光绪二十八年　壬寅）二十四岁

是年，先生次女陆清曼（1902—1992）诞生。其丈夫徐祖同（1901—1993），青浦镇人。

1904 年（清光绪三十年　甲辰）二十六岁

刘三与《警钟日报》主编陈去病在沪创办《世纪大舞台》杂志，提倡戏剧改良。同年，又与堂兄刘东海等于家乡华泾宅院西楼创办丽泽学院，并购置图书一万五千余册。在该院任教的有陆守经、朱少屏、黄炎培、费公直、钱葆权等。

1906 年（清光绪三十二年　丙午）二十八岁

是年，先生作《精禽填海记》发表，署"沁梅子"，由愈愚书社刊行。阿英《晚清小说史》提及此书，并称其为"水平线上的著作"。

8 月，作《卫生小说》，后改为《医界镜》，由同源祥书庄发行。吴云江活版印刷再版时，先生以"儒林医隐"之笔名在书前小引中曰：

> 此书原名《卫生小说》，前年已印过一千部。某公见之，谓其于某医有碍，特与鄙人商酌给刊资，将一千部购去，故未曾发行。某公爰于前年八月下旬用鄙人出名，将缘由登在《中外日报·申报论》前各三天（某公广告，鄙人所著《卫生小说》已印就一千部，因中有未尽善之处，尚欲酌改，暂不发行。如有他人私自印行及改头换面发行者，定当禀究云云），是版权仍在鄙人也。今遵某公前年登报之命，已将未尽善及有碍某医之处全行改去。因急于需用，现将版权出售。
>
> 儒林医隐主人谨志

在《医界镜》中，先生曾论述过中西医孰长的问题，他指出：

西人全体之学，自谓独精，不知中国古时之书已早具精要。不过于藏府之体间有考核，未精详之处，在西书未到中华以前，虽未尽合机宜，而考验全体之功，其精核之处自不可没也。

是年，作《滔天浪》，古今小说本。先生用笔名"沁梅子"。阿英提及此书曰：

沁梅子著，光绪丙午年俞愚书社刊。

又道：

沁梅子不知何许人，据可考者，彼尚有《滔天浪》一种，亦是历史小说。唯纪实性较弱，是如他自己所说，凭自己高兴张长李短地混说。①

是年，作《初学论说新范》共四卷，由文盛书局出版发行。该书由末代状元张謇题写书名。

1907 年（清光绪三十三年　丁未）二十九岁

先生所著之《新补天石》《滑头世界》《滑头补义》及《上海滑头》写成。在《新上海》中，陆士谔借主人公梅伯之口提及其书：

---

① 阿英：《晚清小说史》第十二章。

梅伯道："你这《新中国》说得中国怎样强、怎样富，人格怎样高尚，器物怎样的精良，不是同从前编的什么《新补天石》一般的用意吗？"我道："一是纠正其过去，一是希望其未来，这里头稍有不同。"梅伯道："同是快文快事，我还记得你《新补天石》几个回目是'杀骊姬申生复位，破匈奴李广封侯''经邦奠国贾谊施才，金马玉堂刘渼及第''奉特诏淮阴遇赦，悟良言文种出亡''霸江东项王重建国，诛永乐惠帝再临朝''岳武穆黄龙痛饮，文山南郡兴师''精忠贯日少保再相英宗，至诚格天崇祯帝力平闯贼'。"一帆道："我这几天没事拿小说来消遣。翻着一册《滑头世界》里头载着金表社的事，他的标题叫《滑头金表社》，你何不回去作一篇《滑头补义》？"我道："不劳费心，我已作过的了，停日出了版，送给你瞧就是了。"①

是年，在《神州日报》上发表了《清史演义》一、二集。先生所撰《清史演义》始披露于《神州日报》，陆续登载。发刊未久，阅者争购，报价因之一增。有目共赏，数月以来，风行日远，尤有引人入胜之妙，而爱读诸君经以未窥全貌为憾。或索观全集，或购定预卷，无不介绍于神州报社，冀速遂其先睹之。社友于是商之，陆君即将一、二集先付剞劂，其余稿本修定遂加校雠，不久可陆续出版。

是年，江剑秋先生于《鬼世界》（1907）序中提及先生所作另外几部小说：《东西伟人传》《文明花》《鸳鸯剑》等。上述几

---

① 陆士谔：《新上海》第四十二回。

种应为先生 1907 年之前所作。

1908 年（清光绪三十四年　戊申）三十岁

元月，作《公治短》，载《月月小说》十三号，署名"沁梅子"，为短篇寓言故事。译《英雄之肝胆》，标"法国乌伊奇脱由刚著，青浦云翔氏陆士谔"译。亦作《官场真面目》《新三角》《日俄战史》三种。

《新孽海花》序录李友琴与陆士谔关于《官场真面目》等书之问答云：

> 今秋复以《新孽海花》稿相示。余读云翔书，此为第十八种矣。评竟问之曰：君前所著，意多在惩恶；此书意独在劝善，然乎？云翔笑曰：唯，子何由知之？余曰：君前著之《官场真面目》《风流道台》等，其中无一完人，嬉笑怒骂，几无不至。①

夏，作《残明余影》，李友琴女士于《新孽海花》载宣统元年（1909）冬十月序中曰：

> 友人以陆君云翔所著之《残明余影》稿示余，余亦视为寻常小说未之奇也，乃展卷细读，见字里行间皆有情义，而笔情细致，口吻如生，古今小说界实鲜其匹，循环默诵，弗胜心折。九月重阳，《医界镜》修改后再次出版发行。吴云记活版部印，同源祥书庄出版。

① 陆士谔：《新孽海花》序。

1909 年（宣统元年 己酉）三十一岁

是年，作《新水浒》《新野叟曝言》《风流道台》《改良济公传》《军界风流史》《骗术翻新》《绿林变相》《女嫖客》《女界风流史》《绘图新上海》《新孽海花》《苏州现形记》和《新三国》十三种。

2 月，作《风流道台》，此书在《新上海》及《晚清小说史》中均提到：

> 当下梅伯到我书房里坐下，见了案上的两部小说稿子《风流道台》《新孽海花》，略一翻阅笑道："笔阵纵横，到处生灵遭荼毒。云翔，你这孽也作得不浅呢！"我道："现在的人面皮厚得很，凭你怎样冷嘲热讽、毒讽狂讥，他总是不瞅不睬。不要说是我，就使孔子再生，重运他如椽大笔，笔则笔，削则削，褒贬与夺，再作起一部现世《春秋》来，也没中用呢。"
>
> 梅伯抽了两袋烟问我道："你的新著《风流道台》笔墨很是生动，我给你题一个跋语如何？"我道："那我求之不得，你就题吧。"……只见他题的是：《风流道台》，以军界之统帅效英皇之韵事，未始非官界中佳话。第以惜玉怜香之故，竟至拔刀操戈，殊怪其太煞风景。乃未会巫山云雨，顿兴宦海风波。于以叹红颜未得，功名以误，峨眉白简旋登，声望全归狼籍，可恨亦可怜矣。①

① 陆士谔：《新上海》第一回。

阿英《晚清小说史》亦云：

> 陆士谔著，六回，宣统元年（1909）改良小说社刊。

是年，作《新野叟曝言》，为国内最早之科学幻想小说，谈文素臣全家至月球事。全书共六册，约四十万字，宣统元年五月初版，同年同月发行，由上海小说进步社印行。此书亦另有磊珂山房主人撰的《新野叟曝言》一种。

7月，作《鬼国史》，改良小说社刊行，阿英评曰：

> 维新运动是失败了，立宪运动不过是一种欺骗，各地的革命潮，在如火如荼地起来。中国的前途将必然地走向怎样的路呢？这是不需要加以任何解释就能以知道的。把握得这社会的阴影，是更易于了解晚清小说。其他类此的作品尚多，或不完，或不足称，只能从略。就所见有报癖《新舞台鸿雪记》、石偬山民《新乾坤》、抽斧《新鼠史》……陆士谔《新中国》……也有用鬼话写的，如陆士谔《鬼国史》（改良小说社，1909 年）……专写某一地方的，也有陆士谔《新上海》、佚名《断肠草》（一名《苏州现形记》）等。①

阿英《晚清小说目录》称：

---

① 郑逸梅：《艺林散叶续篇》。

259

《女嫖客》，陆士谔著，五回，宣统年刊本。

陆士谔《龙华会之怪现状》中谈及《女界风流史》：

秋星道，你也是个笨伯了，书是人，人就是书，有了人才有书呢。即如《女界风流史》何尝不是书。试翻开瞧瞧，你我的相好怕不有好多在里头么。穷形极相，描写得什么似的……这符姨太小报上曾载过，她是磨镜党首领呢，像《女界风流史》上也有着她的事情。①

11月，李友琴为其《新上海》序于上海之春风学馆，序中进行了评述：

盖云翔之用笔与他小说异，他小说多用渲染笔墨，虽尽力铺张扬厉，观之终漠然无情；云翔独用白描笔墨。写一人必尽一人之体态、一人之口吻，且必描出其性情，描出其行景。生龙活虎，跳脱而出，此其所以事事必真，言之尽当也。云翔在小说界推倒群侪，独标巨帜。有以夫，余读云翔新著二十三种矣，而用笔尖冷峭隽，无过此编。云翔告余曰，与其狂肆毒詈，取憎于人，孰若冷讥隐刺之犹存忠厚也。故此编于上海之社会、上海之风俗、上海之新事业、上海之新人物以及大人先生之种种举动，虽竭力描写淋漓尽致，而曾无片词只语褒贬其间，俾读者自于音外得悟其意。此即史公

---

① 阿英：《晚清小说史》。

《项羽本纪》《高祖本记》《淮阴列传》诸篇遗意欤。

第六十回，镇海李友琴女士评曰：

> 书中描摹上海各社会种种状态，无不惟妙惟肖，铸鼎像奸、燃犀烛怪，使五虫万怪，无所遁影。平淡无奇之事一运以妙笔，率足以令人捧腹，是真文字之光芒而世道之功臣也。若夫词隐而意彰，言简而味永，按而不断，弦外有声，《儒林外史》外鲜足匹矣。

是年5月4日至次年3月6日，作《也是西游记》（注：十七期上署名"陆士谔"），在《华商联合报》连载。后又结集出版。

1910年（宣统二年 庚戌）三十二岁

是年，长子清洁（1910.6—1959.12）诞生。1927—1937年间，清洁悬壶杭州。十七岁起在杭州创办医报《清洁报》，并历任浙江省国医馆顾问、中医院院长、疗养院院长等职。1937年抗日战争全面爆发后回沪，先于白克路行医，后又迁往吕班路。1944年先生病逝后，又迁回汕头路82号行医，直至1958年。清洁先生亦著有多种医书，如：《备急千金方疏证》十二册、《金匮类方疏证》三册、《伤寒卒病论疏证》三册、《伤寒类方疏证》二册、《评注王孟英医案》二册、《评注本草纲目疏证》七册等。

是年，其妹守民与刘三相识，经南社诗人苏曼殊撮合而结为伉俪。

是年，作《乌龟变相》《新中国》《最近官场秘密史》《六路财神》《逍遥魂》《玉楼春》《最近上海秘密史》七种。

3月，作《官场新笑柄》，在《华商联合报》连载。

腊月，《六路财神》刊行，版底云：

> 大小说家陆士谔先生健著十一种。先生著书不下五十余种，此十一种均系本社出版者：《新上海》《新鬼话连篇》《新三国》《风流道台》《新水浒》《六路财神》《新野叟曝言》《骗术翻新》《新中国》《改良济公传》《新孽海花》。

是年，在《新上海》中，他曾借主人公之口评述《逍魂窟》和《玉楼春》两种：

> 我道："这月里通只编得两三种，一种《新中国》，一种《逍魂窟》，一种《玉楼春》，稿子幸都在这里。"说着，把稿本检了出来。梅伯逐一翻阅，他是一目十行的，何消片刻，全都瞧毕。指着《逍魂窟》《玉楼春》两种道："这两种笔墨过于香艳，未免有伤大雅。"①

1911 年（宣统三年　辛亥）三十三岁

是年，先生弟守经被录取在美国威斯康新大学学习政治。与之同往的还有竺可桢、胡适、李平等。

是年，作《龙华会之怪现状》《女子骗述奇谈》《商界现形记》《官场怪现状》《官场艳史》《官场新笑柄》《十尾龟》《血

---

① 陆士谔：《新上海》第五十九回。

泪黄花》八种。

4月，作《商界现形记》，由上海商业会社印行。

《商界现形记》共二集（上下卷），十六回。于宣统三年三月付印，宣统三年四月发行。著作者百业公，编辑者云间天赘生，校字者湖上寄耕氏。在《商界现形记》初集上卷，书前署曰："作者真实姓名和生平事迹，则无从考察。"此书与姬文的《市声》、吴趼人的《发财秘诀》及托名大桥式羽著的《胡雪岩外传》皆为晚清反映商界活动的力作。阿英均收入《晚清小说丛抄·卷四》。现据本人考，该书为陆士谔先生所撰。①

长篇小说《十尾龟》共四十回，由上海新新小说社印行。

是月，《龙华会之怪现状》标时事小说。上海时事小说社发行，共六回。

《女子骗术奇谈》二册共八回，古今小说图书社刊行。"是指摘当时所谓新女子的作品，对撷拾一二新名词即胡作非为的女子加以讽刺，间有一、二宣扬之作。所见到的有吕侠《中国女侦探》……陆士谔《女子骗术奇谈》。"②

9月，《绘图官场怪现状》大声小说社版，初集十回。

在《最近上海秘密史》中，陆士谔借书中人物之口，介绍他的另外几部小说时道："他的小说像《官场艳史》《官场新笑柄》《官场真面目》都是阐发官场的病源。《商界现形记》就阐发商界病源了，《新上海》《上海滑头》等就阐发一般社会病源了。我读了他三十一种小说，偏颇的话倒一句没有见过。"

10月10日，晚九时，武昌新军起义，辛亥革命爆发。11月，

---

① 可参见田若虹《陆士谔小说考论》第六章第一节：《〈商界现形记〉著者探佚》。

② 阿英：《晚清小说史》第九章。

起义军攻陷总督衙门，占领武昌全城。革命党人成立中华民国湖北军政府，推新军协统黎元洪为都督。12 日，革命军占领汉口，湖北军政府通电全国，宣告武昌光复。

11 月，先生创作讴歌武昌起义的《血泪黄花》，又名《鄂州血》。这部小说出版于 1911 年 11 月，距武昌起义仅一个月。作者满腔热情地歌颂辛亥革命，描写了起义军民的英勇奋战，表达了他对旧民主主义革命的向往之情。

1912 年（民国元年　壬子）三十四岁

是年，《孽海花续编》由上海启新图书局、国民小说社、大声图书局出版，续编共有二十一至六十一回。在《十日新》封底的小说广告中登有陆士谔所出小说数种：

《历代才鬼史》二册（洋八角）、《清史演义》（初集）四册、《清史演义》（二集）四册、《清史演义》(三集）四册、《清史演义》（四集）四册、《孽海花》(初、二集）各一册、《孽海花续编》四册、《女界风流史》二册、《女嫖客》二册、《末代老爷大笑话》二册、《也是西游记》二册、《雍正剑侠》（奇案）三册、《血泪黄花》二册。

1913 年（民国二年　癸丑）三十五岁

8 月，先生次子陆清廉（1913.8—1958.8）诞生。陆清廉，字凤翔，号介人。

《青浦县志·人物》记曰：

陆凤翔原名清廉，朱家角镇人，中国共产党员，革命烈士，陆士谔次子。1958 年 8 月 20 日，在北京开会返宁途中，因飞机失事不幸遇难，时年四十五岁。后经江苏省人民委员会追认为革命烈士。

《青浦文史》亦记曰：

陆凤翔（1913—1958），原名清廉，青浦朱家角人，为通俗小说家、名医陆士谔次子。早年毕业于苏州高中，后在胡绳等的影响下，接受共产主义思想，创办社会科学研究会。1936 年 9 月加入中国共产党①。

是年，创作《宫闱秘辛》、《朝野珍闻》、《清史演义》第一部、《清朝演义》第二部四种。

8 月，《清史演义》第一部由大声局发行，标历史小说。

民国二年至十三年（1913—1924），陆士谔完成了《清史演义》一至四部的撰写：

余撰《清史演义》，此为第四部。第一部大声局之《清史演义》，第二部江东书局之《清史演义》，第三部世界书局之《清史演义》。第大声本书有一百四十回，长至七十万言。而江东本只三十万言，世界本只二十万言。

---

① 《青浦文史》第五期。政协青浦委员会、文史资料委员会编，1990 年 10 月。

同时，他阐明了"演义"之缘由：

> 夫小说之长，全在表演。何为表？叙述治乱兴衰及典章文物、一切制度。何为演？将书中人之性情、谈吐、举动逐细描写，绘形绘声，呼之欲出。故旧著三书，唯大声本尽意发挥，或可当包罗万象；江东本与世界本为篇幅所限，未免蹈表而不演之弊。然而一代之功勋以开国为最伟大，一代之人物以开国为最英雄。与其歌咏升平，浪费无荣无辱之笔墨，孰若记载据乱，发为可歌可泣之文章。此开国演义所由作也。

10 月 10 日，先生生父世沣殁，得年四十有一。

1914 年（民国三年　甲寅）三十六岁

元月，《清史演义》三集共四册出版。

是月，《十日新》第一至四期连载言情小说《泖湖双艳记》。

2 月，《孽海花续编》再版，大声图书局出版。又，上海民国第一图书馆版本，标历史小说。本书从第二十一回写起，至六十二回止。回目全用曾朴、金松岑原拟。

10 月，《清史演义》四集初版，继而出版五集。

是月，《也是西游记》题"铁沙奚冕周起发，青浦陆士谔编述"。在第八回回末，先生述曰：

> 《也是西游记》八回，奚冕周先生遗著也。笔飞墨舞，飘飘欲仙，士谔驽下，奚敢续貂。第主人谲谏，旨在醒迷，涉笔诙谐，岂徒骂世。既有意激扬，吾又何妨

游戏。魂而有灵，默为呵者欤！

己酉十月青浦陆士谔识

在上海望平街改良新小说社广告中登有特约发行所改良新小说社启：

> 新出《也是西游记》，是书系铁沙奚冕周、青浦陆士谔合著。登华商联合会月报，海内外函索全书纷纷如雪片，盖不仅妙词逸意、文彩动人，而远大之眼光、华严之健笔，实足振颓风、挽末俗。或病其文过艳冶、意近海淫，则失作者救世苦心矣。

12月10日，在《十日新》第一期发表短篇小说《德宗大婚记》《新娘！恭献！哈哈》《贼知府》《洳湖双艳记》①。

是月20日，在《十日新》第二期发表逸事短篇小说《赵南洲》。

是月30日，在《十日新》第三期发表滑稽短篇小说《花圈》《徐凤萧》《英雄得路》。

是年，其文言笔记《蕉窗雨话》由上海时务图书馆出版。《蕉窗雨话》（共九种），记乾隆间吏部郎中郝云士诮事和珅事，记杜文秀踞大理事，记石达开老鸦被擒异闻，记董琬欲从张申伯不果事，记张申伯为太平天国朝解元事，记王渔洋宋牧仲逸事，

---

① 陆士谔：《洳湖双艳记》第一至四期连载，标艳情小说。

267

记说降洪承畴事，记岳大将军平青海事，记准噶尔与俄人战事①。

1915 年（民国四年 乙卯）三十七岁

是年，先生妻李友琴病故，终年三十五岁。先生悲痛不已。常以医术不精、未能挽爱妻为憾，遂更发奋钻研医学。又创作几种笔记体文言短篇小说，如《顺娘》《冯婉贞》《陈锦心》《顾珏》等，皆散刊于上海《申报》。

3 月 14 日，作笔记小说《顺娘》，在《申报》"自由谈"、"红树山庄笔记"栏目发表。

3 月 15 日，继续连载《顺娘》。《顺娘》以庚子事变之后"罢科举"，选派留学生到西方留学的这段历史为背景。其中又穿插了男女主人公雁秋和顺娘悲欢离合的故事。故事虽未脱俗套，但情节曲折，人物个性鲜明，其中不无对世俗的道德观和封建习俗的批判。

3 月 19 日，作笔记小说《冯婉贞》，在《申报》"自由谈"、"爱国丛谈"栏目发表，亦见于《虞初广记》。写咸丰十年英法联军火烧圆明园时事，当时有圆明园附近的平民女子冯婉贞率少年数十人以近战搏击的战法，避开敌人的枪炮，击溃了敌军数百人，杀死百余人。文章的结尾陆士谔曰："救亡之道，舍武力又有奚策？谢庄一区区小村落，婉贞一纤纤弱女子，投袂起，而抗欧洲两大雄狮，竟得无恙，引什百于谢庄，什百于婉贞者乎？呜呼！可以兴矣！"② 其书在 1916 年被徐珂收编入《清稗类钞》，修改了原文。亦被列入中学范文读本。

---

① 收于《清代野史丛书》。
② 陆士谔：《冯婉贞》，《申报·自由谈》1915 年。

4 月，《清史演义》五集再版。

8 月，作《顺治太后外纪》，由上海进步书局出版。1928 年 2 月五版。

提要曰："是书叙顺治太后一生事实。夫有清以朔方，夷族入住中原，论者多归之天而不知兴亡盛衰之故乃操之于一女子手。盖佐太宗之侵掠，说洪氏之投降与有力焉，然而深宫秘事史官既讳而不书，远代茫然罔识，是编记载最为尽，诚足广异闻而资谈助也。"

1916 年（民国五年　丙辰）三十八岁

4 月 7 日，作笔记小说《顾珏》在《申报·自由谈》发表。

《顾钰》刻画了一位身怀绝技、武力超群，而又恃强踞傲、强不能而为之的"勇"者形象。顾钰，亭林先生八世孙。其躯干彪伟，孔武有力，一乡推为健士。他夜不卧床榻，巨竹两端而剖其中，"卧则以两臂撑之。竹席如弓，身卧其内。醒则疾跃而出，竹合如故"。"稍迟延，臂竹猛夹裂颅破脑，巨竹之张合，常在百斤左右"，其两臂之力可谓巨矣。然山外有山，人外有人，顾终因"耻受人嘲"而不自量力，在比斗中惨败。

4 月 10 日，作笔记小说《陈锦心》，在《申报·自由谈》发表。《陈锦心》以"义和团运动，洋兵入京"之时代为背景，描写了男女主人公国华和锦心的悲欢离合。国华就读于武备学校，他与锦心约"俟武校毕业始结婚"。不料被"匪"掳，"迫为司帐"。荡析流离，积二年之久，始得归。而锦心虽误以其为死，却"死生不渝"，"矢志柏舟"。小说终为大团圆之结局。作者将国华与锦心之婚姻悲剧归罪于"红巾"之乱，无疑体现了其封建思想之局限性，但小说中又通过叙事主人公的视角简要地描述了庚子事变联军入京后之情况：

> 国华被匪掳去，迫为司帐，不一月而大沽失守，洋
> 兵入京，匪众分队四散。国华被众拥出山海关迁流至奉
> 天，又至黑龙江，积二年之久，始得归。

这篇笔记小说，与吴趼人的《恨海》和忧患余生的《邻女语》皆为反映庚子事变之题材。虽不能与之媲美，但亦有异曲同工之妙。

是年，作《帐中语》，上海进步书局印行，署"云间龙撰"，标家庭小说。首语云："留作世间荡子的当头棒喝。"

提要曰："夜半私语恒于帐中为多，此书叙夫妇二人帐中问答。语言温柔旖旎，有时为诙谐之谈笑，有时为正当之箴规，亦风流亦蕴藉，是小说别开生面之作。"

是年秋，作《初学论说新范》，张謇题书名。弁首编辑大意共八条，如第一、二条阐明编辑题旨："本书论说各题皆自初等教科书中选来，即文中曲引泛论用典、用句均不越教科书范围。""本书条文词句务求浅近，立意务取明晰、务期初学易于开悟。"

1917 年（民国六年　丁巳）三十九岁

是年，娶松江泗泾李氏素贞为续室。

6 月，作《八大剑仙》，一名《清雍正朝八大剑仙传》。共十九回，约七万余字。现存民国六年（1917）六月，上海交通图书馆铅印本一册。该本至民国十二年（1923）十月，已出至十版。

是年，作《剑声花影》。1926 年 3 月，五版。其提要曰：

女中豪杰载清史籍者，令人阅之心深向往。本书所述杀身成仁之侠女韩宝英，更属巾帼中所罕见者。宝英本桂阳士人女，逊清洪杨之役为贼所掳，几至辱身。幸遇翼王石达开援救脱险，并为杀贼报仇扶为义女。宝英感恩知遇，卒以死报，脱翼王于难。全书自始至终叙事曲折详尽，文笔亦简明雅洁，堪称有声有色、可歌可泣之作。

1918 年（民国七年　戊午）四十岁

是年，"岁戊午，挟术游松江"。① 在松江西门外阔街悬壶。行医中将十多年来对医学研究的心得，写成医书十余种。

7 月，先生作《中国黑幕大观·政界之黑幕》共一百零一则，由上海博物院路 8 号鲁威洋行发行。编辑者路滨生，发行者葡商马也，由蔡元培等人作序。陆士谔所写"政界之黑幕"有别于当时鸳鸯蝴蝶派小报所津津乐道的秘事丑闻，与其社会小说宗旨一致。他的此类小品文皆以社会现实和时事新闻为描写题材，广泛而深入地触及当时社会、经济、军事、文化、外交、政治的各个层面，其揭露和讽刺之深刻与时代的节奏深相吻合。其文或庄或谐，或正或奇，嬉笑怒骂皆成文章。

其中《民国两现大皇帝》调侃了政体之变更竟同儿戏；《五百金租一翎项》写民国以来，红顶花翎已抛去不用了，不意复辟之举突如其来，某司长知翎项为必需之物，遍搜箱匣，竟无所获，遂租一优伶之花翎代之；《闽神之门联》描写了张勋复辟后之民俗；《二本新审刺客》写民国二年三月，前农林总长宋教仁，

---

① 陆士谔：《医学南针》自序。

拟由上海搭火车北上，方欲上车，突被刺客击中腰部，越再日逝世之事件；《新南北剧之黑幕》《新南北剧之第一幕》揭露了袁项城篡位总统和北洋军权之丑闻；《洪述祖之大枪花一》述中法和约告成，刘遣洪诣法军；《杜撰之灾祸与谶语》叙蔡锷起师护国，北军屡北，不得已取消帝制；《失败之大原公子》写洪宪帝既颁称帝之令，乃亟兴土木。在《疑而集诗》中，陆士谔曰：

> 政界之黑幕不外吹牛、拍马、利诱、威逼种种伎俩。此四者尽之……不意自民国以来，政治界幕中偏又添新色料，一曰阴谋，一曰暗杀。如总统之突然称作皇帝，浙江之忽然伪号独立，此均属于暗杀者。人心愈变愈阴，国势愈变愈弱。

10月，作《薛生白医案》，神州医学社新编，上海世界书局出版，1923年8月三版。序曰：

> 薛生白君，名雪，字生白，自号一瓢子。生白因母文夫人多病，始究心医术。其医与叶香严齐名，当时号称叶、薛。吾国医学，自明季以来，学者大半沉醉于薛院，使张景岳之说，喜用温补，所误甚多，独生白与香严大声疾呼，发明温热治法，民到如今受其赐……薛氏医案如凤毛麟角，弥见珍贵。临证之眼，特将先生医案分类校订，并附录香严案以资对照，使读薛案者得于薛案外，更有所益也。

民国八年十月后学珠街阁陆士谔谨序于松江医寓

1919 年（民国八年　己未）四十一岁

从 1919—1924 年间，陆士谔在松江医寓先后写了十多种医书。至 1941 年止，先生共创作医著、医文四十多种：《叶天士幼科医案》、《陆评王氏医案》、《薛生白医案》、《叶天士手集秘方》、《医学南针初集》、《医学南针二集》、《王孟英医案》、《丸散膏丹自制法》、《增注古方新解》、《温热新解》、《奇疟》、《国医新话》、《士谔医话》、《叶香严外感温热病篇》、《李士材医宗必读》、《邹注伤寒论》、《陆评王氏医案》、《陆评温病条辨》、《医经节要》、《诊余随笔》、《基本医书集成》（主编）、《家庭医术》、《增注徐洄溪古方新解》、《内经伤寒》、《新注汤头歌诀》、《寒窗医话》、《医药顾问大全》、《论医》、《国医与西医之评议》、《中西医评议》、《小闲话》。医学论文多在《金刚钻》报发表。

元月，先生幼子清源（1919—1981）诞生，笔名海岑。毕业于立达学院。清源幼承庭训，博闻强识，其医学和文学皆颇有造诣。抗战期间，他辗转于福建长汀、泉洲、永安各地从事翻译、教学、编辑及行医等工作。并以行医所得创办了《十日谈》出版社，印行了不少文艺书籍，如德国苏特曼的戏剧集《戴亚王》（施蛰存译）等，行销于东南五省。抗战胜利后，清源回沪。其时陆士谔去世不久，他继承父业，挂起了"陆士谔授男清源医寓"的招牌，正式悬壶行医。新中国成立后，清源曾先后任平明出版社、新文艺出版社和上海文艺出版社编辑，从事英、俄文学翻译。主要译著有屠格涅夫的《三肖像》《两朋友》《多余人日记》、卡拉维洛夫的《归日的保加利亚人》、米克沙特的《英雄们》等。1979 年，他与施蛰存合作，根据西方独幕剧的发展历史编了一套《外国独幕剧选》（六册）。由于精通俄语，他负责选编苏联及东欧诸国的剧本。当第一集于 1981 年 6 月出版时，清源已于同年 4 月病故，未能见到此书的出版。

元月，作《叶天士幼科医案》，上海世界书局出版。陆士谔序曰：

> 叶香严先生，幼科专家也。而其名反为大方所掩。世之攻幼科者，鲜有读其书，是何异为方圆而不由规矩、为曲直而不从准绳。吴江徐洄溪，素好讥评，而独于先生之幼科，崇拜以至于极。一则特之曰名家，再则曰不仅名家而且大家。敬佩之情溢于言表。今观其方案，圆机活泼，细腻清灵，夫岂死执发表攻裏之板法者，所得同年而语耶？《冷庐医话》载先生始为幼科，虚心求学，身历十七师而学始大进，则如灵秘术其来固有自也。

民国八年十月后学珠街阁陆士谔谨序于松江医寓

是年，作《叶天士女科医案》。

1920 年（民国九年　庚申）四十二岁

元月，作《增注徐洄溪古方新解》共八卷。上海世界书局石印本 1922 年 6 月再版。

2 月，《叶天士手集秘方》，上海世界书局出版。陆士谔序曰：

> 秘方者师徒相授，从未著之简策者也。顾未著之简策，后之人从何纂集成书？曰，秘方之源，非人不授，非时不授，故名之曰秘。岁月既久，私家各本所传各自

记述。然方之秘难泄，而纂秘方者，大都不知医之人，所以秘方之书虽多，而合用者甚鲜也。叶天士为清名医，其手集秘方，大抵本诸平日之心得，较之《验方新编》等自可同年而语。顾其书虽善，体例已颇可议……因系先辈手译，未便擅自更张；方有重出者，亦未敢留就删节致损本来面目。唯逐细校雠，勘明豕亥，使穷乡僻壤有不便延医者按书救治，不致谬误，是则校者之苦心也。

7月，作《医学南针》初集，上海世界书局石印本。1931年七版。其师唐念勋纯斋氏序曰：

陆士谔，好学深思之士也。其于《灵》《素》《伤寒》《金匮》等书极深研几，历十余年如一日。昼之所思，夜竟成梦。夜有所得，旦即手录，专致之勤，不啻张隐庵氏之注《伤寒》也。顾积学虽富，性太刚直。每值庸工论治，谓金元四大家之方药重难用，叶香严、王潜斋之方药轻易使，陆子辄面呵其谬，斥为外道之言。夫病重药轻，无补治道；病轻药重，诛伐无辜。论药不论证，斥之诚是。然此辈碌碌，何能受教，徒费意气，结怨群小，在陆子亦甚不值也。余尝以此规陆子，而劝其出所学，以撰一便于初学之书，俾后之学者。得由此阶而进读《灵》《素》《伤寒》，得造成为中工以上之士，则子之功也。夫医工之力，不过能治病人之病；医书之力，则能治医工之病，于其勉之，陆子深题余言，操笔撰述，及一载而书始成。其网罗之富，选才之精，立论之透，初学之书所未有也。较之《必读》《心悟》

等，相去奚啻霄壤。余因名之曰《医学南针》，陆子谦让未遑。余曰，无谦也，子之书不偏一人，不阿一人，唯求适用，大中至正，实无愧为吾道之南针也，因草数言弁之于首。

民国九年庚申夏历二月唐念勋纯斋氏序于珠溪医室

是年夏，作《孽海情波》，由上海沈鹤记书局出版。

1921 年（民国十年 辛酉）四十三岁

4 月，作《增评温病条辨》，（清）吴塘原著，先生增评。

5 月，作《王孟英医案》，上海世界书局出版。哈守梅序曰：

青浦陆君士谔，名医也。其治症，闻声望色，察脉问证，洞见藏府，烛照弥遗。就诊者无不叹为神技，而不知君固苦心得之也。余以善病喜读医籍，去年冬，购得《医学南针》，读之大好，因想见陆君之为人。与君畅谈医学并及近代名流，君于王孟英氏最为推服……因出其自编之孟英医案，分类排比，眉目朗然，余不禁狂喜，劝之发刊。君曰，孟英原案，犹《资治通鉴》，余此编，犹纪事本末，不过自备检查尔，何足问世。余曰初学得此，因证检方得见孟英之手眼，未始非君之功也。陆君颇题余言，余因草其缘起，即为之序。

民国十年五月金陵哈守梅拜序

陆士谔自序曰：

《王孟英医案》有初编、续编、三编之分，编者不一其人，而《归砚录》则孟英自编者也。余性钝，读古人书，苦难记忆，而原书编年纪录检查又甚感不便，因于诊余之暇，分类于录，籍与同学讲解。外感统属六淫故，风温、湿温间有编入外感门者。夫孟英之学得力于枢机气化，故其为方于升降出入，手眼颇有独到；而治伏气诸病，从里外逗，尤为特长。大抵用轻清流动之品，疏动其气要，微助其升降，而邪已解矣。其法虽宗香严叶氏，而灵巧锐捷，竟有叶氏所未逮者。余尝谓孟英于仲夏伤寒论、小柴胡汤、麻黄附子细、辛汤诸方必极深穷研，深有所得。故师其意不泥其迹，投无不效。捷若桴鼓，读者须识其认证之确、立方之巧，勿徒赏其用药之轻，庶有获乎！

民国十年五月青浦陆士谔序于松江医室

农历六月，作《丸散膏丹自制法》。1932 年 5 月再版，由陆士谔审订。先生自序曰：

客有问此书何为而作也，告之曰，神农辨药，黄帝制方，圣王创制为拯万民疾苦。伊尹、仲景后先继起，孙邈有《千金》之著，王涛有《外台》之集，《圣济》《圣惠》各方选出，无非本斯旨而发未发光大之。自世风日下，业此者唯知鸢利，周识济人，辄以己意擅改古

277

方药名，虽是药性全非。医师循名用辄有误，良可慨也，本书之作意在使制药之辈知药方定自古贤，药品之配合分量之轻重、制法之精粗，丝毫不能移易。各弃家技一秉成规，庶几中国有统一制药之一日，按病撰药无不利药病有桴鼓应之，斯民尽仁寿之堂，是所愿也。有同道者盍兴乎，来客悦而退，因讹笔记之以叙本书。

民国十年夏历六月陆士谔序

全书分为内科门四十一类、女科门九类、幼科门十一类、外科门十类、眼科门六类、喉科门七类、伤科门、医药酒门……

是年，增补重编《叶天士医案》，上海世界书局出版。

是年，作武侠小说《血滴子》，又名《清室暗杀团》，二十回，六万多字。现存民国十年（1921）六月上海时还书局铅印本一册。卷首有民国十五年（1926）长沙张慕机序。此书在当时尤为风行，还改编成京剧在沪上演。

1922 年（民国十一年　壬戌）四十四岁

元月，《绣像清史演义》序，写于松江医寓。

是月，《七剑三奇》，上海中华新教育社出版，共四十回。现存民国十一年（1922）上海中华新教育社平装铅印本二册，二万多字，首有作者序，卷后有李惠珍识语。

6月，编《增注古方新解》。

约是年，撰侠义小说《七剑八侠》，共二十四回，由上海时还书局出版发行。第二十四回中写道："种种热闹节目都在续编之中，俟稍停时日，当再与看官们相会。《七剑八侠》正篇终，编辑者陆士谔告别。"

1923 年（民国十二年　癸亥）四十五岁

10 月，《薛生白医案》第三版。

是月，《八大剑仙》第十版。

是月，《金刚钻》报创刊，陆士谔曾协助孙玉声编撰《小金刚钻》报。

1924 年（民国十三年　甲子）四十六岁

4 月，作《医学南针》二集，上海世界书局出版。首有先生自序题："民国十三年甲子夏历四月青浦陆守先士谔甫序于松江医寓"；亦有唐纯斋序曰：

陆君士谔名守先，医之行以字不以名，故名反为字掩。而君于著述自著，辄字而不名，故君之名，舍亲戚故旧外，鲜有知者。角里陆氏系名医陆文定公嫡系，为青邑望族，代有闻人。而以医学名世者，则自君始。君为午邑名儒兰垞先生哲嗣。先生学问经济名重一邑，而屡困场屋，以一明经终，未得施展于世。有子三人，俱著名当世。君其伯也，仲守经，字达权；季守坚，字保权，均驰声军政界，为世所重。而君之学尤粹。君以预防为主医学，极深研几，每发前人所未发，于五运六气、司天在泉，则悟地绕日昒。以新说释古义，语透而理确；于伤寒温热、古方今方，则以经病络病，一语解前贤之纠纷。盖君喜与经生家友，每借经生之释经以自课所学，故所见迥绝恒蹊也。角里在松郡之西，青溪环

279

绕，九峰远拥，地灵人杰。王述庵以经著名，陈莲舫以医术行世，惜莲舫之道、之行而未有著述；述庵之学、之博而未曾知医。君今以经生之笔，释仲景之书，明经络之分治，导后学以准绳，湖山增色。吾闻君之《医学南针》共有四集，此其第二集也。以辨证用药读法为三大纲，较之初集进一步矣。其三集则专以外感内伤立论，四集则专释伤寒金匮，甚望其早日杀青也，是为序。

是月，清明节，刘绣、刘曼君、刘缙、刘龙《先父刘三收葬邹容遗骸的史迹》一文中曰：

> 1924 年清明节，章太炎、于右任、张溥泉、章士钊、李印泉、马君武、冯自由、赵铁桥诸先生来华泾祭扫先烈邹容茔墓时，吾父权作主人，于黄叶楼设宴招待。章太炎先生与吾父所吟今尚能背诵。太炎先生诗云："落泊江湖久不归，故人生死总相违。至今重过威丹墓，尚伴刘三醉一回。"吾父缅怀亡友，追念往事，悲慨遥深地吟曰："杂花生树乱莺飞，又是江南春暮时。生死不渝盟誓在，几人寻冢哭要离。"

7月，《女皇秘史》由时还书局出版。此为《清史演义》之第四部。作者自序称于民国十三年（1924）七月，青浦陆士谔甫序于松江医寓。是月 24 日，江苏督军齐燮元、浙江督军卢永祥为争夺上海地盘酝酿战争。本县局势紧张。驻松浙军封船百余艘供军用，居民纷纷避迁。县议会及各法团电致北京及江浙当局，呼吁和平。

是月中旬，先生先遣其妻避上海，与长子清洁看守家门。

是月29日，先生避难第二次来沪。

9月30日，江浙战争爆发，史称齐卢之战。县城学校停学，商店多半歇业。

10月12日，浙江督军卢永祥兵败下野，江浙战争结束。松江防守司令王宾等弃城潜逃。先生第三次赴沪。在《战血余腥录》中先生叙述了他第三次来沪悬壶之情形。

先生避难来沪后，聊假书局应诊。民国十四年（1925）六月，他先是在英界四马路画锦里口老紫阳观融壁上海图书馆行医，民国十四年十一月十二日，后又迁移到英租界跑马厅汕头路23号新层；民国二十二年（1933）九月，他再次迁移到公共租界中央区，汕头路82号。

一日，有广东富商路过上海图书馆，恰巧看到士谔正为病家诊脉开方，就上去攀谈。一交谈，就觉得陆士谔精通医学，请陆出诊，为其妻治病。士谔在病榻边坐下，一看病人骨瘦如柴，气若游丝。原来已卧床一月有余，遍请名家诊治，奈何无灵。病情日见沉重，饮食不思，气息奄奄。富商请陆士谔来看病，也是"死马当活马医"。诊脉后，士谔开好药方说："先吃一帖。"第二天，富商又到诊所邀请，说病人服药后就安然熟睡，醒来要吃粥了。这样经过半个月的诊治，病人霍然而愈。富商感激不尽，登报鸣谢一月，陆士谔的医名由此大振。不久就定居于汕头路82号挂牌行医，每日门诊一百号。

12月27日，在《金刚钻》报"诊余随笔"，先生撰文谈小儿虚脱症及其疗法。

是年，先生修《云间珠溪陆氏谱牒》（不分卷），署"陆守

281

先修"，其侄陆纯熙在《云间珠溪陆氏谱牒》中曰："士谔叔父就珠街阁近支先行编纂校雠，即竣，付诸石印，分给同宗俾珠街阁近支世系。已可按世稽查。"

关于《云间珠溪陆氏世系考》陆纯熙述曰：

守先谨按：吾宗谱牒世甚少，刊本相沿至今，即抄本亦复罕购，浸久散佚，世系将未由稽考，滋可惧也。此百数十年中急需修入者不知凡几。屡拟评加修订，而宗支散处，调查綦难，因商之，士谔叔父就珠街阁近支先行编撰。校竣，即付之石印，分给同宗，俾珠街阁近支世系已可按世稽查。

中华民国十三年十一月十八日纯熙谨识

1925 年（民国十四年　乙丑）四十七岁

1—6 月，《金刚钻》报连载其短篇小说《环游人身记》。

在其科幻短篇小说《寒魔自述记》和《环游人身记》中，作者通篇运用了生动贴切的比拟和比喻来说明病毒侵入人体之途径。如《寒魔自述记》叙述了"途"之六兄弟：风魔、寒魔、暑魔、湿魔、燥魔、火魔漫游人体之经历，从而感受到"此为世界风景之最"。在《环游人身记》中则记述了"余"挟暑风二伴"登女郎玉体"分道从"寒府"，人之汗毛孔和"樱唇"通过咽窍（食管）、喉窍、颃颡舌本、脾脏（少阴脉）、肾脏（阳阴脉）、胃府进入人之膏粱之体，它们环游人身一周。文中穿插了"余"与暑伴等之对话，辛辣地讽刺了那种不学无术的庸医，同时倍加推崇名医之医术医德。上述两篇，皆具有较强的故事性和

282

情节化的特点，语言亦幽默风趣，读来引人入胜。

是年，作《今古义侠奇观》，该书演历代十四位男女义侠的故事。出版广告启曰："当行出色撰著武侠说部之老手陆士谔君，收集古今英雄侠义之事迹，仿今古奇观之体例，编成《今古义侠奇观》一书，以为配世化俗之工具。情节离奇，文笔紧凑，聚数千年来之侠义于一堂，汇数十百件之佳话为一编，前后合串，热闹异常……写英雄之除暴，则威风凛凛；写义侠之诛奸，则杀气腾腾，可以寒奸人之胆，可以摄强徒之魂……洵足以励末俗，而挽颓风。"①

在《留学生现形记》封底，亦将其列为最新出版之小说名著：

　　吴趼人：《二十年目睹之怪现状》《九命奇冤》《电术奇谈》

　　李涵秋：《近十年目睹之怪现状》《自由花》

　　海上说梦人：《歇浦潮》《新歇浦潮》

　　徐卓呆：《人肉市场》

　　不肖生：《江湖义侠传》

　　陆士谔：《今古义侠奇观》《剑声花影》

　　以及名家译著：《十五小豪杰》等共二十二种

是年，作《续小剑侠》，由上海时还书局出版。

4月，作《小闲话》连载。另有医学杂论《治病之事》《治病日记》。

---

① 　见于《红玫瑰》杂志第三十二期广告。

8—12月，作《义友记》，连载于《金刚钻》报。

是年，《金刚钻》报登载《内科陆士谔诊例》一个月。

3月，《金刚钻》报记曰：

世界书局管门巡捕某甲，于正月二十一日晨正洗脸间，忽然仆倒，就此一蹶不醒，不及医治而死。及后该局经理沈知方叙之于先生，并研究其致死之由。先生曰，此则唯有"脱"与"闭"两症。"脱"则原气溃散，"闭"由经络闭塞，闭则有害其生，脱则虽有神丹，难挽回也。沈君曰，死者全身青紫。越日，两医解剖其尸，则肺脏已经失去其半。先生曰，该捕平日必酷嗜辛辣而好之饮烧酒，不然肺何得烂，然其致死之因，虽由肺烂，而致死之果，实系气闭。因仆侧肺之烂叶遮住气管，呼吸不通，故遂死也。询之果然。

是月，《金刚钻》报载有一病人家属严寿铭感谢他的信曰："舍亲俞幼甫谈及避难来申之陆士谔，姑往一试，至四马路画锦里口上海图书馆陆寓，延之来诊。不意药甫下咽，胸闷既解，囊缩即宽。二诊而唇焦去、身热退。三诊而能饮半汤，四诊而粥知饥矣。"

是月，先生著《温热新解》。先是《金刚钻》报发表，1933年9月又在《金刚钻月刊》重版。

5月，先生在《金刚钻》报"读书之法"中曰：

先父兰垞公以余喜涉猎古史，训之曰，读书贵精不贵博，汝日尽数卷书，聊记事迹耳，其实了无所得。因出《纲鉴正史》曰，何如……余遂以刘三（小学家）读经之法，读秦汉唐各医书，而学始大进。辨论撰方，自谓稍易着手，未始非读书之益也。

5月27日，先生曰："余自《医学南针》出版而后，虚声日著。远客搭车来松者，旬必有数起，均系久来杂病，费尽心机，效否仅得其余。及避难来沪，沪地交通便利，百倍松江。囊时远客，仅沿沪杭线各城镇，今则有由海道来者，有由沪宁线各站来者。"

6月12日，《金刚钻》报《陆士谔名医诊例》：

所治科目：伤寒、湿热、咳嗽、妇科、产后、调经各种杂病。

时间：上午十时至下午三时门诊，午后三时出诊。

地址：英界四马路画锦里口上海图书馆。

11月12日，先生迁移到英租界跑马厅汕头路23号新层。

1926年（民国十五年　丙寅）四十八岁

3月，《剑声花影》第五版刊行。

是月31日，在《金刚钻》报上登载《修谱余沈》曰：

今吾家新谱告成，自元侯通至士谔凡七十九世……原原本本，一脉相承，各支宗贤亦均分载明白。扬洲别驾分类，为吾二十六世祖，娄王逊为吾五十八世祖……

4 月 14 日，先生作《寒魔自述记》连载于《金刚钻》报。

12 月，《家庭医术》初版，上海文明书局印行。1930 年再版，署"辑选者陆士谔"。

1928 年（民国十七年　戊辰）五十岁

2 月，《顺治太后外纪》五版，由上海进步书局印行。

4 月，《绘图新上海》五版。

4 月，由范剑啸著、先生参与润文的小说《双蝶怨》由上海大声图书局出版。

9 月，《古今百侠英雄传》由上海时还书局出版发行，标绘图古今侠义小说。先生自序曰：

> 余嗜小说，尤喜小说之剑侠类者。所读既多，未免技痒。缘于诊病之余，摇笔舒纸，作剑侠小说。在当时不过偶尔动兴，聊以自遣，不意出版之后，竟尔风行，实出余意料之外。意者下里巴人，属和遍国中耶？
>
> 中华民国十七年八月十五日
> 青浦陆士谔序于上海汕头路医寓

是年，出版《北派剑侠全书》与《南派剑侠全书》。在《古今百侠英雄传》之末页，附南北两派剑侠全书总目：

北派：《红侠》、《黑侠》、《白侠》、《三剑客》（二册）。

南派：《八大剑侠传》、《血滴子》、《七剑八侠》

（二册）、《七剑三奇》（二册）、《小剑侠》（二册）、
《新剑侠》（二册）。

10月，作《新红楼梦》，由上海亚华书局出版。

是年，《金刚钻》报登载《内科陆士谔诊例》一个月。

1929年（民国十八年　己巳）五十一岁

元月，作短篇《记平湖之游》①，作者于冬至日作平湖之游，
其记曰：

> 平湖多陆氏古迹，此行得与二千年前同祖之宗人相
> 聚，意颇得也……盖平湖支为唐宰相宣公系。宣公系三
> 国东吴华亭候补丞相逊之后，而吾宗为选尚书王昌之
> 后，王昌与逊在当时已为同曾祖姜昆，故吾宗与平湖陆
> 氏，为二千年前一家。考诸家乘，信而有征也。此次邀
> 余往诊者，为平湖巨绅陆纪宣君。甲子秋，余避难来
> 沪，纪宣亦携眷来沪。其夫人患病颇剧，邀余往诊，遂
> 相认识。由是通信，如旧识焉。

是年，作武侠长篇小说《江湖剑侠》，共四十回，由国华书
局出版。回目前写有"陆士谔著、蔡陆仙评"。并有云间吴晚香
之序言，写于上海。其序文称：

> 青浦陆士谔先生精"活人术"，复长于写武侠小说。

---

① 于1929年1月6—12日连载于《金刚钻》报。

形其形状，其状惟妙惟肖，可骇可惊。历次所作，阅者无不击节。盖先生于乱世触目伤心、愤激之余，发为奇文，非以投世俗之所好也，聊以鸣方寸之不平耳。

蔡陆仙先生第一回评曰：

叙武侠本旨如水清石出，历历可见。所谓探骊得珠，已白占足身份，况描写官吏之嚚顽、社会之黑暗、胥吏之残酷，无不细心若发，洞若观火，笔墨酣畅，尤有单刀直入之妙。

1930 年（民国十九年　庚午）五十二岁

2 月，作《龙套心语》，共三册，书末标社会小说。以龙公名义发表。由上海竞智图书馆出版。此书先是在《时报》连载，现上海图书馆存有《时报》版剪贴本和竞智图书版本两种。书前有龙公自序、答邮人书（代序），又有马二先生序。序曰：

《龙套心语》著者署名"龙公"，不知其何许人也。全书二十四回。著者自云"记载南方掌故，网罗江左佚文"。语虽自负，正复非虚。

篇末曰：

著者必为文章识见绝人之士，而沉沦于末寮者，故能巨细靡遗，滔滔不尽，若数家珍。虽曰诙谐以出之，而言外余音，固含有无限感慨，殆所谓伤心人别有怀抱者耶？

1984 年，文化艺术出版社在"中国史料丛书"中再版推出此书，更名为"江左十年目睹记"，并认为本书的作者是姚鹓雏，首页为柳亚子题序，1954 年 7 月 20 日写于首都。（是年 6 月 25 日姚鹓雏先生卒。）又增加了出版说明和常任侠序，并将其置于马二先生原序之前，同时亦保留了龙公自序。书后附吴次藩、杨纪璋增补的《龙套心语·人名证略》。《龙》书首页及封底皆为云间龙在空中飞舞，与陆士谔之《商界现形记》同。其书之目录"一士谔谔有闻必录"，作者自己充当书中之人物，亦与其小说风格一致。故据本人考证，此书作者应为陆士谔。①

3 月，陆清洁编辑、陆士谔校订的《万病险方大全》由上海国医学社印行，国医学社出版，中央书店发行。次年 7 月再版。夏绍庭序曰：

> 青浦陆士谔先生邃于医学，莅沪行道有年，囊尝闻其声欬。审知为医学士，平生撰述甚富。著有《医学南针》一书，精确明晰，足为后学津梁。今其哲嗣清洁英台秉性聪慧，为后起秀。既承家学之渊源，又竭毕生之心力，广摭博采，罗致历年经验良方汇成一书。

民国十有九年暮春之初夏绍庭序于九芝山馆

陆清洁自序：

---

① 可参见田若虹《陆士谔小说考论》第六章第二节：《〈江左十年目睹记〉著者考》。

智者千虑，必有一失。愚者千虑，必有一得。故名医之处方，有时而穷，村妪之单方，适当则效，非偶然矣。谚称"单方一味，气死名医"。夫单方非能气死名医也，必单方神效，如鼓应桴始足当之无愧。本书各方，苦心搜访，南及闽粤，北至燕晋，风雨晦明，十易寒暑。而异僧奇士，秘而不宣人之方药，必有百计以求之。一方之得，必先自试用，试而有验，珍同拱璧。有历数月不得一方，有一日间连获数方。积之既久，乃编为十有三种。包罗有系，或谓余篇有仲景之验、千金之富、外台之博，则余岂敢。余编是篇，聊供乡僻之处，医士寥落、药铺未计所需耳。初无意问世也，平君襟亚热情殷殷，坚请付印，盛情难却，始从其议。然自审所编，挂一漏万，在所不免，知我罪我，唯在博雅君子。

中华民国十九年三月陆清洁序于沪寓

4月15—30日，《小闲话》中以王孟英医书为题，论及当时医林之风尚：

海宁王孟英，为清咸同间名医。近世医者多宗医说，喜以凉药撰方，或谓近日医家之弊，孟英创之也，欲振兴古学，非废孟英书不可。余颇不然之。孟英当日大声疾呼，立说著书，无非为救弊补偏之计。源当时医者不认病症，不究病源，唯以温补药为立方不二法门，故孟英不得已而有作也。试观孟英医案，救逆之法为多，亦可见当时医林风尚之一斑。

1924—1936 年，先生在《新闻夜报》副刊《国医周刊》上主笔介绍医药知识，亦公开为病家咨询。

6 月，先生《家庭医术》再版。

是年，先生在如皋医学报五周汇选撰《中西医评议》，就中西医之汇通问题与余云岫展开论辩，双方交锋数月。先生认为："中西医学说，大判天渊。中医主张六气，西医倡言微菌；一持经验为武器，一仗科学为壁垒，旗帜鲜明，各不首屈。"然而两相比较，则"形式上比较，西医为优；治疗上比较，中医为优。器械中比较，西医为胜；药效上比较，中医为胜。为迎合世界潮流，应用西医；为配合国人体质，应用中医"。

是年，《金刚钻》报登载《内科陆士谔诊例》一个月。

1931 年（民国二十年　辛未）五十三岁

是年，清廉考入江苏省苏州中学高中部。"九一八"时，他积极参加请愿团宣传抗日，并与同学胡绳一起创办了社会科学研究会，宣传马列主义。

先生仍在上海行医，又任华龙小学校董。先生女婿张远斋任校长，女儿敏吟和清婉皆任教员。先生之剑侠小说约写于1916—1931 年间，大多由时还书局出版。其历史小说以历史事件为基础，而根据稗官野史、民间传闻加以敷衍虚构而成，故曰："书中事迹大半皆有根据，向壁虚造，自信绝无仅有。"当时他曾摘诸家笔记中剑侠百人，别录成册，以备异时兴至，推演成书。后老友郑君彝梅见之，劝之付梓，先生辞不获，因草其摘取之。其剑侠小说为《英雄得路》、《顾珏》、《红侠》、《黑侠》、《白侠》、《七剑八侠》、《七剑三奇》、《雍正游侠传》、《剑侠》、《新剑侠》、《今古义侠奇观》、《小剑侠》、《江湖剑侠》、《古今百侠英雄传》、《新三国义侠》、《新梁山英雄传》、《八剑十六侠》、《剑声花影》、《飞行剑侠》、《八大剑仙》（又名《八大剑侠传》）、《三剑客》、《血滴子》、《北派剑侠全书》、《南派剑侠全书》二十四种。此外有评点《双雏记》和《明宫十六朝演义》两种。

11月，先生在《金刚钻》报撰《说部杖谈》曰：

> 他人作小说，而我为之评注，非易事也。下笔之初，必先研究作者之布局如何、用意如何，首尾如何呼应，前后如何贯穿，何为伏笔，何为补笔，何为明笔，何为暗笔，探微索隐，真知灼见，而后其评注乃不悖于本义。圣叹评《水浒》《西厢》，虽未都尽餍人意，要其心思之缜密，笔锋之犀利，能发人所未发，则似亦不可没也。仆才不逮圣叹万一，更乌评注当代名小说家之杰作，而平江向恺然先生，即别署不肖生者，著《近代侠义英雄传》说部，乃由老友济群以函来嘱余为评，辞意颖颖，弗能却也。谬以己意为之评注，漏疏忽略无当大雅，固于《侦探世界》之辑余赘墨中，言之数矣。

是年，借《侦探世界》半月刊，在其杂文《说部杖谈》中提及：

> 他人作小说，而我为之评注，非易事……固于《侦探世界》之辑余赘墨中，言之数矣。

是年，《金刚钻》报登载《内科陆士谔诊例》一个月。

1932 年（民国二十一年　壬申）五十四岁

5 月，其医书《丸散膏丹自制法》再版。

是年，《金刚钻》报登载《内科陆士谔诊例》一个月。

1933 年（民国二十二年　癸酉）五十五岁

元月，作杂文《说小说》曰："近年小说之辈出，提及姓名妇孺皆知者，意有十余人之多。革新以来，各界均叹才难，只小说界人才独盛，此其中一个极大之原因在……"指出了小说之所以不同于诗赋等文学体裁之五种原因。

是月，作散文《雪夜》。作者在风雪之夜，斗室寂居，颇有感慨：

> 斗室之中，有一寂然之我也。由既往以识将来，百阅百年，此间更不知成何景象。是否变为崇楼杰阁、灯红酒绿之场，荒烟衰草、鬼泣鸦鸣之地，虽尚未能预测，而此日此时此地，未必恰有此风雪，可以决定，即使百年后之此日此时此地，未必恰有此风雪，无论如何，此斗室总已不复存在，此斗室中之我总已不复存在，可断言也。夫然则我之为我，原属甚暂，夫我之为我，即属甚暂，则此甚暂之我，对此甚暂之时光，何等宝贵①。

是月，作散文《快之问题》，慨叹时光之流逝曰："吾诚惧

---

① 《金刚钻》报 1933 年 1 月 2 日。

者，老死而犹未闻道，未免始终有失此时光耳。"

是月，在"民众医学常识"栏目谈医说药。从 2 月至 8 月连载。

2 月，另作小品文《白话教本》《新文学》二种。

是月，作散文《春意》曰："春风嘘佛，春气融和，春色碧色，春水绿波，春花之开如笑，春鸟之鸣似歌，凡此种种，风也，气也，草也，水也，花也，鸟也，皆可名之曰春意……"①

是月，《金刚钻》报"全年订户之利益"栏目（二）推介《金刚钻小说集》一册曰：

> 小说集中所刊字文，俱夏夏独造之作。短篇数十种各有精彩，长篇三种尤为名贵。长篇一，程瞻庐之《说海蠡测》、海上漱石生之《退醒庐著书谈》……短篇，漱六山房《西征笔记》、陆士谔《猫之自序》……

3 月，在"医紧商榷""春病之危机"栏目连载医文。

4 月，作《温病之治法》《我之读书一得》《泂溪书质疑》等医学小品文。其曰："辨药唯求实用，读书唯在求知，知之为知之，不知为不知，如武进、邹闰庵之疏证，斯为得矣。"②

是月，"月刊启事"栏目编者曰："某人略谙医药，便自诩神仙。陆君擅歧黄术，将医药常识尽量贡献，神仙之道，完全拆穿；养生之道，十得八九。是医生应该多读读，可以祛病延年；不是医生也可以增进学识。"③

---

① 《金刚钻》报 1933 年 2 月 14 日。
② 《泂溪书质疑》，《金刚钻》报 1933 年 4 月 15 日。
③ 《诊余随笔》，《金刚钻》报 1933 年 4 月 24 日。

5 月，作《清郎中门槛》《医海观潮》《钟馗嫁妹》等小品文。

9 月，谈"人参之功用""脚湿气方"，在"医经节要""答言"栏目谈医说药。

是月，作小品文《马桶》《四库全书》《僵先生（二）》等。

是月，编辑《青浦医史》。

是月，迁移到公共租界中央区汕头路 82 号。

10 月，先生续汪仲贤的小品文《僵先生》第一集，载于《金刚钻月刊》。全书共三集：其一《僵先生》汪仲贤著；其二《僵先生打开僵局》陆士谔续；其三《僵先生一僵再僵》汪仲贤著。

11 月，先生连载在《金刚钻》报上的短篇小说《寒魔自述记》与《环游人身记》结集重版于《金刚钻报月刊》。

是月，作笔记体小品文《鉴古》。

是年，《绣像清史演义》五版。撰医书《奇虐》等。

是年，《金刚钻》报登载《内科陆士谔诊例》一个月。

1934 年（民国二十三年　甲戌）五十六岁

是年，作《国医新话》，并继续在公共租界英法租界出诊。

公共租界：中央区西至卡德路、同孚路，东至黄浦滩，北至苏州路，南至洋泾浜。

法租界：西至白尔部路、横林山路、方浜桥路，南至民国路，北至洋泾浜，东至黄浦滩。在"陆士谔论医"栏目中提及《国医新话》及其所著有关医书：

丞曰：士翁先生通鉴，久仰鸿名，恨未瞻韩，晚滥笭商途，公余，常求医学。然以才短理奥，毫无所得。数年前得大著《医学南针》，指示之深如获至宝。余力诵读，只得一知半解，先贤入门之作，均无此中明显，初学宝筏真为稀有。三、四两集屡询津中世界书局分局，出书无期，去岁秋得公著《国医新话》及《医话》，理论精微，断诊明确，并指示种种法门，开医药之问答，能于百忙之中行此人所难能者。仁心济世，景慕益殷，夫邪说乱政，自古已然，海通以还，西术东来，尤甚于古。当此国人遭医劫之秋、后学失南针之日，吾公雄才大辩，融会今古，绍先圣之正脉，开启后进；障邪说之狂流，挽救生民，天心仁爱，降大衍公也……而敬读尊著，几无一日可离，然除得见者外，如《钻》报之发行所《医经节要》《邹注伤寒论》《新注汤头歌诀》《寒窗医话》未知何家代印发行，统希赐示，俾得购读，使自学得明真理。

民国二十六年五月十九日

是年至次年，由陆清洁编辑、陆士谔校订的《医药顾问大全》（共十六册），由上海世界书局陆续印行。

此书有八篇他序（夏序、丁序、戴序、贺序、蔡序、汪序、杨序、俞序）和一篇作者自序。

俞序曰：

陆君清洁，性谨厚，工厚文。其尊翁士谔先生，为青浦珠街阁名医，精岐黄术。为人治病，常切中病情十全八九，又擅长文学。所著《医学南针》，传诵医林，实天士灵胎第一人也。清洁幼承庭训，学有渊源，而于医学造诣尤深。处方论病，广博精湛，深得其尊翁医学之精髓。

是年，组织中医友声社，在电台轮值演讲中医常识，先生主讲"医学顾问大全"。

3月，在"谈谈医经""小言"栏目谈医说药。

10月，谈中医研究院问题曰：

缘眼前医界，有伪学者，有真学者。所谓伪学者，乃是说嘴郎中，全无根底，摇笔弄墨，居然千言立就，反复盘问则瞠目不能答一语，此等人何能与之群？此一难也。真学者中又有内经派、伤寒派之分……①

是年，先生于《杏林医学月报》发表《国医与西医之评议》，此文针对当时中医改良思潮而发。

是年，先生发表《国医之历史》《释郎中》两种医书。

是年，《金刚钻》报登载《内科陆士谔诊例》一个月。

1935 年（民国二十四年　乙亥）五十七岁

《金刚钻月刊》记曰：

青浦陆士谔先生，来沪已有十载，凡伤寒、温热、

---

① 《金刚钻》报 1934 年 10 月 9 日。

妇科各症，经先生治愈者，不知凡几。且素抱宏志，开拓吾学，治愈之各种奇症。自撰医话，刊布《钻》报，方案原原本本，足供《医学南针》。唯手撰医书十种在世界书局出版者，均系十年前旧作。近来因忙于酬应，反无暇著书，未竟之稿，未能继续，徒劳读者责问耳。先生常寓公共租界中央区汕头路82号，门牌、电话九一八一一。①

该期还刊登了先生《著作界之今昔观》。此文揭露和抨击了古今那种喜出风头，惯于剽窃成文、据为己有，或以本人名微，辄托前代名人"学者"之不正文风。

元月，先生的《七剑八侠》续编十三版，由上海时还书局出版发行。正、续编二册，定价二元六角，续编共二十回。

4月，先生的《八大剑侠传》亦由上海时还书局出版发行。第二十一版篇末曰："是书草创之始，原拟撰稿二十回，不意撰述至此，文义已完。增书一字，便成蛇足。陡然终止，阅者谅之。"

1936 年（民国二十五年　丙子）五十八岁

1—10月，先生在《金刚钻》报连载《按王孟英医案》。

2月26—27日，先生在《金刚钻》报"医林"栏目发表《论藏结》上、下篇。

4月28—30日，陆清源在《金刚钻》报发表《伤寒结胸与痞之研究》一至三篇。

---

① 《金刚钻月刊》第二卷第一集。

7月，作《士谔医话》曰："自撰医话，刊布《钻》报，方案原原本本，足供《医学南针》。"由世界书局发行。在1924—1936年间，先生常在《金刚钻》报的"诊余随笔"及"管见录"上撰文。《金刚钻》报编辑济公（施济群）曰："陆士谔先生在本报撰'诊余随笔'颇得读者欢迎，后因诊务日忙而辍，近先生复以'管见录'见贻，发挥心得，足为后学津梁。"①

7月8—15日，先生在"医药问答"栏目解疑答难。

7月19—20日，作《黑热病中医亦有治法吗》，发表于《金刚钻》报。

8月20—21日，作医学论文《微菌》上、下篇，发表于《金刚钻》报。

8月31日—9月1日，先生在《金刚钻》报发表《论学术之出发点》上、下篇。

10月，《清史演义》第四部《女皇秘史》重版。

《清史演义·题词》丹徒左西山曰："金匮前朝尚未修，鸿篇海内已传流。编年一隼温公体，杂说原非野乘俦。笔挟霜天柱下握，版同地编枕中收。吾家曾作《春秋》传，愿附先生文选楼。"

10月1—6日，先生长子陆清洁发表《驳章太炎先生伤寒论讲词》1—7篇。

10月2—7日，在《金刚钻》报"医林"栏目发表《江西热疫之讨论》1—6篇。

1936年11月13日—1937年1月19日，作杂文《南窗随笔》一、二、三、四集。

11月15日，在《金刚钻》报"医林"栏目发表《经验》

---

① 《金刚钻》报1925年5月18日。

上、下篇。

12月1—2日，作杂文《南窗随笔》上、下篇。

12月13日，先生之子陆清源在《金刚钻》报登载启事：

> 清源秉承庭训研读伤寒，一得之愚，未敢自信，刊
> 诸"医林"，广求磋切。正在学务之年，未届开诊之日，
> 辱荷厚爱，有愧知音。自当奋勉研攻，以期不负知我，
> 图报之日，请俟他年。现在，尊处贵恙，期驾临汕头路
> 82号诊室就治可也。

12月17日，在《金刚钻》报发表《中西医之辨证法
（一）》。

1936年12月—1937年1月27日，陆清源在《金刚钻》报连
载《伤寒小柴胡汤之研究》。

12月20—23日，在《金刚钻》报发表《再论辨证》谈中医
问题。

1937年（民国二十六年　丁丑）五十九岁

1月11—12日，在《金刚钻》报发表论文《落叶下胎辨》
上、下集。

1月13日，在《金刚钻》报"医林"栏目发表医学论文
《中医之学术》道："做了三十年来中医，看过百数十种医书，
觉得中医的短处，就在理论的话头太多。虽然中医书也有不少
罗列证据的，拿它归纳比较，终觉理论占据到十分之六七，证
据只有十分之三四，断断争辩，公说公有理，婆说婆有理……
究其实在，有何用处？"

1月15—16日，在《金刚钻》报发表医学论文《研读叶氏温热篇》上、下集。

1月18日，在《金刚钻》报发表中医理论文章《辨证》。

1月19日，在《金刚钻》报发表短文《邹氏书之销数》。

1月—3月24日，先生在《金刚钻》报连载《叶香严温热病篇》。

1月23—24日，先生作杂文《中医要自力更生》曰：

> 要知道自己的长，先要知道自己的短。中医的短处就好似古代传流的理论，叫作医者意也，讲的都是空话。说长道短，口若悬河，嘴唇两爿皮，遇到病症，便如云中捉月、雾里看花地胡猜乱道，一个病都用医者意也的法子诊治。……中医的长处，也就是古代传流的辨证法，叫作症者证也……

1月26—28日，先生作杂文《医者意也之谬》在《金刚钻》报连载。

2—3月，陆清源在《金刚钻》报连载《伤寒阐疑》。

3月，由陆清洁编辑、陆士谔校订的《大众万病顾问》，于是年三月初版。民国三十五年（1946）十一月新三版，编者自云："是书也，四易其稿，历三寒暑。约二十万言，以疗治虽不言尽美，然比较完备，可断言也。……民国二十四年（1935）六月，青浦陆清洁序于杭州板桥路医庐。"

戴达夫为其序曰：

> 陆君守先，青邑人也。为明文定公嫡裔。博通经

籍，妙用刀圭。二十四番风遍栽杏树，八千里余纸抄录奇书。女子亦识韩康，士夫群推秦缓。哲嗣清洁，毓灵毓秀，肯构肯堂，飘飘乎横海之鱼龙，乎缑山之鸾鹤。况能志勤学道，训禀经畬，勉受青囊。精言白石，待膳侍寝之暇，博极群书。闻诗礼之余，耽窥奥衍。餐花梦里，贮锦胸中。摇虎毫而成文，不愧云间才调。喜龟蒙之继德，依然郁石清风。爰著万病验方大全，而丐序于余……

岁次上章敦牂春莫馀干戴达夫序于上海医学会

汪寄严先生序：

清洁同志，英敏多才，国医先进陆士谔先生哲嗣也。幼承庭训，家学渊源，宜乎头角峥嵘，矫然特异。其编撰是书，都二百万言，阅十寒暑始成。浸馈功深，洵巨制也。伏而读之，内外兼备，妇幼不遗。其于病理之叙述推阐靡遗，而于诊断治疗，则多发人所未发。骎骎乎摩仲圣之垒，驾诸家而上之。附方分解，以明方药效能，绝非掇拾者所可比。特开辟调养一门，俾病者于新愈时，知所避忌。其努力以发挥国医功效，谶微备至，是开医学之新纪元，尤足为本书生色。国医当此存亡绝续之交，得是书而振起之。同道可精作他山石，后进得奉为指南针，岂仅社会群众之顾问而已哉。

民国二十三年十月新安汪寄严寄于沪江医寓

4月1—31日，先生在公共租界（中央区西至卡德路、同孚路，东至黄浦滩，北至苏州路，南至洋泾浜）、法租界（西至白尔部路、横林山路、方浜桥路，南至民国路，北至洋泾浜，东至黄浦滩一带）出诊行医。时间：下午二时至六时。每日上午在上海英租界跑马厅，汕头路82号寓所看门诊，时间上午十时至下午二时。

《金刚钻》报继续登载《内科陆士谔诊例》一个月。

4月20日，在"医书疑问"栏目中，病友王道存君提出疑问数点，请陆先生解答。先生次子陆清洁先生一一代为解答。

4月22—23日，上海医界春秋社请杭州光圭君回答"痹节痛风"之疑问，沈君转请陆清洁君回答。

4月26日，湖南湘潭李佩吾君，为其夫人之病函曰：

> 先生出版《国医新话》《医学南针》，指明应读各种方书，佩吾皆一一购备……感将贱内病状敬为先生详陈之。

4月29—30日，作《叶香严外感温热病篇》，刊载于《金刚钻》报。

5月4—24日，《小金刚钻》继续报载《内科陆士谔诊例》。

5月19日，在"论医"栏目，天津景晨君曰："敬读尊著，几无一日可离。然除得见者外，如《金刚钻》报之发行所《医经节要》《新注伤寒论》《新注汤头歌诀》《寒窗医话》，未知何家代印发行，统希示，俾得读。"

5月21日，先生在《南窗随笔》中谈读书体会曰：

> 读古人书须要放出自己眼光，不可盲从，始能得

303

益。倘心无主宰，听了公公说，就认为公有理；听了婆婆说，就认为婆有理，纵读破万卷书，绝无用处。如柯韵伯之为伤寒大家、吴鞠通之为温热大家，任何人不能否认，但柯韵伯心为太阳之说，吴鞠通温邪处在于太阴经之说，不可盲从也。

5月25日，在"论病"栏目答李佩吾君第二次求医信。

5月28—29日，继续在"论医"栏目中答医解难。

5月30日，在"论医"中提到："南针三、四集，现方在撰述中。"

是月，先生主编《李士材医宗必读》，由上海世界书局出版。

6月1日，先生在《小金刚钻·南窗随笔》撰文，为捍卫祖国医学不遗余力。

6月3—30日，继续在《金刚钻》报登载《内科陆士谔诊例》。

6月8日，在"南窗随笔"中先生阐明中西医之所长曰：

中医重的是形，形易见而神难知，此世俗所以称西医为实在欤。

7月2—30日，在《金刚钻》报继续刊登《内科陆士谔诊例》。

7月16日，先生三子清源在《金刚钻·国医三话》自序中曰：

清源待诊以来，亲承庭训，研读古书，每遇一方，必究其组织之法。为开为合，疗治之道，为正为反。趋时者则笑源为守旧。源亦知假借他人门阀，足以增光蓬荜……所以守草庐，不愿阗阗，奉久命编辑《国医三话》毕，因述其意为述。

7月20—22日，先生在《金刚钻报·论病》中答李佩吾君第三次来函。

7月25日，先生在《中医教育之我见》中谈中医教育曰：

中医之学术，重实验，不重理论；中医之教育，现代都有两途：一是各别教育，一是集团教育。中医学校是集团教育，师徒授受是个别教育。个别教育重在实验，集团教育重在理论。

7月26日，续曰："据余之经验，中医之教育，以个别为适，集团为不适，敢贡献于主持中医教育者。"

8月1日，陆清源在《金刚钻》报上写《国医三话》后序。

8月3日，先生在"论病"栏目中答程君、宝君致函求医。

8月9—13日，陆清源以《桂枝人参汤》为题谈医说药。

1938年（民国二十七年　戊寅）六十岁

秋，刘三病故。陆灵素整理刘三遗稿编成《黄叶楼诗稿尺牍》多卷，交给柳亚子校正刊印，不料太平洋战争爆发，文稿遗失于战火。灵素在痛惜之余，又以惊人毅力收集残稿，刊印出油印本分赠亲友。

是年，撰《内经伤寒》。

1938—1943年，先生悉心行医，整理医学著作。以其医术精湛，医德高尚，而被誉为上海十大名医之一。

1939 年（民国二十八年　己卯）六十一岁

1—10 月，先生次子清廉任中共晋城县委书记。发动群众减租、减息，组织反扫荡，完成扩军任务。

1940 年（民国二十九年　庚辰）六十二岁

3 月，清廉下太行山开展平原游击战争。至冀鲁豫区留在党委机关工作，后又担任地委宣传部长、清风县委书记、地委书记、区党委副秘书长等职。1949 年，随刘邓大军南下，8 月任西南服务团第一支队队长……1955 年 8 月，在中央高级党校学习，结业后任冶金工业部华东矿山管理局局长。1958 年 8 月 20 日，在北京开会返宁途中，因飞机失事不幸遇难，时年四十五岁。后经江苏省人民委员会追认为革命烈士。①

1941 年（民国三十年　辛巳）六十三岁

是年，《金刚钻》报主编施济群编辑《医药年刊》，在其中"中医改进论"栏目中有先生两篇医学论文：《病名宜浅显说》《陆氏谈医》。后者包括：《病家最忌性急》《说病与认证》《中医之药方》《中医之用药》《膜原之病》《脑膜炎》《小白菜戒白面瘾》《鼠疫治法之贡献》《睡眠病之研究》《黑死病之探讨》。在《医药年刊》之"国医名录"中记载：

陆士谔：内科，跑马厅汕头路 82 号，（电话）九一八一一。

陆清洁：内科，吕班路蒲柏坊 35 号，（电话）八六

---

① 参见《青浦县志·人物》第三十四篇。

一四二（杭州迁沪）。

1943 年（民国三十二年　癸未）六十五岁

是年冬，先生中风。

1944 年（民国三十三年　甲申）六十六岁

3月，先生因中风卒于汕头路82号寓所。据传先生中风当日，全家人正共进晚餐，忽闻汕头路82号（先生诊所）起火，并见其西厢房上空红光闪烁，原来并非起火，而是一颗陨石坠落。先生亦于是时中风。其长子清洁为其致"哀启"，所叙述的都是关于医药方面之事，于历年来所撰小说只字不提。《金刚钻》报副总编辑朱大可先生为陆士谔写挽词赞曰：

> 堂堂是翁，吾乡之雄。气吞湖海，节劲柏松。稗史
> 风人，医经济世。抵掌高谈，便便腹笥。仆也不敏，忝
> 在忘年。式瞻造像，曷禁泫然。

先生在中医学上的卓越贡献和在通俗小说创作方面的建树不可磨灭，树立了发愤图强的样板，并以"稗史风人，医经济世"为后人所崇敬。

图书在版编目(CIP)数据

飞行剑侠／陆士谔，张个侬著. — 北京：中国文史出版社，2019.3

（民国武侠小说典藏文库·陆士谔卷）

ISBN 978 - 7 - 5205 - 0960 - 2

Ⅰ. ①飞… Ⅱ. ①陆… ②张… Ⅲ. ①侠义小说 – 中国 – 现代 Ⅳ. ①I246.5

中国版本图书馆 CIP 数据核字（2018）第 276217 号

点　　校：袁　元
责任编辑：薛媛媛

出版发行：**中国文史出版社**

社　　址：北京市海淀区西八里庄 69 号院　邮编：100142
电　　话：010 - 81136606　81136602　81136603（发行部）
传　　真：010 - 81136655
印　　装：廊坊市海涛印刷有限公司
经　　销：全国新华书店
开　　本：720 × 1020　1/16
印　　张：20.25　　字数：223 千字
版　　次：2019 年 3 月第 1 版
印　　次：2019 年 3 月第 1 次印刷
定　　价：68.00 元